風蕭蕭

（下）

—徐訏文集—

小說卷

目次

風蕭蕭

三十

「這一定是你！這一定是你！」

「也許，但是……」

「你沒有得我的允許，怎麼能夠……」

「不過，你知道……」

「你知道這影響工作是多麼大呢？」

我第一次看到梅瀛子這樣發急。她在房內來回地走，沒有看我，也沒有聽我，於是我只好靜默地等待她沉靜下來。但她忽然過來站在我的面前說：

「我的培養是不容易的，你知道，而就在這必須用到而在可以用到的一天，你把我的計畫完全摧毀了！」

她帶氣地走過去又回過來，她說：

「而且，我已經將音樂會完全籌備好了。只等同她去說。」

「這不還是可以舉行的嗎？」

「舉行還有什麼意義？」

「你的意義是……」

「是工作，是工作！」她說。

「但是你為什麼不明白同她說，叫她索性為工作來工作好了。」

「這是要敗露的，你難道不相信她還是一個沉不住氣的人嗎？」

梅瀛子又走開去，在窗口站一會，回來坐在我的對面，抽起一支煙，沉著地說：

「你到底是怎麼樣勸她改變生活的？」

「我至多只能承認給她一點影響，絕沒有勸她。而且，辭職的事情，我也是在事後才曉得的。」

「你真沒有告訴她，我介紹職業時的用意？」

「我已經對你說了幾十次了，梅瀛子，難道你連我這點都不相信我嗎？」我說：「我對於你這樣利用她，我早就明白地表示不贊成了，如果我真的說穿，我為什麼要不承認呢？」

「你知道這是工作的紀律，誰觸犯，誰就逃免不了懲罰。」

「但是，梅瀛子，」我冷笑了：「假如我認為觸犯紀律是對的，我並不怕懲罰與死，我無須乎不承認。」

我生氣地離開座位，我說：

「我最後告訴你，我沒有把這個說穿，但這完全是我對於工作的認識與對你的敬愛，而不是因為我怕懲罰。」

梅瀛子在沉思中緘默下來，她靜靜地坐在那裏一點不動，最後換了非常深沉的口吻說：

「那麼你是怎麼影響了她，使她的生活有這樣的變化？」

「這正如你當初用虛榮去影響她一樣。」

「原來，」她冷笑了：「你是對我私人的報復，所以一定要帶她回到哲學的園地裏去。」

「我絕無占有她的心思，你不要侮辱我。」我說：「但站在友誼的立場，我自然願意她有忠誠的生活，就是在工作的立場上，我覺得也沒有理由叫她盲目地做我們的工具。我覺得我們民主國所爭取的人權，而你的手段就是破壞人權。」

但她隨即嚴肅地說：「可是你勝利的是什麼呢？是你對她的占有，而你出賣了工作！」

「於是你不擇手段來破壞我的計畫。」

「我根本不知道你的計畫，所以更無所謂破壞。」

梅瀛子又在沉思中緘默下來。半晌，她忽然冷靜地說：

「現在我們不談這些，目前頂要緊的是叫她參加梅武的夜會，你願意擔任這個工作嗎？」

「是……」

「是設法叫她參加梅武的夜會，」她說：「她不去，我的工作就不能完成。」

「你是說在這個夜會裏你要完成一件重大的工作？」

「是的，」梅瀛子堅強地說，但隨即有感傷的語調：「但是她如果不去，我就無法完成。」於是又換焦急的口吻說：「這真是出我的意外！」

「我一定盡我的力量去做。」我相信我有這份把握，我說：「但是我希望這是最後一次利用她，最後一次叫她去交際。」

「可以，」她張大了灼燦的眼睛，放射著興奮與安慰，她說：「我答應你。」

說著她伸出水仙一般的手，同我緊握。在她的手心中，我感到她的熱情、她對於工作的忠誠與她對我的厚意。有一種說不出的感情從我內心湧起——似乎是一種後悔，後悔我剛才對她語言的觸犯似乎是一種慚愧，為我懷疑到自己受海倫的影響，下意識裏，有報復梅瀛子的意思；似乎是一種感激，在剛才衝突與對峙的言語中，梅瀛子，在工作上是我的上司，在身份上是女子，竟有寬大的心境來對我諒解——我眼睛感到潤濕。我不知道她是在什麼樣一種心緒中，握緊了我的手，眼睛低垂著，於是兩手輕輕地理平衣裙，像是在理平她的情緒一樣。我第一次見到梅瀛子這樣的表情，我無理由地感到這是一種最女性的溫柔，於是我說：

「原諒我，梅瀛子，一切都是我的錯。」

「不是是非的問題，」她說：「只要你真的沒有把我利用她一點告訴她。」

「沒有，的確沒有，相信我，梅瀛子！」我說：「但是你知道，我的確是良心地不贊成你這樣去利用海倫。」

「你在愛她！」她完全用呼氣的語調說。

「不，」我說：「這不是問題。問題是那天山尾的醜態，與海倫的危境。」

關於那件事，上次就想與梅瀛子談的，但是因為她對於這種結果，都認為是預料中事，甚至是認為是必須的過程，所以我不想再去告她。現在在一種同情默契裏面，我開始把那天詳情一一告她。可是她靜靜地傾聽，既不詫異，也不動容。出我意外的，是在我講完的時候，她竟輕淡地說：

「是這樣引起你最深的妒忌與愛嗎？」

「也許，」我說：「不但海倫，任何人這樣的遭遇我都同情。」

「那麼你可也同情，在許多地方淪陷的時候，那些中國少女們的遭遇嗎？」

「自然。」

「你可曾也像救海倫一樣救過她們？」

「……」我沉默許久。

她一直注意著我，等我回答，我說：

「這所以我放棄哲學的研究，同你做……」

「而我們的工作是戰鬥，戰鬥是永遠以部分的犧牲換取整個的勝利，以暫時的犧牲換取最後的勝利。」

梅瀛子冰冷的目光與堅定的語氣，使我的心靈有一陣顫慄。我沉默了，像是站在險峻的高山前面，我不知道應該怎樣跨步。但是她開始用完全寬恕的語氣說：

「為你私人的愛，對於海倫的使命，就從耶誕節以後結束好了。」

她站起，像一個女皇一樣地命令著我說：

「現在，你必須設法叫她參加梅武的夜會。」

「是的，」我說：「我想這是沒有什麼問題的。」

但是，第二天——

……

「我不懂，」海倫的眉毛豎起，不耐煩地回答我：「為什麼忽然又要我去參加這樣的集會呢？」

「因為我聽說他們都知道你在上海，這樣的拒絕會使他們惱羞成怒的。」

「我可以說我本來打算去，後來因為有事情就不去了。」

「你知道別人會以為我在阻止你嗎？」

「笑話！」她說：「知道我們有交情的人只有梅瀛子、白蘋與史蒂芬太太。」

「但是我希望你去，只要一次。以後就是你要去，我都要來勸阻你的。」

「你太矛盾了！」她疑慮地笑：「是忽然這樣膽小呢，還是你受了誰的指使？」

「指使？」我說：「你的意思是說……」

「是說可是你的主子叫你來做說客的？」

「你以為我是……我是以做這夜會的客人為光榮嗎？」

她沉默了，眉心皺著，眼睛凝視天外，暗灰雲層下有蕭蕭的細雨。忽然她轉過身來，堅決地說：

「我不去！」

「是什麼理由呢？」

「沒有理由。當我已經決定怎麼樣生活的時候，我不想再做無意義的事了。」

海倫的話，使我對她有更大的信任與尊敬。在我來訪的時候，我在工作上固然希望她肯允許，但是在理想上則希望她來拒絕。因為唯有拒絕，才是她高貴性格的特徵。

我沉默著，我不知道我是否應當再勸她去參加，還是就此給梅瀛子否定的答覆呢？在這些思慮之中，我有一種美麗的感覺，願意不再擾亂海倫；但也有好勝的衝動，使我做再度對海倫的勸誘；我還有私人的情緒叫我尊敬海倫；但也有工作上的情緒，叫我遵守梅瀛子的話。最後，我想到梅瀛子工作的重要，想到了我當時有把握的自信，我還想到我再度勸誘的失敗，也更是海倫性格的高貴與美麗的表現。於是，我振作已被擊潰的情緒，我說：

「海倫，我的參加完全因為是你，為你的困難。」

「是的，這是我所感謝的。」

「那麼，在你生活方式改變了以後，是否我們的友誼，還是很好地存在呢？」

「當然。」

「那麼，」我柔和而靦腆地說：「你知道，我所以來求你參加，是因為我個人有特殊的困難嗎？」

「你？」

「是的，」我說：「但是我不希望你問我理由。」

「但是，如果你要我去，」她說：「我一定要知道你困難的理由。」

「這理由於你絕對沒有關係，」我說：「完全為我個人的困難，而只有你去可以解除我的困難。」

她不響，歇了好一會，考慮地走了幾步，冷笑著說：

「你太不徹底！」

「這是什麼意思呢？」

「你沒有理由還要同那些人敷衍！」

「海倫，你放心，對於我請你儘量相信，並且儘量放心。」我說：「你知道中國話『真金不怕火煉』嗎？」

「你是真金？也許，」她笑了：「但既是真金，何必還需要火煉呢？」

「為愛，為夢，為理想。」

「是忠誠而勇敢的生活嗎？」

「自然。」

「那麼為你自己生活的忠誠而勇敢，你叫我放棄忠誠而勇敢的生活？」

「……」

「當你的忠誠妨害別人的忠誠，你的勇敢妨害別人的勇敢時候，你還可以說忠誠而勇敢嗎？」

她利劍一般的話語伴著利劍一般的眼光直刺我心，我驟然感到慚愧與冤屈，我像孩子一般地懦弱下來。我不敢正眼看她，低下頭，看海倫的衣幅在閃亮克羅米的桌邊滑過。我正想再鼓起勇氣說什麼的時候，她說：

「我已經決定了，請你不要多費口舌了。」

我嚥下我的話，像受傷的飛禽，一瞬間只想馬上離開海倫的劍鋒。我疲倦地站起，我說：

「那麼，謝謝你，我走了。」

「是表示永遠地怪我嗎？」

「不，」我感傷地說：「海倫，我永遠尊敬你今天高貴的意志。」

「那麼就再坐一會。」

「不。」我說著走出走廊，去拿我的衣帽。

衣帽架在走廊的深處，從透亮的房手過來，顯然覺得太暗。海倫跟在我的後面，她突然開亮了電燈，我從衣帽架上的鏡子裏看見了她，她也驚奇於鏡中的自己了。我們的視線在鏡中相遇，但是一瞬間彼此又都避開。我猛然悟到在這盞燈下，我與海倫間似有了一層意外的不透明的隔膜，一種莫明的感傷抽緊了我臉上的筋肉。我戴上帽子，夾著大衣遲緩地走出來。

「你不同我握手就走了嗎？」

我沒有回答，回過去同她握手，但是我還是低著頭。看她伸出手，放在我的手上，我驟感到一種初次與她跳舞時的溫柔。她握緊我的手，用低微帶著顫抖的聲音說：

「好，我去。」

「你去參加？」我望見了她眼中閃著同情的光。

「是的，」她說：「為你第一次需要我幫忙。」

「不，」我說：「你應當忠誠而勇敢地生活。」

「但這就是我生活的忠誠與勇敢。」她還是握著我的手。

「謝謝你，海倫。」我抱著虔誠的心俯吻她的手背。

「那麼你來接我？」

「那是我鮮有的光榮。」

三十一

電話掛上了。我開始奇怪，明夜有這樣重要的工作放在她的面前，怎麼今天會有閒情別致來要約我玩一夜呢？而這是從來沒有的事。當然我也想到她也許有關於明天工作的話要吩咐我，但這在平常總是簡單地叫我去看她，或者叫我到什麼地方，而且也不會用這樣十足女性柔美的口吻來打電話的……

就在這疑慮之中，門開了，梅瀛子有出乎完全意外的打扮進來。她披一件男式的粗厚人字呢大衣，圍一條白羊毛圍巾，脫去大衣，是手織的藏青粗毛線短衣，灰色的呢旗袍似乎就是去杭州時候穿的，沒有一點脂粉的痕跡。淡淡地發射著她特有的幽香，用一種活潑而幼稚的語氣對我說：

「今夜我要你請客。」

「是我第一次的光榮。」我說：「那麼你選一個地方。」

「要一個沒有去過的地方。」

「天下還有陽光未照到的地方？」

「冷僻的小巷，幽暗的酒店，那裏會沒有一個人認識我，我也會不認識一個人。」

「好的。」我說。

六點鐘的時候，我伴她出來，門前停著她黑色的汽車。她叫我駕車，自己寧靜地坐在旁邊。我們在四馬路停車，我帶她到一條小弄堂裏叫「源裕泰」的酒店。進門時，我說：

「第一次來這裏吧？」

「是的。」

「那麼是這裏的光榮還是你的光榮呢？」

「一切的光榮都贈給你。」

她說著只是稚嫩地笑，有點鄉下氣，有點傻，不但在梅瀛子臉上我從未見到過，在我的周圍似乎也很少見到的。而梅瀛子竟笑得這樣真切與相像，但與她的談吐是多麼不相調和呢？

在四馬路上，我自然知道有比較輝煌的酒店可去，所以帶到這個潮濕、骯髒的地方，是想讓這個華貴的女子有更深的刺激，同時我想到也許她有什麼吩咐我，這裏也比較合宜。

四座的人不多，都是衣冠不整齊、舉止不檢點的人群。有一桌坐著三四個人，其中兩個後腦掛著帽子，大聲地談粗俗的性愛，後面是一個帶病的老者獨坐在角落裏微喟，他的後面有一桌空座，我就帶梅瀛子進去。我想這樣的空氣梅瀛子一定不習慣，我笑著說：

「今天你可被我擺弄了。」

「這是什麼意思？」

「憑良心說，你習慣於這樣空氣嗎？」

「我覺得新鮮與有趣。」

這句話的確不是勉強。我叫了幾碗酒，她也很隨便地喝起來，於是有非常風趣的談話與熱鬧的甜笑。她談了許多以前不談的事情，滔滔不絕地談她許多遊蹤所至的世界，那面的風俗人情、音樂歌曲、服裝與生活……絕不提我們明天的計畫。

六碗酒以後，我叫了兩碗麵與一碟包子充我們的夜飯，於是她說：

「夜裏請我到一個偏僻的舞場去嗎？」

「只要你願意。」

「今夜我需要新鮮的刺激。」她說。

於是我又駕車到「大世界」後面的一個舞場裏，那兒是噪雜的音樂與煩囂的人群，但是梅瀛子竟興奮地同我狂舞。我倒想同她談明天的工作，但始終尋不到一個機會。夜慢慢深了，人還是很多，好幾次我提議到咖啡館去談一會，但都被梅瀛子否決，她似乎很有興趣似地在噪雜的音樂裏狂舞。她說：

「今夜你不從我的興趣，也許會使你恆久地後悔。」

這句話的暗影是什麼呢？是明天的工作嗎？我心尖顫動了一下，感到她在我的懷中是多麼嬌嫩的生命了。我不敢發問，也無從發問。我振作已倦的精神伴她在悶重的空氣裏旋轉。

兩點鐘的時候，她要我駕車送她回檳納飯店，又叫我上樓到她的房裏去坐，我自然想到現在總該談談明夜的工作了。但是並不，她安詳而愉快地坐在沙發上，同我談酒店與舞場所見的種種，這樣平常的際遇，我奇怪，在她竟有這許多觀察與疑問。最後我實在耐不住了，我問：

「那麼明天怎麼樣呢?」

「應當是很熱鬧的敘會了。」她已經一點沒有剛才嬌憨的態度,而露出疲乏而感傷的神情。

「我是不是……?」

「白蘋不是伴著有田去參加?」

「是的。」

「那麼你的工作只是把海倫帶到那面。」

「以後呢?」

「不必常守在海倫身邊。」她笑了,也很不自然,接下去又說:「其實我這話是多餘的,你想守著也不見得可能。」

「那麼……」

「最好還是守白蘋。」她說:「但這當然是更不可能的事。」

「為什麼?假如這是我工作上應做的事。」我說:「我自然要盡力去做。」

「但不可能的事情是徒勞無益的。」

「那麼我……」

「你好好找快樂吧,孩子,狂舞豪賭,總不需要我教你了。」

這句話是完全把我當作不懂事的人了,雖然有點開玩笑的意思,但裏面諷刺的成分是很使我不高興的。不過她臉上的表情與她的話很不調和,眼梢上聚起難解的憂慮,這使我立刻想到她今天態度的特殊，似乎這句傲慢自大的話與剛才「恆久後悔」那句頹傷的話有一脈的貫通。我頓悟到這是明天工作可怕的暗影，形成她心理上的憂慮蘊積。梅瀛子平常從未有懦弱的陰影，那麼這種心理是說明明天工作的危險了，我迷信地感到，「恆久後悔」的話不要是她的讖語才好。我禁不住心悸，一切過去我所反對的梅瀛子的殘忍與鋒利，一瞬間我都忘盡，我對她有說不出的同情，這同情使我注意到她無比的美麗與漂亮，這是我久已忽略了的。

我無法想像這樣的生命假如在明天遇到了意外。假如遇到了可怕的毒手與磨難……不知怎麼，我從梅瀛子美麗的臉上看到史蒂芬的遺影——鐵青的臉、深紫的嘴唇、嶙瘦的骨骼與無光的眼睛……

梅瀛子微閉著眼睛，似乎矜持著安詳的態度。我記起我是怎麼樣把手在史蒂芬的眼上撫摸，我手指有微微的震顫，一瞬間有眼淚從我喉頭湧起。這不知是為史蒂芬悲傷還是為梅瀛子擔憂，我站起，為避免梅瀛子的發覺，我走到桌子邊背著她。

「梅瀛子，」我用滯緩堅決的口吻清楚地說：「在明天的工作上，我希望能夠與你換一個崗位。」

「這是什麼意思呢？」她安詳地問，我相信她嘴上有輕笑的漣漪。

「我想，我應當為你負最危險與沉重的使命。」

「因為我剛才的話使你想做個英雄了嗎？」

「並非。」

「你知道我明天要完成的是什麼使命嗎？」

「不，」我現在已經堅強，所以我回過身去，我走近梅瀛子說：「但是我知道這是危險的工作。」

「那麼你願意冒險嗎？」

「在我們兩人中間，」我說：「我應當先踐危險的門檻。」

「為工作嗎？」她問。

「為工作也是這樣，」我說：「將來的工作需要你遠過於我。」

「在工作上，暫時的我也許比你重要。而悠久的你比我重要。」

「但是我為的是……」

「是我？」

「也可以說是為你。」

「我感謝你，」她說：「但這是不可能的。」

「就不能讓我試試嗎？」

「在你是十分之十，在我是十分之三——這是工作失敗之比例。」她陰澀地笑：「要是說到危險，在你是十分之十，在我只有十分之六。」

「這就是說，我去是純粹地送死，而你才是工作的犧牲了。」

「聰敏人。」她陰澀地笑：「不要為我擔憂，你的擔憂不是愛朋友的舉動。」

「但是……」

我沒有說下去，一種說不出的情感控制我，使我在她面前屈膝，我拉著她水仙般的手，這手指竟是這樣的陰冷，我說：

「梅瀛子，那麼可否由你去追求那十分之七的勝利，而讓我擔負十分之六的危險。」

這句話似乎打動了梅瀛子感情的柔和部分，她用無光而潤濕的眼睛望著我說：

「你太好了！」但她立刻閉起眼睛，頭部枕在沙發背上。

「允許我，」我還是拉著她的手：「同你一起工作的人而不能頂替你的危難，在我是一種恥辱。」

「朋友，」她說：「具有這樣崇高的心靈，你還將在世上存在，而我的生命本是僥倖，或者說早就應當有可怕的遭遇了，而且，」她忽然露出甜美的笑容說：「你願意仔細望望我嗎？」

我望著她的臉，她問：

「我是不是美麗？」

「自然，」我說：「是我們的梅瀛子。」

「那麼唯有現在死去，」她說：「我才有最美麗的印象留在世上。你知道嗎？」

但是我又想到史蒂芬與他的鐵青的臉孔、深紫的嘴唇、嶙瘦的骨骼、無光的眼睛，於是我說：

「唯有我現在死去，你才有最美麗的印象在我的靈魂深處。」

這句話說出了，我可有點後悔，但是她似乎沒有知道我在否定她的意思。她說：

「你的最美麗的生命是寄託在你研究上，這是悠久的工作。越是長壽你越有美麗的印象留在世上，而我，我知道，只有我現在的印象值得人家永久地回念。」

我泫然說不出話。但是我驟然感到我們的對話竟都是在承認明天的失敗似的，我感到在這樣的時候，她需要的應當是勇敢的鼓勵，而不是頹傷的同情，於是我說：

「梅瀛子，把危難交給我，我相信，這會使你勝利增加到十分之九的。」

「原來你以為我在害怕與懦怯，才挺身出來保護我嗎？」她挺直身子，張大眼睛，興奮地生氣了。

「不，」我說：「我並無這種騎士式的勇氣，我所負責的是我生命的完整與我理想的水準。」

「個人主義的表現。」

「也許，」我說：「當我與你一同工作時，一切的危難，我應當在你的前面擔負，否則這就是我生命的殘缺。」

「但是我不需要，」她站起來說：「當我在工作面前的時候，我有勇氣擔負我責任上工作的艱難與危險，否則就是我工作的殘缺。」

「但是……」

我正要再說的時候，梅瀛子搶斷了我，她說：

「假如我工作的危難要別人負擔，這就是我自己不相信我自己的工作，自己對自己的工作沒有把握。」

「我的意思是……」

我的話剛開始又被她搶斷，她說：

「時候不早了，你該回去。」

「你不許我再說一句話嗎？」

「這問題不許提了。假如你不遵守我的命令，也該遵守你自己的諾言，這是紀律。」

她一面說一面走到桌邊，拿起桌上的汽車鑰匙晃搖，這是進門時我拋在那裏的，現在她過來交我，她說：

「這車子交給你。」於是她伸手給我，莊嚴地說：「我要睡了，祝你晚安！」

我緘默地同她握手，胸中感到異常地沉悶。

帶著這樣的沉悶下樓，猛然我記起，在這握別的當兒，梅瀛子的手指是溫暖的。這溫暖，我帶到門口，帶到車上，帶過悠長的路途，帶進我淒清的房間。

三十二

……現在我對你再想不出什麼可以解釋，一方面你表現的是崇高、純潔與忠誠，另一方面，你自己就在希望我跳出生活中在生活，所不同的是我是女子而你是男子。

對於你的生活我自然有點知道，但從未注意，也從未加以思索，但是今天白蘋提醒了我，使我反省思索起來，我覺得我沒有法子理解。

白蘋站在第三者立場，比較看得很清楚，她覺得我們倆是完全同樣的可惜，同樣的遭遇，同樣的有應當努力的工作，同樣應當放棄交際的生活——這樣無聊的交際生活，而過我們原來的生活。我覺得這是對的。

可是你只看到我。你叫我忠誠而勇敢地生活，那麼你可曾問問你自己？

說是經濟生活不能使你研究哲學，我想這是一種推託的話，不是一個對哲學有興趣的人的答案。那麼是否說是你是真金，而我不是真金？

既然這樣說也好，但是我已忠誠而勇敢地自拔，回到良心的田園，而你為何還要我再去入火呢？

現在我要把你提醒我的提醒你，希望你有反省的能力來回顧你自己的生活。

我不是失信，我可以說，我倒是守信。這封信到時，我已到南京去旅行了，以一種無可挽救的辦法來告訴你，我不參加明夜的集會。使你為難？也許。但這只是你生活上的為難。這生活正是虛偽而懦怯的生活。破壞你虛偽而懦怯的生活，大概無損於你忠誠與勇敢。我們要忠誠而勇敢地生活！

海倫‧曼斐兒

我的住址是秘密的，我必須常常回家去看是否有我的信。十二月二十三日早晨，我回家的目的倒是為去取一襲禮服，預備夜裏帶海倫去參加梅武的夜會。但是海倫竟先送一封這樣的信在家裏等著我。我在沙發上讀了又讀，從焦急驚疑以至於麻木，幸虧家人都沒有起來，樓下房中只有我一個人，我的情緒的變化沒有讓別人詢問與奇怪。我麻木地坐著有半個鐘頭之久，在那個時間中，我的思想、情感似乎都已停頓。等我開始恢復一點考慮的能力，我第一就奇怪白蘋到底在海倫處說些什麼，難道白蘋已經知道今夜梅瀛子的工作，而來破壞呢，還是這不過是偶然而巧合的事情？一瞬間我真想馬上去看白蘋，做一個切實的試探，但後來一想覺得這樣做於事情無補，現在最要緊是補救沒有海倫的局面。梅瀛子何以必須海倫，我不知道；但這關聯梅瀛子的工作、關聯梅瀛子的命運、關聯梅瀛子的生命是毫無疑問的。想到昨夜梅瀛子態度的嚴重，我不禁顫慄起來。我這次的工作，是帶海倫去參加夜會，現在海倫走了，自然是我工作的失敗。因我工作的失敗而影響梅瀛子的生命，這是多麼可怕、可恥的事。為求補救的方法，應當越早讓梅瀛子知道越好，這是不成問題的。這樣想的時候，我立刻振作起來，把禮服帶著，就跳上車子。

我一直駛到檳納飯店，梅瀛子正在飯廳裏早餐。我就坐在她的對面，喝了一杯咖啡，看看四周沒有什麼人，於是一言不發，把信遞給了她。我抽著煙，準備一種堅強勇敢的態度，等待她的閱讀，等待她的發怒，我決定以最忍耐的最忠誠的聲色擔負她將加與我的一切。

她按著信，皺著眉，面部慢慢地緊張，又慢慢地鬆弛，於是浮著鋒利的冷笑，凝視著字面。我想她至少讀了三遍。最後輕輕地把信遞還我，一言不發，照舊吃她的早點。於是喝了一口咖啡，她和藹地問：

「是昨天接到的嗎？」

「今天早晨。」

她又不響，我自然也只好沉默。半晌她說：

「有煙嗎？」

我遞煙給她，為她點火，她噴了一口煙在桌上的「康納生」上。她說：

「你可曾想過補救辦法嗎？」

「我想這是白蘋……」

「這是自然的事情。」她說：「應想的是補救的方法。」

「對的，」我說：「所以我馬上來同你商量，我覺得我很對不起你。連這點工作……」

「這不是你的錯，」她截斷我的話：「問題……」她忽然中止，站起來說：「到我房間裏去坐一會吧。」

我跟她站起，跟她走出餐廳，走上樓梯。她拖長了深沉的低喟，怠倦地推開了門。她讓我先進去，於是又怠倦地關上了門。她不安地走著，冷笑而自語地說：

「白蘋，白蘋……」

我坐在那裏不動，但她的聲音在我心中燃起了無限的憎恨與不安，這聲音陰切、淒厲，有點歇斯底里的性質。我原以為到這房間以後，她一定會對我發洩她方才壓抑下的憤怒、不安與擔心，但現在的聲音則證明她的憤怒、不安與擔心都在絞磨自己的內心。在我，的確比對我發洩還使我痛苦。這等於我幼年時母親因我的過失而流淚，我覺得比責罰我還使我痛苦一樣。我說：

「這一切都是我的過失，那麼，梅瀛子，能不能由我來負擔今夜的困難？」

她不響，站在窗口。我又說：

「相信我，詳細告訴我應做的工作，讓我在今夜同你換個崗位。」

她還是不動不響。我走過去，在她的後面，我兩手虔誠地輕按在她的雙肩，哀求她：

「梅瀛子，相信我，我願意做一切你所吩咐我的，我願意擔負一切的危險，我……」

「這不是你表示男子美德的時間。」她急速地轉身，莊嚴地說：「這是工作，是秘密切實的有計畫的工作，並不是投一個炸彈一樣的，可以靠你一時的勇氣！」她說著又走開去。

「但是無論如何，我不願播下不祥的種子叫人來食我果。」我望著她的後影說。

「你始終是個人主義者。」她說著回過身子，靠在桌沿，一隻手按著桌子說：「你應當意識到我們的工作是一個機構，是一個機體，是一個生命。在我們的生命中，多少次都因為視覺的失敗而需要手去負擔危難，難道你也要眼睛去負擔手的工作嗎？」

「可是我們總是兩個生命，」我說：「我有個人的情感，假如你，你如果因為我而出了什麼事，我怎麼辦，你叫我怎麼生存下去？」

「你的話只代表中世紀的倫理秩序，而現在是二十世紀的政治生命。」她說：「我沒有功夫再同你談這些。」她看看手錶，又說：「我就要出去。」

「那麼……？」

「沒有什麼，一切照舊。」她說著要走到寢室去，但又站住了說：「那麼你今天一個人去了？」

「也許。」我說時她就進去了。

我坐在沙發上，等梅瀛子出來，直覺地感到梅瀛子似乎有超人的力量來控制今天的計畫；我既不能對她做一點補救與幫助，那麼我只有為她祈禱，祈禱她勝利，祈禱她安全，祈禱她永遠光明。

梅瀛子打扮得非常鮮豔漂亮出來，我聞到一陣濃郁的香氣，這似乎是不祥之兆，使我想到許多花都是在快凋零枯萎之前，特別放射香氣的事情。這是一種迷信，我立刻壓抑這種奇怪的直覺，我追尋一個光明的想法，我自語：

「當然，香氣是代表永生的。」

她當然不知道我心理有許多奇怪的變化，閒適而愉快地站著。這閒適而愉快的態度，並不是對我，而是在預先練習今夜要用的態度。我相信她剛剛離開鏡子，在鏡子面前，她曾預演如何在今夜出演時不透露她心底的擔心與害怕，於是就用這樣驕矜高貴的表情來同我說話。

「假如可能的話，今夜你努力守住白蘋吧。」她微笑著又說：「用你的感情，不要用你的意志，如果有點勉強而要被別人看出時，你還是放棄看守。」

「這是什麼意思？」

「這是說，」她說：「看守白蘋對我是一種幫助，但被人看出你在看守她，就更有害於我的工作。這是原則，一切聽你自己的隨機應變好了。」

說完了她似乎不想再提起這件事，好像伴我一同去遊玩般地伴我下樓，走出了門。她說：

「你先上車好了，我們晚上見。」

我上車。在平坦的路上駛著，心裏有許多事，我不知應當上哪兒去，也不知應當先解決什麼；我需要回家去，需要平靜地有一番思索，才能決定我可以做與應當做的事情，於是我駛向寓所去。但就在轉彎的角上，一輛鮮紅的汽車掠我而過，是梅瀛子，旁邊一個女的，不知是誰。我想加速追上去，看看是否認識，但她的車子太快，而我的心裏太重，我沒有實行。

到威海衛路，我把車子駛進車間。這車間是我不久前才租得的，離我寓所的門有二十幾步之遙。但就這二十幾步路之中，我遠望在一個弄堂口站著一個像白蘋的女子。我正想定睛看時，她已經反身進去。這弄堂在我寓所的斜對面，我必須多走幾步才可以在弄堂口望她。但是我那時心境很壞，又覺得這樣早她似乎不會在這裏，想是自己看錯了人，而又因為手裏捧著禮服，很不方便，所以就一直回進自己的寓所。

我到房間裏安詳地坐下，滿以為我可以集中心力來考慮我可以做與應當做的事情，但是頭腦沉重，心境紊亂，一切可以做與應當做的事都無法尋到。

沒有辦法之下，我放足了水洗了一個澡，於是我在床上放鬆了所有的筋肉來休息。我就這樣沉睡下去。醒來是一點半，我猛然想起今夜我應當怎麼樣去參加夜會？似乎一個人總不是道理。於是我馬上起來，但是我沒有換禮服，因為我想到我要去看看本佐次郎。本佐是同我合股鉅賈之一，是我們公司的總經理，我最近好久沒有見他，他同日本軍部交際甚密，今夜自然會有他。要是方便的話，我同他一同去是很好的。不過不換禮服，我需要再回來一趟，也不方便，想了想還是把禮服帶到汽車上，想隨時到哪裏都可以換上。

我出來一個人在凱第飯店吃飯，飯後到四川路我們的公司裏去；但是本佐已經回家，時間還多，我反正沒有事，於是我駕車到他家去。在一切思緒與感情的變化之中，一個不變的軸心，隱在我心境後面的則是海倫的變幻。不知是否是一種下意識痛苦的逃避，從梅瀛子地方出來後，我始終未想到海倫，但是現在，因為我的車子在她的家前駛過，驟然我想到了她的話，一個驟然的光明刺激了我——她去南京，也許是假的，假如她現在在家，那麼，那麼……

想著想著我在她的公寓前停下來，我跳著心上去，敲她的家門。開門的是曼斐兒太太，她歡迎我說：

「想不到你今天會來。」

「海倫在家嗎？」

「不知道怎麼回事，她忽然一個人要去南京了。」

「已經動身了？」

「前天。」

這簡直是一桶冷水澆滅了我的希望，我想馬上走，但是曼斐兒太太留住我，她說：

「今天假期，我一個人在家正寂寞，你來了再好沒有，我還有事情同你商量。」

於是我就走進去。第一個使我注目的是桌上梅武少將的請帖，寫著「曼斐兒太太、曼斐兒小姐」。這使我非常奇怪，海倫不是說有一張請帖被她退回去了嗎？如今又送來一張呢，還是仍是那一張？我拿著請帖出神地想，但是曼斐兒太太說了：

「海倫大概就為躲避這個夜會去南京的。」

「怎麼？」

「上次送來一張單請她的請帖，她謊說去北平退了回去。」曼斐兒太太坐下來說：「但是別人知道她沒有離開上海，以為她不願意一個人去，所以又送來這一張請帖。」

「她看到這張請帖？」

「沒有。」

「那麼你今夜預備去嗎？」

「一個人我不想去了。」

像靈感似地提醒了我，使我一變頹傷的態度，我興奮地說：

「去，去，我伴你去。」

「你也去嗎？」

「我去，我想今天一定很熱鬧。」

「你不帶別人去嗎？」

「我本來就想同你與海倫去的，現在海倫不在，那麼就是我們兩個人去好了。」

「你真好，永遠想著我們。」曼斐兒太太和藹地笑，眼睛閃著異光，圓胖的臉兒都是愉快。

我也似乎得到了一種說不出的慰藉，這慰藉是哪一方面的我想不出，但至少減去了我心靈沉重的負擔，增加了我的勇氣。我深信，曼斐兒太太可有助於梅瀛子工作；如果是無助，但也絕不會有害。

一切無可奈何的事情在無可奈何之中有無可奈何的變化，我從曼斐兒太太光彩的眼睛中，看到梅瀛子今夜的幸運。

三十三

曼斐兒太太在我旁邊，汽車從平滑的路上駛著，野景黯淡，路燈奇明，這兒離市已遠，已經是江灣了。

梅武官邸是離過去我們市政府大樓不遠的一所灰色洋房，戰前照耀著晶亮的燈光，不知是屬於哪一個達官富商的，如今為梅武所占用。這房子離馬路有兩丈之遙，由一條兩輛汽車可開的路，引到門首。這條路兩邊種著整齊的冬青，今夜冬青樹上紮滿了五彩的電燈，路口站滿了日兵與偽警，汽車到那裏就須停下來。兩個服裝整齊的日兵嚴肅地來詢問，我把請帖給他看，他就指揮我把汽車駛進去。走完了冬青路一個圓形的大場，四周已經停滿了汽車，整齊得如軍隊的戰車操列，都是頭對著圓心，車尾向著圓周。我到的時候，第二圈已經快滿，我就停在缺口處一輛一九四〇年的別克旁邊。圓場的中心是一株高大的輪柏，今夜已被點綴成光彩奪目、豐富美麗的聖誕樹了。我一下車就注意到梅瀛子的紅色汽車不在，那麼她還沒有來嗎？曼斐兒太太很自然地手挽著我的手臂。一個綠衣的童子，過來鞠躬，引我們穿過圓弧走上石階，從雪亮的門口進去。

客廳很寬敞，已經有許多人在那裏，梅武少將全副海軍軍裝過來招呼我們進去，並沒有一一為我向客人介紹，梅武同我約略談幾句，招呼我隨便坐，就走開去了。我到房間深處，發現幾個日本陸軍軍官是以前相熟的。本佐次郎們並沒有在屋（不來了？）；許多偽官，我只認識三四個；但在幾個西洋人中，我看到了費利普醫師與太太。這真是奇怪，我同費利普醫師不算頂熟，但現在見到他，我真有見到親人一樣的感覺。我下意識的意識到，在這個世界中，人人都是我的敵人，只有費利普是我的朋友。我同大家約略招呼後，同費利普握手。費利普似乎發覺我太熱烈，他用尊敬的態度同我握手，而用嚴峻的眼光拒絕我對他親熱，我立刻意識到我不夠沉著，於是我矜持一下自己，收斂我嘴角太濃的笑容。我以淡漠而莊嚴的語調低聲地說：

「史蒂芬太太……」

「她不來，」他說：「不舒服。」

他非常冷淡，說完了馬上轉向曼斐兒太太去談話。於是我就只好同別人去招呼了。

主人的招待不能說壞，但是這空氣是陰沉的。日本軍官儼然擺著勝利的面孔，偽官們諂媚地笑；大家低聲靜氣談著敷衍話，要使每一句話不著邊際，不表示主張，不透露感情，不帶著理論，但又不得不說！要使每一個笑容不表示快樂，不表示諷刺，也不表示安慰，但又必須帶著笑！是這樣的世界，是這樣的空氣，我願意此時此地有一個炸彈把它完全毀滅。

我相信在座每一個都同我有一樣的感覺；而我所差可安慰的，是我良心沒有內疚，因為我的使命與工作，就在毀滅這樣的世界，自然，為此，我心理上也多一個負擔。

客人陸續地到來，客廳慢慢地滿起來。我期待我可以早點看到梅瀛子，但是梅瀛子還不來。突然，外面有高朗的笑聲傳來了，整個的空氣開始變動，大家藉此停止了無聊的應酬話，把視線移到門口。我聽到梅武在外面大聲地談話，是日語，我不懂。但是這聲調中是包含多少的得意、多少的驕矜與多少的興奮呢！

我的心驟然跳起來，因為我斷定這是梅瀛子到來無疑。我幾乎沒有瞬一下眼睛，凝望著門口，但是進來的是白蘋。

白蘋垂著眼，幾乎是微低著頭，披一件長毛銀狐的大衣，下面拖著雪白的晚禮服，一隻手挽在有田大佐輝煌的陸軍制服臂上，梅武則穿著漂亮海軍制服站在另一面同她談話，我看到她手上戴著我送給她的鑽戒。她一言不發，只是微笑與低頭，活像一個到牧師面前去的新娘，我第一次看到她這樣的姿態，端莊，含羞，寧靜，安詳。「是偽作的嗎？」我想。

梅武接過白蘋的大衣，許多日本軍官過來同白蘋招呼。白蘋開始遲緩地離開有田的手臂，似乎是含羞，似乎是嬌弱，又似乎是神聖不可侵犯地同他們招呼，最後方才同四周的熟人招應。用客氣、倨傲帶命令的口吻，淡漠而輕輕地招呼我：

「您來了？本佐他們呢？」

「不知道，」我說：「我伴曼斐兒太太來的。」

於是白蘋同曼斐兒太太招呼起來，我開始看到她比較顯明的笑容，也聽到她微低的語聲了。

一時客廳的空氣比較流動，白蘋像泉流沖散了死靜的浮萍，兩兩三三的偽官們在一組，他們的太太們又在一組，幾個西洋人又在一組，幾個日本商人、日本軍官與參謀們忽散忽聚地在一組。白蘋的周圍總聚著最多的笑容，她非常自然地在同各組談笑，即使在認識不多的偽官太太群中，她也有恰到好處的交際。

客人還是陸續地到來，本佐次郎他們也帶著我不認識的女子們來了，我很自然地就同她們在一起。這裏我同日本軍官們無話可談，同偽官們不夠熟，雙方都有戒心，費利普拒絕我同他親熱，白蘋正在各方面交際，倒是本佐次郎們，又熟稔，又沒有糾葛，可以隨便談談。他告訴我梅武在英國住得很久，曾任公使館的武官，是一個十足歐化的人物。他又告訴我他帶來的那個日本女孩，是北四川路的茶座女郎，如果我喜歡，他可以讓給我；他忽然指著偽官太太群中一個鵝蛋臉的女子，問我是不是認識她，我說不知道。他告訴我她以前是白宮舞廳的舞女，他曾經同她玩過……本佐是居留上海十多年的商人，可以說是被中國同化了的，他一點不愛「國」。他雖不反對日本侵略中國，但對日軍統制貿易物價等事，他總是有怨言。除了商務以外，他很會作樂，花錢很慷慨，藉此同日本軍官聯絡聯絡，兩方面都得其所哉。我心裏擔著沉重的心事，同他在一起不過是掩飾孤獨與侷促的處境，所以他興高采烈的談話，並不能引起我的同情與興味，我沒有完全聽進去。

我現在悟到梅瀛子的估計是對的，看守白蘋是一件絕對不可能的事，我不過是一隻青蛙，而白蘋是鯽魚，叫我在這裏看守白蘋，就等於叫青蛙在河底看守鯽魚；而又不許讓別人看出我在看守她，這自然是絕對不可能的事。現在在一個客廳中，我雖然可以注意到白蘋一切的行動，但假如白蘋伴有田或梅武走出去，我就很少辦法一直去跟著。我焦急地盼望梅瀛子來，我想告訴她這一層，同時我也想勸她，假如情形太為難的話，希望她放棄今夜的工作，待將來有機會再進行。我很奇怪，在前些次會面時，我全沒有用這層意思去勸她。我想當一個人腦筋專往積極方面想的時候，就不會回頭去想，過去的計畫似乎都集中在「如何做才好」的問題，而沒有想到「何時做才好」的問題。我想這工作都不是一定要限於今天的，因此我希望梅瀛子快來，我要把我的意思去貢獻她。

我聽見許多人都互相問到梅瀛子，白蘋用很自然的態度在談話中向不同的人問到梅瀛子為何還不來的問題已經第七次了，我想第八次也就將開始。

「梅瀛子小姐！」外面有人喊了！

梅武迎出去的時候，梅瀛子已像光一般地進來。有四個日本陸軍簇擁著她，又隨著二個海軍軍官，梅武非常莊嚴而有禮地去同她握手。梅瀛子同梅武握手以後就昂首前望，用最光明而甜美的眼光從全廳的人群掃掠一過，這時候鴉雀無聲，大家注意力都集中在她身上。她穿著素白長毛皮大衣，純潔得沒有一點顏色，下面蠕動著禮服是白雀浴後的毛羽，最堪注目的是裸頸上掛著純白明珠的項圈。正當我注意她面部的時候，她笑了，剛剛讓人家看到她的笑容，她用二十度的鞠躬向大家行禮，我相信全廳的人個個都在以為她的眼光只看到自己，也個個以為她的甜笑是專贈給自己的，不用說每個人也都以為她這個二十度的鞠躬是對自己在招呼，不約而同地大家都用四十五度的禮去還她，我發現梅瀛子一瞬間已成了女皇。梅瀛子昂首起來，把大衣交給梅武，第一就親密地同白蘋握手，喋喋不休地傾訴闊別的渴念。於是她轉到西洋人的群集中，用英語一個個招呼；接著她同偽官們，謙恭地用漂亮的國語敷衍。我驚奇她竟會個個都很熟稔。最後，在日本海軍軍官間駐足，用流利的日語交談。

僕人送上雞尾酒，當每人手擎一杯的時候，梅武高舉杯子說：

「為我們梅瀛子的美麗飲此杯。」

大家乾杯以後，僕人送上第二杯。於是梅瀛子繞到中心，高擎著杯子，這時候我才第一次與她視線相遇，我發現她對我有所示意。她說：

「我請求主人光榮地允許，讓我們把這杯酒為白蘋小姐祝福，並推她為今夜歡會中的主席。」

「……」白蘋似乎在說話。但四周的歡聲掩蓋了她，大家高舉杯子傾飲了。

第三杯的時候，白蘋在兩個軍官掩護之中舉起了杯子，她說：

「為大東亞的和平，中日聯誼中第一個歡會，我們推舉梅瀛子小姐為和平之神。」

這句話非常刺耳，但似乎是日本軍官在暗示，因為接著就有人送來鮮花紮成的花冠。梅武把酒杯放在桌上，莊嚴地把花冠捧到梅瀛子的頭上，於是重新擎起酒杯，在梅瀛子面前說：

「中日聯誼第一個歡會中，讓我們祝福和平之神永久地光明。」

於是梅武對梅瀛子乾杯，白蘋歡呼著跟著乾杯，接著大家都乾杯了。哄堂的掌聲掩蓋了一切。

剛才沉悶、蕭索、勉強的空氣，現在已融在梅瀛子與白蘋的笑容之中。在一切交際談話間，白蘋始終讓著梅瀛子，而梅瀛子則總站在擁護白蘋的男子立場上擁護白蘋，這二人之間，幾乎沒有爭勝搶優的樣子。不但如此，假如我不是圈子裏的人，一定還以為她們是互相標榜的一對了。

最後梅武招待我們到舞廳去，這一間大廳是臨時布置的。厚重的呢簾掀處，耳室裏，響著七人的樂隊。我們進去以後，十來個妖豔的日本女子，尾隨著六七個海軍軍官進來。梅武請夜會司令白蘋開舞，大家鼓掌，於是梅瀛子就推梅武少將帶白蘋起舞，我們就跟著跳起舞來。

我必須儘早與梅瀛子伴舞，可以說幾句話，但是始終沒有機會。我想梅瀛子一定也感覺到有同我說話的必要，所以在音樂停的時候，她走到我的身邊來同我交談，這才使我有同她跳舞的機會。

從來從容不迫地談話慣了，現在要在短促的時間中談話，我竟不知從何說起，好像許多話都湧在狹小的喉頭，像電影散時的戲院門，擠得無法出來。倒是梅瀛子先開口了：

「你現在總相信龍在海中是無法看守的。」

「青蛙的確無法在河底看守鯽魚。」我說：「那麼我是否……」

「你踐著我的衣服了。」梅瀛子搶斷我的話，一面握緊我的手，我才注意到，一個日本軍人從我們的旁邊舞過去，於是獲到一個機會，她又說：「一切事情，事先必須考慮周到，事後只好隨機應變，聽天由命。」

「梅瀛子，」我帶她到房角，一面舞著一面說：「能不能把今天所有的心緒都集中在歡樂上？好像日子正多，順風的時候我們再來駛船怎麼樣？」

「這是一個淺灘，」她說：「難得有水可以駛船。也許順風的時候會有，但多半是沒有水的日子。」

「你不想再考慮一下嗎？」

「我考慮得很仔細了。」她說。

「曼斐兒太太同我一起來的。」我提醒她，意思當然是問她有什麼可以用著曼斐兒太太的地方。

但是梅瀛子不理會，若有所思地忽然找一個機會對我說：

「回頭白蘋上樓賭錢的時候，你去加入好了，盡可能同她豪賭一場，我想這是你最光榮機會。」她愉快地笑：「跳舞你是趕不著的。」

「謝謝你指導我這樣好的機會。」

音樂停了，我們的談話就此中斷。

我注意白蘋，白蘋正忙於應酬，我想不必待我去看守她，這些男人們自然會纏得她難於離開這裏的。

這時候，我注意到一個似曾相識的日本女子，她也正在注意我。我想我們一定在什麼地方見過，但怎麼也想不起來，最後我去請她跳舞，在舞池中我問：

「對不起，小姐！我們是在什麼地方見過的嗎？」

「自然，」她羞笑地說：「我認識你的。」

這倒使我吃驚了，我說：

「那麼我是誰呢？」

「是梅瀛子小姐的好友。」

這句話很使我奇怪，但我玩笑地說：

「這裏誰不是梅瀛子小姐的朋友呢？啊，這句話不能證明你是認識我的。」

「你，」她笑了：「你就是在Standford要求我唱〈黃浦江頭的落日〉的男子。」

我想起是她，但是我不知道她的名字。我說：

「是不是那天你沒有告訴我你的名字？」

「我的名字叫米可。」（這是哪一國人名我不曉得，這裏我只記下她名字的音。）

「對不起，」我說：「我是一個很笨的人，未告訴我名字的人我是永遠記不起來的。」

她笑了，這笑容帶著幾分矯揉，但這笑容的本質是無邪而甜美。我覺得米可是簡單、純粹、馴柔的孩子，同梅瀛子、白蘋這樣深刻而複雜的女孩交往以後，反覺得同米可這樣的孩子談話，是比較輕鬆而舒服了。

三十四

電燈雪亮，輪桌推進了各色的茶點，我同米可在一起，曼斐兒太太同費利普在一起，梅瀛子在日本海軍軍官群中；白蘋就在我斜對面，恆相隔很遠，中間又有人穿雜往來。我很想走得近點，但總覺得有點勉強，幸虧她的一切我還看得見。我看見她似乎有點倦意，我想這是舞跳得太多的緣故，我看見武島拿茶點給她，但她用得不多。最後她自己把杯子放到靠牆的一張輪桌上，用手帕當作扇子似地輕揮著，露出萬分疲乏似地悄悄地坐在沙發上。

我很想過去看她，但我覺得從這樣的距離走過去，一定會引起別人的注意，會引起許多人去找她，那似乎反而是對她的擾亂。白蘋是厭倦了生活、厭倦了伴舞的人，我對她終抱著同情，所以現在我希望她有比較寧靜的休息。

照耀著燭光，閃爍著色澤，一隻很大的耶誕節蛋糕，由輪桌推進來，燭光因推動而傾斜，但當它放在房子中央的時候，又豎直了。蛋糕上裝潢很美，上面似以日本與中國國旗為背景，又加以「耶誕節中日聯誼夜會」的日文字樣，我們大家都圍攏在看，我正要細認的時候，我突然聽見梅瀛子興奮地叫：

「我們美麗的主席呢？快請她來切這美麗的蛋糕。」

這時我才注意白蘋，白蘋露著怠倦、煩躁的態度，像她家裏那隻波斯貓般懶洋洋地正要走出門去。我不知道那門是通哪裏，梅瀛子的叫聲使我頓悟到白蘋的怠倦也許是一種偽作，還使我想到梅瀛子所以推白蘋任主席的原因了。

「這當然是我們和平之神的職務。」白蘋從容不迫地說，像帆船一樣雍容地回身駛過來。白蘋沒有堅決拒絕切糕，她先將中日國旗切開，又精緻地切成小塊。梅瀛子就唆使她旁邊的軍官捧著碟子為她去領，於是前後一個一個都捧著碟子上去，白蘋安詳地一塊一塊分給大家，緘默地露著微笑。最後白蘋放下刀，親切地走過來，到梅瀛子面前。我那時正在梅瀛子後面，白蘋看看我笑笑，就親切地靠近梅瀛子說：

「我實在太疲乏了，梅瀛子，」她笑得非常甜美，像作嬌地說：「原諒我，不要再捉弄我了。」

梅瀛子沒有話說，親切地拉著她手，走到後面沙發去，我看到她們一同坐下，似乎親切地在談，但聽不到談些什麼。

茶點撤去，梅武宣布：幾種日本土風舞的表演。於是音樂起奏，有幾個古裝打扮的日本女子出來舞場中表演。這時米可同我說，她在第三個節目裏有演出，於是像小鳥飛翔似地從側門進去。現在我自然知道，參加表演的就是剛才所見的那些妖豔的日本女子，而米可也是其中的一位。

日本的舞蹈我看過很少，它的歷史我也不知道，但從所表現的那兩隻舞蹈，我直覺地感到是一種溫柔文雅帶著感傷的詩意的藝術，這與在場軍人的驕矜得意的態度，剛剛成相反的對照。米可在她參加的一隻舞蹈中是擔任主角，一節舞後，有一段唱；我聽不懂這歌的意義，但調子所表現的不外是感傷惜春之類。米可的美麗在舞蹈中更顯得光彩，所以在表演舞完畢後、交際舞開始之時，有許多人來請她跳舞。

一陣狂亂，彩紙在空中穿射，汽球在空中飛揚，「Merry Christmas」「Merry Christmas」。輪桌的四周布滿了酒杯，人們搶著舉起，於是碰杯，豪飲，狂舞，這是夜半十二點鐘。但我不知道幾個人是真的瘋狂，幾個人是假作瘋狂，幾個人是依著習俗學作瘋狂！

這以後，跳舞的繼續似乎沒有多久，我發現人們兩兩三三從剛才白蘋想出去的門內進去。舞曲小停的時候，我才注意到白蘋已經不在，梅瀛子也不在，我想她們一定也從那門內進去了，於是在舞曲重奏的時候，我與米可舞了一半，就跟著正往內走的日本軍官，帶著米可進去。

原來那是一個很寬敞的後廊，廊上放滿了可坐的桌椅，但沒有人坐，窗外是一片黑，幾束燈光告訴我園外還有一所房子。前面的兩個軍官轉彎，我也跟著他們。轉彎是寬闊的樓梯，他們就拾級上去，我也跟著。

樓上就是燈光輝煌的賭臺，我看到許多人圍著。我像找人似地從人縫中進去，看到白蘋坐在有田的旁邊，梅瀛子則坐在斜對面，白蘋看到我叫我過去。在公開的交際的歷史上，我同白蘋自然比梅瀛子親近。我有資格站到白蘋的後面，但沒有資格站在梅瀛子的旁邊；白蘋有資格遣使我，而梅瀛子在表面上還須保住相當的客氣。我看到梅瀛子望望我，但我不知道她的用意，而我已經走向白蘋的座後，所以沒有中止。我走到白蘋後面，我問：

「贏嗎？」

「還好。」白蘋說。

她們玩的是撲克牌，圍著的人都在下注。我不懂這種賭博，於是白蘋為我解釋，並且說明，這是完全碰機會而不靠技術的玩意。最後她說：

「你替我來一回，」她的話像命令似地，說著她自己就站起：「我回頭就來，謝謝你。」

她已經擠出去了，我自然只好坐下，但是我立刻悟到這是白蘋脫身之計。我望望梅瀛子，她正在看我，是一種諷刺的微笑。她看來輸得不少，這次她盡所有下注，四周似乎也想尋人來替她，但她左右與後面的人，都注意著自己的賭注，我想也沒有一個可以為她代賭的關係人。她一時似乎急於脫身。

幸虧這一牌梅瀛子又輸了，輸盡了她臺面上的錢，她站起來說：

「太悶了，我休散休散再來。」

誰都知道這句話是一種託詞，但我相信大家都會當她是賭客的常例，輸了錢就說一句冠冕話而離座，因此倒沒有人對她做其他的猜疑，也沒有人阻留她。她走後，後面有人坐下來，我繼續在賭，我賭得很小，雖然心在想別的，但一直贏錢。大概是二十分鐘以後，我看到曼斐兒太太，她擠了過來說：

「你贏得很多了。」

「不是我自己的。」我說：「你沒有看見白蘋嗎？她怎麼還不來？」

「沒有。」她說。

我四面望望，裝作尋白蘋，又說：

「你替她來一回好嗎？我去找她去。我想，她一定在跳舞了。」

於是我把座位讓給曼斐兒太太，一個人走向樓下舞廳。

我相信白蘋不會在，我也不知道什麼地方可以找她，我心裏打算著可以找的地方與可以做的事情，惦念梅瀛子的工作，她是不是會同白蘋……

但是白蘋竟在舞廳裏跳舞，驚奇打斷了我的思緒。音樂是熱烈的爵士，中國的偽官們大概前後都已散了，全廳都是日本少女與青年日本軍官，空氣非常浪漫，已無剛才正式莊嚴的空氣。白蘋正與一個很年輕的軍官同舞，臉上露著百合初放的笑容，眼中放射愉快的光彩。我非常奇怪，這使我立刻想到：「梅瀛子，可是已經失敗了？」一種可怕的預感：難道白蘋已經陷害了梅瀛子？我的心跳起來，我恨不得拉住白蘋來問，但是音樂一直在繼續著。

「怎麼你下來了？」

是米可，她也是從後面進來。我於是就同她跳舞。我問：

「你到哪裏去了？」

「我一直在這裏，剛剛出去一趟。」

「看見梅瀛子嗎？」

「她沒有在賭錢嗎？」

「沒有。」我說。

這時候，我有機會舞近白蘋。她看見了我：

「怎麼？你也下來？」

「你怎麼老不上來了？」我說。

就是這兩句問話，我們已各人舞開去。一直到音樂停止的時候，我們才繼續談話。我走過去說：

「你倒舒服，在這裏跳舞。」我注視著她閃光的眼睛。

「我賭得太悶了。」她很自然地說：「現在呢？」

「曼斐兒太太替你在賭。」我說。

跟著音樂響起來，我又同米可跳舞，我注意著白蘋帶著一個年輕的軍官走過通走廊的門。

這是我對她的試探，而我相信她這次一定是上樓。我想於舞後上樓去探她去，但我又關念梅瀛子。在剛才同白蘋幾句對話中，我很注意白蘋的眼睛。我雖然沒有問她梅瀛子，但假如她有陷害梅瀛子的行動，在我的注目中，她一定會有點不安與侷促，而事實上一點沒有，她似乎愉快而坦白，也許有微微的興奮與不安，但這是她常有的事情。一瞬間我忽然非常柔弱，覺得我懷疑白蘋陷害梅瀛子是一件極對不起她，同時也很可慚愧的事。可是更現實的問題，是我必須馬上知道梅瀛子的下落；但除了我到過幾間房間外，我是無從去探詢。於是我想到身邊的米可，我說：

「梅瀛子奇怪，不知上哪裏去了。」

「你找她有事嗎？」

「是的，」我笑著說：「回頭你你可以為我去找她嗎？」

「自然可以，」她天真地笑：「用什麼報答我呢？」

「找到了我請你吃飯。」我說。

音樂快完的時候，米可說：

「我就去找她好嗎？」

「謝謝你，但不要讓別人知道我在找她。」我說：「我在賭臺邊等你，你可以告訴她來看我。」

於是米可像小鳥似地匆匆出去。我就從後面出來，預備上樓去。後廊是寬闊的，窗外黑魆魆，我剛才只見到幾盞疊成房屋的燈光；現在，為我身體的熱悶與心理的好奇，我走到窗口，抽起一支煙，我打開一扇窗子，讓外面的冷氣進來。我深深地吸了一口氣，開始注意窗外的園景，幾株樹，幾叢花，安置得很別致，一個日本型的小石塔，旁邊是密密的竹叢，竹叢的外面就是圍牆；那一面就是一所三層樓的小洋房，似乎是後來與這園子同時造的。我伸頭出去看那小洋房的全部結構，我發現那面兩盞矮巧的路燈，照出一條石子砌成的路。這路一端正通這小洋房的門，另一端無疑是通到這面的房子，中間有支路徑通到這邊的園林。那房子的窗戶都關著，裏面靜悄悄，沒有人影，也沒有聲音。就在這時候，我看到一個女人從這面的房子走到石子路；我向後一閃，在接巧的路燈邊，我認出這是米可。她沒有四顧，一直走到那面的小洋房，一推門就進去。「砰」的一聲，門在她身後關得很響。

「梅瀛子在那裏面？」我想。

天上無月，有零落的星光。我從那剛關的門看到石子路上，再看過去，又看到一些輪柏等樹木的點綴。我發覺這小洋房是站在這塊園林的中心，於是我意念中把視線繞著小洋房看過來，我又看到小洋房的石階，一，二，三，四，五，六，於是煤渣路，又是輪柏，有幾株春天的花木現在已經凋枯，過來有三株冬青還很綠，那邊似乎是小池反映著星光。經過黑魆魆的一角，我視線跳到白石的小塔與竹林。我這時發現石塔的旁邊有大路可以通到竹林似的，我順著路看進去，我吃了一驚！是一個女子從林中出來。我略略後閃一下，再細看時，啊，是梅瀛子！我沒有驚動她，我想後面或者還有人，但竟沒有。她滯呆地拖著腳步，低著頭，似乎在苦思什麼；她走到石塔邊，又走到小池邊，在池邊大概站了三分鐘的工夫，忽然若有所悟地像發現什麼，她就穿過冬青踏上石子路，堅決地順著路走去。這路就是連接兩組房子的石子路的支路，還沒有踏上正路，我看那小洋房的門開了。我一怔，梅瀛子似乎也一怔，可是出來的是米可，米可就高興地迎上去，我沒有聽清楚，大概她在說：

「這可讓我碰到了。」

梅瀛子就拉住她，以後的話我一點也聽不出了，她們倆就到這面房子過來。

我關上窗門，覺得還是到上面去等她們好，於是我就拾級上樓。

梅瀛子的焦思是工作失敗的表徵，但她的安全給我許多安慰，我有比較安詳而鎮定的態度，登樓去等待故事的發展。

三十五

我忽然感到，人心也許就是勢利的，在任何場合之中，優勝者總得許多人的擁戴。世上的優勝者也許還常遇到人的妒忌，但這只是證明優勝者的尚未完全優勝；等到十足優勝的時候，最妒忌優勝者的人就都成為最擁戴優勝者了。

今夜的白蘋真是光芒萬丈，無比無比的光彩都堆在她的臉上，無數無數的支票現金都堆在她的面前，許多許多的目光都加在她的身上，這些目光裏都是羨慕與尊敬，我看不出有妒忌與仇恨，但是人們還送錢給她。

我冷靜地站在旁邊觀察，白蘋的臉上真是閃耀著各種的燦爛。這燦爛一點不是驕傲，也不是得意，是一種勝利，一種奇美，一種愉快，一種說不出的甜蜜。這燦爛引起了人人對她的尊敬與愛，都願意在她面前屈膝似的。人們的談話，似乎都以輸給白蘋最多為光榮，雖然她的面上還有懊惱之色。這空氣使我覺得我沒有對白蘋獻金是恥事似的，我拿出錢去說：

「白蘋，現在輪到我來對你獻金了。」

我把錢放下去，白蘋報我微笑。曼斐兒太太現在為白蘋整理票子，管理支付，她說：

「今夜的白蘋已不是你可以來作對的了。」

果然我輸了，但是這並沒有增加白蘋臉上的光彩，而她發著奇光的眼睛，一望我的時候，反使我感到一種說不出的威脅，好像她看穿了我是梅瀛子的助手，而今夜就是在與她作對似的。這使我想到我剛才在園中所看到的美麗的梅瀛子的神情，與白蘋相較是多麼可憐的對比。

整個房間的人似乎都為白蘋而存在，整個房間的燈光似乎都為白蘋而輝煌，整個房間的設備似乎都為白蘋而裝置，而整個房間裏的人、整個房間裏的人所保管的金錢似乎都受白蘋的控制，而梅瀛子在蕭瑟昏暗的園中漫步，則活像是一個世界所遺棄的人，沒有一個生物在注意她，只有我，在隱僻的窗角偷望著她，那麼可是海倫的不來所以致此？而這是我工作的失敗。不用說白蘋是我們的敵人，而梅瀛子是我的同伴。就是以我永遠同情弱者的氣質來說，一瞬間似乎就會有一種仇恨的心理在我胸中浮起，好像我賭博上勝利也可以挽救我們工作上的失敗似地，我鎮定地再下更大的賭注，但是我又失敗了！我連續失敗！

忽然我想到我在這裏是為等米可與梅瀛子的，而梅瀛子的上來，將更會是一種失色的出現。這一瞬間白蘋已經成了強烈的陽光，梅瀛子的出現，將是黃昏時的淡月，再無人去注意她。因為我看到梅武在白蘋的背後，只等白蘋看他一眼以為榮。我可以斷定梅瀛子的上來，連他都會對她有禮貌上的疏忽；那麼，現在似乎只有我，而我應當及早阻止她上來。我正想輟賭到樓下或者到門口去迎接梅瀛子時，我身旁忽然有人說：

「怎樣？不陪我跳舞嗎？」

是米可，她嬌憨的態度使我減輕了心靈的負擔；但是我立刻擔心到梅瀛子會在後面，我從人叢中後望，發現她不在，我的心寬慰了許多。我說：

「你看，找不到你，害我輸了不少錢。」

說著就從人叢中擠出來，我們匆匆下樓，梅瀛子已在一個日本青年軍官的臂上。這青年軍官對梅瀛子似不熟稔，非常莊嚴有禮地在跳舞。我同米可跳舞時，偷偷注意梅瀛子的神情，這神情是冷靜而堅決，已無剛才焦慮懷疑不安的空氣。她沒有笑，沒有談話，看到我的時候也沒有同我招呼，她只是安詳地跳舞，似乎是胸有成竹，又似乎是心不在焉。

音樂停了，梅瀛子才同我招呼，非常淡漠似地說：

「你贏了嗎？」

「輸。」我說著走在她的旁邊。

她一直向那面放著她手皮包的沙發走去，她說：

「幾點鐘了？」

我看錶，我說：

「兩點四十分。」

「……」她透露了一聲疲倦的微喟，不說什麼。

走到沙發邊坐下，她望望遠處窗沿的輪桌說：

「給我一杯酒好嗎？」

「寇利沙？」

「白蘭地。」她說。

我於是又走回去，到窗沿輪桌上倒了一小杯酒回來。

梅瀛子接了酒，喝了一口，輕靠在沙發上，又微喟一聲。我說：

「疲倦嗎？」

「……」她點點頭。

忽然音樂響了，人們都跳起舞來。她看看附近沒有人，振作一下，用沉著低微的口吻說：

「現在，一切的責任都在你身上。」

「你是說我可以幫你忙嗎？」我坐在她的旁邊。

「是的，你應當負這個責任。」她沒有看我，嚴肅地說：「手續完全同上次一樣。現在這已在白蘋的手皮包裏，我想。你設法陪她回去，必須在車上把它拿到。」

「車上？」我思索一下問。

「除此你沒有機會了。」

「但是……」

「等會在喝酒的時候，你應當使她嘔吐，於是你趁機陪她回去。」

她說著從身後拿出手皮包，拿出一塊淡紫羅蘭色的手帕揩了揩鼻子，我聞到她特有的香味。於是她把手放下，正放在我的手旁，她說：

「這是藥。」

我手背觸到她柔軟的手帕，我毫無考慮地反掌去接受。但我接到了一個紙包，我的心突然顫動起來，我敏感地想到這是毒藥，而不知所云地感到說不出的驚駭。我極力抑制自己的感情，我鎮靜地問：

「藥？」

「使她嘔吐的。」

但是我不知怎麼，對於梅瀛子這句話不能完全相信，在工作上如果需要，我相信梅瀛子的確會下這個毒手，而她的工作我既不明瞭，那麼無法證明這會不是工作上的需要。

她像石像一般坐在那裏，眼睛望著空虛，臉上沒有一絲表情，這使我想到《鬼戀》中的女主角，我驟然悟到這份眼光裏隱伏著一種殺機。好像讓我看到，即使不是工作的需要，梅瀛子也會因對於白蘋的嫉妒而下此毒手的。我握著那個紙包，手發抖起來，於是我緊握了一下，堅決地說：

「是不是怕我害怕，而說這只是為嘔吐用呢？」

「你以為我要你做個傀儡？」

「梅瀛子，」我說：「除了工作以外，我們是朋友；在一切你給我的工作中，我希望明瞭它的意義與效果。」

「相信我，」她說：「這時候我無暇同你討論哲學。」

「可靠的？」我問。

「你放心，」她說：「犯罪的事情我用不著你。」

「可以讓我看看你的眼睛嗎？」

她回過頭來，我從她堅決的眼光中，看到了怠倦與溫柔，她低下視線，寧靜地說：

「當許多別人同她飲酒後，你再去祝杯。」

「於是當她嘔吐時我送她回去。」

「是的，」她說：「你同曼斐兒太太兩個人最好，免得有日本軍官要參加同去。」

她說完了就站起來，安詳地說：

「伴我跳舞嗎？」

我沒有回答，站起來，把藥包放在袋中，沉默地同她跳舞。

「你膽小嗎？」她說。

「是的，我怕這不只是嘔吐。」

「假使我撒謊。」她說：「你隨時可以出賣我。」

「我應當相信你，梅瀛子，」我說：「因為我永遠忠誠地服從忠誠。」

我們間又沉默。音樂停時，她說：

「東西拿到，馬上到Standford的舞廳內等我，現在伴我上樓吧。」

於是我的心跳動著，同她走出舞廳，走上樓梯。賭廳裏聲的喧鬧、光的輝煌，現在又都聽到與看到，我的心似乎更震慄起來。

從玻璃門推進去，我看到白蘋拿著杯子站在桌上，大家圍著她舉杯歡呼。梅瀛子一進去就離開我，當時就有人迎著她告訴她白蘋大勝。她到酒桌上拿了兩杯酒擠到桌子邊，有人就扶她到椅子上。她說：

「白蘋，請接受我這杯。」

白蘋接過她的杯子，梅瀛子說：

「今天讓我們大家推舉白蘋為我們的Queen。」

大家呼歡，都舉杯倒乾，我也乾了。這時有人喊：

「我們的Queen萬歲！」

大家都喊。就在這時候，我從酒桌上斟滿酒，一隻手伸在袋裏把紙包的角撕去，我假裝兩隻手拿杯子，把藥粉投在裏面，於是我又另外去拿一杯酒。我感到我的心在跳，我的面頰起痙攣，我的手抖顫。但是我還是強抑著一切，走到桌邊。這時候白蘋正要從桌上下來，我寧靜地說：

「慢慢。」

白蘋抬頭看我。我又說：

「為你的勝利，白蘋，我希望可以分你一點光榮，我祝福你。」

白蘋用百合初放的笑容接我的杯子，這可真使我慚愧與內疚起來，我的心已經不跳，心已經不顫，一瞬間我恨我的手，我已經無法收回。她舉起杯子，同我碰了，她說：

「我願把今天所有的光榮換你的祝福。」

我不敢正眼看她，我用杯子擋住自己的視線，我乾了杯。我看見她把空杯交給人，於是她從我的臂上下來。我要侍候她的變化，所以沒有離開她。我說：

「你太興奮了！你需要休息。」

她沒有說什麼，似乎有點頭眩，扶著我到沙發邊去。我說：

「你有點醉了。」

她還是沒有說什麼，一直往沙發跑，最後悄然坐下，我就坐在她的旁邊。那時候有田拿著她的皮包過來，他把皮包放在她的身旁，白蘋很自然地就移到她自己身上。有田問：

「累了嗎？」

「頭暈。」白蘋微笑著說。

可是我的心可像觸了電一般地震搖了，我眼前浮起了梅瀛子石像一般的表情，眼睛望著空虛，閃光中充滿了殺機，難道白蘋已經中毒了嗎？而施放毒藥的人正是我。

白蘋微笑地支持著，但有點死僵，我被一種無名的恐懼所控制。我遠望梅瀛子，她正在那面與軍人哄笑，似乎一點也沒有看見我的焦急。一瞬間我所有的懊惱與氣恨都變成小鹿，它們在我心中竄動跳躍，我抑制自己。再照顧白蘋時，白蘋已經面色變白，靠在沙發上不想動了。有田在旁邊安慰，但白蘋說：

「請讓我靜靜地休息一會吧。」於是又指使我說：「倒一杯水給我。」

我拿冷開水回來時，有田已經走開。白蘋坐在那面像半睡一樣地安靜，但我看到了她手指有微微的痙攣，我焦急而害怕，忽忙地把冷開水送到她的唇邊，她一飲而盡；我放下杯子，去握她正在痙攣的手，一瞬間我幾乎喊了出來。這手是潮濕而冷澀，像兩塊化著的冰，我緊握著它，用理智壓抑我喘不出氣的苦燥，我這時才尋到了話。我說：

「白蘋，怕是大病來了，快到醫院吧。」

「……」頭點點；閉上了眼睛。

她的手似乎一直淌著冷汗，一瞬間使我不得不俯首去看。但是我看到我自己的手，那隻把毒藥交給她的手。我懊恨之中，立刻對梅瀛子浮起了隱恨！在這樣危險的情境中，梅瀛子已經代替了白蘋在那群軍人中起鬨：笑聲、歡呼聲控制了整個的空氣。現在我在白蘋的身上感到茶花女的寥落。十五分鐘以前，多少的人在對她歡呼，現在，當白蘋不能把歡情與笑容供他人玩樂的瞬間，人們已完全置她於腦後，我的淚禁不住流下。但淚滴在我手上，並不能洗淨我手上的罪孽。我用我犯罪的手揩乾了眼淚，我內心的憤怒集中在我的雙眼，我對著那面的人群叫：

「曼斐兒太太。」

曼斐兒太太從人叢中出來，梅瀛子也假作驚奇似地過來。人們開始靜下，向我們地方注意，似乎關心似地，又似乎怪我打斷他們的豪興似地，有人問：

「怎麼？」

「一定是喝醉了。」

梅瀛子搶上來，走到白蘋的旁邊假作安慰似地拉她的手，摸她的前額，於是對我說：

「你快點送她回去吧。」

曼斐兒太太是熱心人，這時候她也已走到白蘋的旁邊，於是我問她說：

「你幫忙送她回家嗎？」

「好的，好的。」她說。

沒有一個日本軍人來獻殷勤，這應當是我們的勝利，但是我恨，我清楚地看到這群人平常的熱情是什麼了。百般地討好，盛美地捧場，完全是因為白蘋的青春與美、聰敏與歡樂，而這一瞬間，白蘋像花在火中憔悴下來，就再沒有一個人來愛護她了。有田假殷勤似地過來，對我說：

「快讓她早點去休息吧。」

我沒有理他，攙著白蘋向門口走去。梅武在門口同我握手，又拍拍白蘋的肩頭：

「對不起，對不起。」他說。

「讓我們乾一杯祝我們的皇后晚安。」梅瀛子又在後面叫了。

我連頭都沒有回，曼斐兒太太在替我說：

「諸位晚安。」

於是她幫同攙著白蘋下樓梯。梅武陪我們到衣帽室取了外衣，一直送到我們門口。

「晚安。」他禮貌地說。

「晚安，謝謝你的招待。」

「對不起。」
「晚安。」
「晚安。」

三十六

我一接觸清新幽冷的空氣，對於今夜的集會馬上起來萬種的厭憎。我有懊惱，有仇恨，有慚愧，還有說不出的哀怨與懺悔。

天上有疏朗而隱約的星斑，輪柏與冬青樹上有紅綠的電燈，一切都像是我心頭的鱗傷。遙遠黯淡的天空，充滿了寂寞空虛與痛苦，使我打起連連的寒噤與顫抖。我想痛哭，想跪下，想忠誠地對白蘋訴說我的罪孽，一舒我良心的鬱結與責備。但是我還是攙著她到汽車旁邊。

但正當小僮為我們打開車門，曼斐兒太太攙載白蘋上去的時候，白蘋驟然拉我的手臂，「哇」的嘔吐起來。

這嘔吐證明梅瀛子交給我的並非毒藥，而我的手也不是毒手，我的心有說不出的愉快與舒暢。我猛然注意到白蘋在嘔吐一瞬間，她的手皮包已經交給曼斐兒太太了。就在曼斐兒太太忙於招呼她嘔吐的時候，我接了過來。我幫她們上車後，關上車門，打發了為我們尋車的小僮。我登上前座，駕車從小路上駛去，穿過點綴著紅綠燈的冬青，穿過警崗。到了大路。

外罩田野展開在我的四周，夾路的洋槐早已凋盡，綜錯的柏油路，閃耀著燦爛的街燈，蜿蜒盤旋曲折，伸展到遠方，路上沒有一個行人，也沒有一輛車子。我把車子的速度減到二十五哩，一手打開我身邊白蘋的手包，但是裏面都是雜亂的錢鈔，我從錢鈔的旁邊探入，底下有零星的口紅、粉匣，我突然在旁邊摸到了一個硬封套，我的心猛跳起來，但我隨即發現那是化學的派司封套，裏面想是公園派司之類，此外我再摸不到什麼了；於是我打開另外一層，那裏面是幾塊手帕、一支鋼筆、一支鉛筆、一本不過信封大小的記事簿，簿子裏似乎夾著著許多零星的東西，但都不是我想尋的東西。

這皮包的構造就是這樣的兩層，我似乎已經到了絕望的世界，但這時偶然地我在第二層上摸到了一面鏡子，這鏡子相當大，是放在皮包壁上一隻附袋裏的。我原意是疑心這文件會插在鏡子的後面，所以把鏡子抽出來，這鏡子的背面似乎是皮質的，角上帶著一條細韌的鏈子。這鏈子與皮包壁相連，拉到極度的時候，我好奇地去偷看，藉著汽車裏與路旁的燈光，我發現這是一條夾金的精緻的鏈子，一端就連在皮包壁精細的拉鏈上。我一面駕車，一面乘勢拉開拉鏈。這拉鏈很短，我用四個指頭探進去，發現裏面藏著兩個硬紙的信封，平貼在裏面，但信封的闊度幾乎是三倍於拉鏈，必須將信封摺小，才能夠將它取出。最後我摸到封口上的火漆，我聯想到上一次的文件，我不加考慮地把它取出，我的心猛跳起來。我從車上的鏡子窺看後座的白蘋，她靠在車壁上似乎很疲乏，我相信她沒有注意我的動作。

我把取出的文件墊在我的身下，把拉鏈拉上，把鏡子放好，於是我關上皮包。我把車子的速度，增加到三十八，於是到四十。

但是我的心還是緊張著，我從窗上的車鏡後望，白蘋安詳而疲乏地靠在車角，曼斐兒太太似乎也透著倦容。現在我急於早點回去，正如一切難關希望早點渡過一樣，我把車增加到四十四。

沉默，沉默，沒有風聲，沒有人聲，也沒有車馬聲，只有我們的車子在光滑的路上滑過的聲音。我望著車燈前面的路，避開紊亂的思緒，專心地駕車前進。

在快到虹口的時候，忽然有一種敏捷的思想，反射地叫我停下車子，我回過頭去問：

「到什麼醫院去呢？」

「不，」白蘋張大眼睛說：「我回家去，等天亮我會請醫生的。」

「現在覺得好一點了嗎？」

「很好，只是乏。」

「頭暈嗎？」

「不。」

「想嘔吐嗎？」曼斐兒太太問。

「不，」白蘋露著安詳的微笑：「只想睡覺。」

於是我又駕起車子，穿過北四川路，街市上雖有聖誕的聲色點綴，但殘夜至此，也已十分冷清。一個人在精神疲乏的當兒，很容易對環境與空氣有所感應，但如今，這鬧後的落寞倒並不引起我的感應，這因為我精神的疲憊已經從敏感到了麻木。我從最緊張的心情鬆弛下來，而還牽掛在我偷竊的行為，與所偷竊的文件上面。

車子穿過四川路橋，直駛過去，我急於要早點將白蘋送回，帶文件去會梅瀛子，再把它帶回去還白蘋，所以我又把速率加增。在路徑上，我自然應當先送曼斐兒太太回家。但是先送白蘋回家，或者叫曼斐兒太太陪她一夜是否更有利於我的工作，這則是一個問題。我雖然想到這個問題，但沒有精神去詳細考慮，我直覺地把車放慢，我問：

「曼斐兒太太，你願意到白蘋那兒去招呼她嗎？」

「當然，當然。」曼斐兒太太熱心地說。

「不，」白蘋說：「我現在已經很好。還是先送曼斐兒太太回家吧，我想她已經很累了。」

這句話是普通的客氣話，還是她另有用意，我沒有邏輯地去考慮，但在直覺上我感到讓曼斐兒太太留在白蘋那面，至少可以延遲那包文件遺失的發覺。

「我沒有關係，」曼斐兒太太說：「我一個人回去也很寂寞的。」

我沒有理會她們以下的談話，我也沒有聽到白蘋特別地堅持，我把車子一直開到姚主教路白蘋的寓所。

我把兩包文件納入袋中，下車為她們開門。我扶曼斐兒太太下車，把白蘋的皮包順手交給她，我的動作很自然，極力避免白蘋見到，希望她會相信她的皮包始終在曼斐兒太太的身畔。我一閃身，又去迎白蘋下車。白蘋攙著我手下來，她的手現在已經暖和，於是我望到她的面孔，這美麗的面孔非常平靜，剛才的淒白似已消失。我正在欣慰梅瀛子沒有對我失信，而白蘋稚弱而美麗的眼光一瞬間同我接觸了，這像是對我行為不忠實的一種責罰，我有慚愧的情感使我不得不俯首避開她的視線，我匆匆關上車門，伴她們走進落寞的公寓。這時候，我注意到那隻手皮包已經在白蘋的手上了。我的心又重新跳起來，恨不得馬上逃走，在電梯旁，我說：

「曼斐兒太太，你伴白蘋住一夜吧。」

「假如不嫌不舒服的話。」白蘋並不堅持。

我看曼斐兒太太已經首肯，於是我說：

「那麼我不陪你們上樓，先回去了。」於是我向白蘋說：「還有什麼不舒服嗎？」

「只是疲乏，」她說：「今天真是太出醜了。」

「那麼早點睡吧，」我笑著拍她的肩胛：「再會了。」說著我已經轉身對曼斐兒太太：

「晚安，曼斐兒太太。」

我像逃犯似地離開她們，跳上汽車，直駛到Standford。

閃爍華麗的聖誕樹，燦爛的燈光，溫暖的水汀，刺激的音樂，這些與剛才梅武的集會似並無什麼不同，但是我在這裏感到一種自由與解放。我看到人群，這些人群中都曾使我感到厭憎與討厭，但這一瞬間使我感到可愛。這原因等於魚從陸地上跳到水內，多麼齷齪的水都是自由一樣。我好像從地獄到人間，人間已經是天堂，一切有眼睛瞳子的人，似乎都是天神。

我應當很疲倦，但此時我又興奮起來，對於淺薄無聊都市淫靡熱鬧的刺激，我早已厭倦，但此時我竟有說不出的需要。我從熱氣中擠進去，我從鬧聲中擠進去，我從柔軟的幔帳中擠進去，我從人縫裏擠進去。最後我找到一個座位摸摸我褲袋中的文件，坐下來。我叫了一杯冰啤酒，抽起一支煙，我感到一種解放的舒適。

豐富、華麗、燦爛的布置，點綴了這舞廳的聖誕夜。汽球、面具、各色的紙帽，各種聲音的哨子在各處波動。這裏有白俄、有日本、有韓國、中國的舞女，我下去狂舞，沒有說一句話，只是擠進人叢裏逃避我的現實。一個人在緊張之下，是這樣需要避開現實，我今天第一次感到一切的娛樂在精神上都是同睡眠有一樣的功效，所不同的是睡眠在神經鬆弛外還有肉體的休息，而娛樂則只使神經鬆弛，或者在某方面鬆弛，對肉體倒反有另外一種疲勞就是。

米可她們都在梅武官邸，所以今天沒有臺上的表現，這使我的舞步幾乎沒有間斷。我已經洗淨了我腦中斑痕與創傷，解脫了心上的壓迫與重負。我對一切是聽而不聞，對一切是視而不見。我不用一絲情感與思慮，我只是把整個的時間，連一秒鐘都未曾放鬆，讓無聊的音樂、無聊的粉香、無聊的光與色刺激我。最後，在舞池中，我聽見有一個舞女說：

「梅瀛子小姐來了。」

不約而同地大家在注意，我方才跟著清醒起來。

梅瀛子的打扮同剛才走進梅武的客廳的一樣，簡直是一道白光，她四周望望，似乎在找我。我輕舞過去，把我的座位指給她。我雖然還繼續跳舞，但是我的心已經回到現實，我第一先意識到我褲袋中的文件，於是我的心浮起了紊亂的思慮，一直到曲終燈亮的時候，我回座去會梅瀛子。她已經叫好了香檳，連眼睛都沒有看我，她叫侍者斟酒，於是微笑而光彩地，舉起杯子，用非常綺麗柔和的眼光望著我，她說：

「祝我們的英雄凱旋。」

「你以為嗎？」

「我想的不會錯。」

「是根據什麼呢？」

「根據你比我先到這裏。」

我不再問她什麼，同她碰杯傾飲。最後，在樂起燈暗時，我低聲地說：

「我不知道對不對，一共兩封，我都拿來了。」

「我想不會錯。」她肯定地說。

「要歸還她嗎？」

「自然，」她說：「一切最好同上次一樣。」她親手為我斟一杯酒，於是說：「現在交我，中飯到賓納飯店來，我希望我可以還你。」

我從褲袋裏把兩封文件交她，我發現已經有點摺痕。她接過去，很快地望望火漆印說：

「沒有錯。」

她立刻納入手皮包內，於是眼睛透露勝利的光彩，鼻葉掀起驕傲的波浪，嘴角浮起愉快的笑容，舉起杯子默默注視著我。我同她碰杯傾飲，我說：

「謝謝你。」

「什麼？」

「不過是嘔吐。」

「永遠相信我，孩子。」她說：「現在再會，你也該去休息了。」

「你呢？」

「等你醒來，到賓納同我一同吃飯後，才是我休息的時間。」她笑著站起，又說：「我們像輪流著把舵，讓這隻船平安地在風浪中前進。」

我同她一同出來，她到深幔外同我說聲「再會」，像一道白光似地又在深幔的夾縫中消失。一瞬間，空虛、寂寞、疲倦都包圍了我。是勝利後的悲哀？是盛宴散後的寥落？——我不知道。我無心探究，我感到失望。

穿上衣帽，跨出大門。外面天色已經透亮，一陣寒氣使我不禁哆嗦。我拉起衣領，戴上手套，從帶霜的聖誕樹下過去，紅綠的小燈這時真像鬼火。我低下頭，看到霜路上我自己的腳印。我匆匆跳上汽車，一直駛到威海衛路。冬晨的大氣瀰漫著霜霧，我心像這大氣般空漠，我什麼都不想，我只想念寓所裏柔軟的床鋪。

一九四一年的Christmas Eve！這是一九四一年的Christmas Eve！

三十七

許多零星的事情，混雜在這裏，一定會有礙於我故事的發展，可是這裏則不得不補述耶誕節的前一二天，我曾經有禮物贈送給親友過，而白蘋、曼斐兒太太、梅瀛子自然也都是我贈送的對象。因為我回到寓所後第一件事竟不是預期的睡眠，而是發現梅瀛子曾派人送我禮物，這禮物就放在我的沙發上，是一隻由聖誕禮物紙包紮的大盒子。我看了這盒子上梅瀛子的名字與「恭祝聖誕」的字樣，我隨即把這盒子打開，裏面是一件灰底黑條紅邊的晨衣，呢質很好，是英國貨。顏色我也喜歡，我脫去禮服，換上睡衣後，試穿這件晨服，覺得大小式樣都合適。這禮物是相當名貴、相當鄭重，我開始覺得我送她的禮物是太菲薄了。

這自然不是大事，我也隨即忘去，我穿著這件晨服坐在沙發上吸了一支煙，接著盥洗就寢，這晨衣就拴在我的床畔。

一躺下柔軟的床上，我就睡著了，我一點也不知道時間是怎麼過去的。

我有夢，我夢見那件晨衣自動地飛翔，閃光燦爛。好像有人告訴我這就是Flaubert小說裏阿特立的聖衣，我在夢裏好像也很相信它是神秘的東西。我居然披著它在街上走，試試是否有人稱誇我的大膽。但是滿街的人大笑，有人把紅墨水灑在我的晨衣上，大家都灑，好像是一種迷信的避禍一樣。有的從樓窗上，灑得我一身都紅。於是我看見該晨衣從一塊一塊的紅光變成全身都紅，有一滴一滴的水，濃濁沉重，從我衣角滴下來。

「搭！搭！搭！搭！」我聽見這滴水的聲音，活像有誰在敲門。

我醒來，太陽照滿我的窗簾，紅得像血，這正是我夢中晨衣的幻景，晨衣則還是灰底黑條紅邊的掛在床畔。

「剝！剝！剝！剝！」真是有人在敲門。

「誰？」我問。

「我。」是女性的聲音，這自然是梅瀛子。

我忽然想起昨天的約會，難道現在已經過了所約的時刻？

我起來，高興地披上那件晨衣：我想讓梅瀛子看到自己送我的禮物，一定是有趣的。我用手掠一掠頭髮，就出去開門。

但是站在門口的卻不是梅瀛子，我惺忪的睡眼開始清醒，這真是使我太吃驚了。

——是白蘋。

白蘋怎麼會知道這個地址呢？我驀地想到那天站在對面弄口，看見了我就向裏面走的影子，那麼是她早就偵探到我的地址了。

她站在門口沒有立刻進來，露著一種勉強而冷酷的微笑，除此以外竟沒有一個動作，也沒有一絲表情；臉上沒有脂粉的痕跡，透露著昨夜嘔吐後的淒白。穿一件博大的粗人字呢的大衣，腋下夾著昨夜那隻手皮包，兩手插在大衣袋裏，圍一條白綢的圍巾，掩去裏面藏青底紅方花呢旗袍的領子。我後退兩步，故作鎮靜地說：

「真想不到你會來看我。」

「我想你應當想得到的。」她說著走進一步，用肘推上了門鎖，兩手還是插在袋裏。

「你今天已經復原了？」我說。

「謝謝你。」但是她還是站著不動。

「寬寬大衣嗎？」我走近去說。

「不，」她嚴肅地說：「我只是來問你要還那東西。」

「什麼？」她的盛氣不得不使我後退。

「你不要裝傻。」她冷笑而銳厲地說。

「我真不知道。」我撒謊。

我想支持過這一個時期，我就可以於下午從梅瀛子地方拿回那文件去還她了。但是她說：

「從江彎到姚主教路，我的皮包就在你身邊。」

「你的皮包？」我故作思索地說：「啊，那是一直在曼斐兒太太的身畔。」

「那麼是曼斐兒太太撒謊了。」她說著逼近我一步，換了一種口吻感慨地說：「我料到你會走到我敵人的地步的，如今……」

「白蘋，如今該讓我……」

我正想索性同她坦白談一談，勸她反正試試。但是她搶斷了我的話，兇厲地說：

「老實告訴我，這東西現在是否還留在你這裏？」

「你搜。」我說。

「那麼你已經向我敵人去報功了！好吧！」她說著突然右手從大衣袋抽出，是一支手槍！

「……」

我正要說話，但是她搖搖頭，惋惜似地舉起手槍對著我說：

「今天我的責任是要你死！」她轟然扳動了槍機。

這應當是正中我胸部，但一瞬間我本能側身閃避，子彈從左臂進去。我像動物一樣收縮自己的肉體，右手按住我的創傷，我心裏有一句話，但幾次都到喉頭就嚥回了。我發現我瞬間的害怕現在都在白蘋身上，她面色慘白，眼睛閃紅，全身發抖。她似乎在鎮定自己，用嚴厲也是顫抖著的聲音說：

「我們的友愛使我有勇氣討這份執行你死刑的差使，因為你知道……」

「我知道，我知道你就會後悔。」我支持不住痛苦，我靠倒在窗樓上肯定地說。

我看到晨衣上的血，它與灰底黑條紅邊相混，是可怕的紫紅色，我想到了夢！

「不！不！」她忽然自語地說：「我應當有勇氣。」

於是她舉起槍，我連害怕的時間都沒有，她轟然扳動了槍扭。

我相信我已昏暈，辨不清這一槍中在何處，而左臂上可怕的血，在抽搐的時候，湧流出來，我晨衣的袖子已經來不及把它吸收。我無法支持自己，本能地頹然倒在地下，但我意識還是非常清晰，這一瞬間我已經沒有害怕、驚惶，我也不想對白蘋有所申明。我閉起眼睛，等待白蘋第三顆子彈的降臨，我祈禱它會使我馬上圓寂。

但是第三聲槍聲始終未聞。突然，我覺得白蘋在我的耳邊，她撫著我的頭額，焦急而同情地叫：

「徐！徐！」

我翻身張眼，我看到她半跪在我的身邊，驚惶的眼角掛著淚水，頭髮倒垂在我的面頰。她說：

「徐……」

「剝，剝……剝，剝。」這敲門聲打斷了白蘋的話，她開始驚慌。我用右手按捺她，一面微微地欠身，振足著提高嗓子問：

「誰？」

「有什麼事嗎？」是僕人的聲音。

「沒有事，」我裝著不高興的樣子說：「我才睡，不要來打擾我。」

我欠身答話時，白蘋的手臂枕在我頸下，現在我的頭又頹然傾倒，她還是讓我靠著。那幾句話使我的創痛驟增，我發現第二槍中在我的左肩。赤紫的血已染到我的左胸，染遍了我的左臂。這使我想到了剛才的夢，我不禁露出了苦笑。但是一瞬間我看到了白蘋的手槍就在我的身旁，我猛然省悟地說：

「快走，從浴室的門走出去。」

白蘋的驚慌已經使她楞了，她不知怎樣才好，晶瑩的淚珠下墮到我的唇上。我伸手摸到了手槍，我說：

「快走，快走！我會說我是自殺的。」

白蘋踉蹌地站起，但鎮定一下，又俯身下來，左手扳住我的右臂，右手枕住我的頸項，用晶瑩的淚眼望著我，嘴角微微地掀動。她說：

「答應我，今而後把你偉大的心靈獻給民族。」

「儘管我心靈偉大，但總是屬於民族的——過去、現在，與永遠的將來。」

「……」她驚奇了。

透露著興奮的奇光，她視線直射我眼球的深處，最後她把她的嘴放在我的唇上，她哭了，嗚咽著說：

「原諒我！」

她一振足站起來，從後面的椅上拿起皮包，就匆匆地走進浴室，於是我聽到那後門關上的聲音。

我現在有清澈的心境與平靜的世界允許我思索了。這兩個創口，肩胛上的奇痛難忍，但是手臂上的則流血較兇，我用我晨衣的腰帶，靠著我右手與牙齒的力量，在手臂創口的上面緊束。我想掙扎站起，很是困難，站起又有什麼辦法呢？我想叫人，覺得也不是辦法，於是我安詳地躺下，我想有一會沉靜的思索，尋一個最快、最便利的方法讓我到醫院去。

剛才想到的自殺的掩飾，現在想起了覺得太幼稚。第一，這兩個槍傷都是從背面打進去的。第二，如果是自殺的話，總應當打到致命的地方，即使有兩槍誤中，更會有第三槍的急需。第三，既然是自殺了，就沒有叫人送醫院權利。

最方便的自然是叫人，但我將怎麼解釋自己？而最好是不讓外人知道，免得報上有各種的推測。忽然，我想到梅瀛子中午的約會，現在該已有……？——我錶在衣服袋裏，從陽光觀察已該有十一點半了吧？於是我想到最好還是打電話叫梅瀛子來，由她找費利普醫師帶我到醫院去。但我的電話在寫字檯上面，離我的躺處也有十來步路，我須掙扎我負傷的身軀過去。

我把我遍身的重量，放在右臂上，把身子側過去，我屈起膝，試驗著站起，但竟是這樣沉重與艱難，左肩的創傷抽起難堪的陣痛，使我的頸項不能轉動，我頹然又斜貼地上；半分鐘後，我做第二次的掙扎，我蹙緊眉頭，咬緊牙齒，我讓左臂貼緊身體，把住我上身的均衡，側面地讓右臂從地面上直起，同時我用彎曲的右腿從地上支起，但我的拖鞋與地板都太滑，離地兩尺的時候，我的右腳一滑，使我的右臂無法支持，我又倒在地上；這一個震動，我的左臂與左肩的創傷又抽起無法抵拒的陣痛，流出更多的血漿；我頭暈，額角、四肢都有涔涔的汗。我只好閉上眼睛，靜躺了許久。

但我有清明的意識，使我覺得我必須先尋個扶手才能起來，於是我以右手作舵，把我的身體遲緩地駛向窗板，我在靠近窗檽的時候，我試做第三次的掙扎。我用我右手攀住窗板，讓我右腳支住牆壁，我屏住呼吸，不讓左面身子有一點震搖，一瞬間我覺得人類的肉體在地上竟同生根的大樹沒有兩樣，而我們還只能在泥土裏沉沒，而不能在泥土裏生長。

最後我終於起來了，我像爬蟲一般，貼在壁上，一步步向寫字檯去。

就在這當兒，有腳步聲從旁房穿進浴室，我驚疑間，有人已經從浴室出來。

個子很高，上唇蓄著鬍子，眼睛灼灼有光，大衣搭在臂上，把手上的皮包掩去一半。後面跟著一個年輕而壯健的人。

他們莊嚴而沉著地走過來，我這才認出是費利普醫師。他沒有說一句話，指揮那位年輕的助手幫他脫去我的衣裳，扶我到沙發上坐下。

房中本有水汀，但並不夠暖，費利普親自把浴室中的電爐移來放在我的面前。我說：

「是白蘋找你來的嗎？」

他沒有理我，指揮助手收拾地上的血跡。他自己又回到浴室，我聽見洗手的聲音，於是他光穿著襯衫，捲高袖子，出來打開皮包，用火酒揩他的手。我臂上的血這時候也略已凝結，但血漿大塊地湧在創口，上面還湧著鮮紅的血球。左肩的創口我自己看不到，但也有鮮紅的血球掛在臂下，不用說胸前、手背都染著許多血跡，一瞬間我神經已經支不住這些血痕，我頹然沉默著，望著費利普的眼睛，我說：

「要緊嗎？」

他沒有回答，微微搖頭。從皮包裏拿出針藥，叫助手壓起我右臂的靜脈，他開始為我打針。接著他給我一杯開水同兩片藥片，叫我吞服。最後他看看創口，迅速地拿出紗布、繃帶為我包紮。

「子彈？」我問。

他沒有理我，只是緊緊地包紮我的創口。最後他叫助手拿我的褲子、皮鞋、襯衫，幫我穿起來。於是他親自把大衣套在我的身上，帽子戴在我的頭上，他又叫助手把手槍和我帶血的衣裳，塞在他的皮包裏。

這手續的敏捷是驚人的，我想從他進來到現在不過抽兩三支煙的工夫。在許多動作進行中，我雖有點痛苦，但現在我創口已紮得麻木，在助手把手槍與我衣裳放入皮包時，他又回到浴室去了。我從他助手的手錶上看到時間已經是十二點一刻。

費利普醫師穿了衣裳安詳而文雅地出來時，我說：

「梅瀛子，你……？」

他點點頭，略略透一點微笑，阻止我談話，拿出煙盒，自己含上一支，又拿一支放在我嘴裏。於是打開火機，為我點著了，又為自己點。他忽然看見了圍巾，望望助手，助手會意地拿來圍在我頸上。

於是他就在右面挾著我起來，親切而用力地支持我，他助手提著他的皮包，挽著他的大衣，已在為我開前面的門了。

走出門外，他助手就走在我的左面，費利普似故意地不斷地把紙煙噴在我們前面。在會見傭人時，他笑著大聲說：

「我說你昨天喝醉了你還不承認。」

「我自然比你喝得多。」我勉強支持著笑容說。

門口停著他的汽車。不到半點鐘，我已到高葉路高朗醫院了。

梅瀛子在十二號病房門口等我。

十二號，我猛然想到了史蒂芬，他的鐵青的面頰，他的深紫的嘴唇，他的緊咬的牙齒，他的微開的眼睛……

我就躺在這張曾經送史蒂芬生命消逝的床上。

三十八

翻高山，越崇嶺，登險峻，奔瀉坡，我們生活上的艱難與疲憊並不發現於我們勞作之時，而發現於我們勞作以後的休息。我的創傷也是這樣，當我像崩潰地躺在病床以後，我對於剛才的支持才感到一種不可信的奇蹟。

梅瀛子坐下，慰問我幾句。接著，費利普就同一個醫生進來，他招呼梅瀛子出去。此後就有五個星期沒有見她了。這因為我的手術於下午舉行，而手術後的許多時期，我總是在昏迷之中。醫生不許別人來擾亂我，更不許我勉強自己做太多的談話。這樣我在六十鐘頭之中，完全聽憑醫生的支配。

第三天早晨，我神志較清，陽光從窗口進來，房中燦爛如春，鮮花數叢，散置各處，紅玫瑰是梅瀛子的，茶花是白蘋的，雛菊想是……？還有……我也不想去猜。我開始想到白蘋，想到梅瀛子，想到我進醫院前後的許多問題。

譬如，白蘋到底是什麼樣的人？梅瀛子已經斷定她是敵人的間諜，為何她又要槍殺在她認為是叛國的人？譬如，費利普來救我，是從白蘋地方得的消息，還是因為梅瀛子已早在偵察我的行動？又譬如那文件，白蘋發現遺失以後，梅瀛子把它做如何處置？又譬如我的家人是否知道了……總之，我被那些無法解決而紊亂不堪的思緒之困擾，我很希望她們中有人來看我。我詢問看護，看護告訴我，現在醫生絕對禁止外人訪晤，那麼我的創傷難道是這樣嚴重了嗎？我問她，她不再回答。左肩隱隱作痛，偶一蠕動，劇痛許久，我相信那裏的創口已經在發炎了。

九點鐘的時候，醫生來為我診察。十點鐘費利普醫師進來，告訴我下午還要舉行手術。上次在蒙藥中，我以為我兩個創傷的子彈都已取出，現在我方才知道那天的手術只是左臂，而今天將為左肩舉行。

費利普沒有同我多談，他叫我一切放心就出去了。中午我沒有午餐，還通了大便。兩點鐘的時候，我先被抬到X光室，由X光察看後又被抬到手術室去。我視線裏過遍了白色的房、白色的人，醫生們都在洗手，器械箱在酒精燈上響沸。我被抬進了內屋，許多白色的看護圍在手術床上，招呼我躺在上面，不久我就在蒙藥之下，失去了知覺。

醒來時我已經躺在病床上，我感覺到左肩的沉痛，比剛才更劇烈。頭上似乎有很高的熱度，看護過來量熱，但並不回答我的詢問。她給我牛奶、桔水、雞蛋、土司，我很餓，可是吃不了多少，此後我又沉沉睡去。

第二天我的劇痛未減，第三天、第四天依然；第五天換藥後，費利普醫師來同我商量，謂左肩的創傷必須要再動手術，這真是使我吃驚了，第二次的手術已經使我感到說不出的重負，現在還要第三次，我真不知道怎麼樣好？

「我已經夠受了。」我說。

「但這是經過我們仔細考慮與商量的。」

「假如不動手術呢？」

「我們醫生不能回答這個。」

「再動手術一定可以不再有問題嗎？」

「這也只有上帝才能回答你。」

「那麼是不是這是最後一次的手術呢？」

「我們這樣想。」

「科學以為對的，」最後我說：「我聽憑你決定。」

那天的晚飯我又被停止，我很早就熄燈就寢，但不能入睡。我擔憂，焦慮，不安，感到寂寞空虛與我明天生命的渺茫，但天外月光清絕，一瞬間從窗櫺瀉入，慢慢鋪滿了我的床上，像是撫慰我創傷一樣。我心靈感到滋潤，我覺得我應當在祈禱與感謝中接受命運，於是我輕撫著肩傷安詳地入睡。

清晨五點鐘的時候，我被叫醒量熱吃藥，又通了大便。七點鐘，我抱一顆跳躍的心，又被抬到手術室了。

不知隔了多少時候，我在床上從蒙迷藥中醒來，我發覺我在高熱與痛苦的狀態中，一切都是灰色。我已經沒有能力去注意我的周圍，有長枕墊住我左面的身子，看護叮嚀不要使左肩有一點負擔，我同殘廢一般躺在床上。

這痛苦的繼續像是無限，睡夢中時時疼醒，右邊的身子也睡成癱瘓了。一天悠長如一生，我挨過白天又挨夜，從窗口看太陽進來，看太陽出去，看星星在黑暗的天空中閃爍、隱沒；看月兒消瘦下去，夜夜在樹叢中發著淡淡的哀愁。有時風聲颯颯，雨雪霏霏，伴我的零亂的思緒等天際的白色。

但是日子終於打發過去，我有比較清快的精神來注意我的世界。房中幾乎天天有鮮花送來，梅瀛子總是紅玫瑰，白蘋總是淺色或瑪瑙色的茶花，其他有紅心紫瓣的蓮菊，有黃花棕幹的臘梅，有紅點綠葉的天竹，有翠白交綴的水仙，我開始想到世界竟還未將我忘去。

本來醫生倒允許我較早可以起來靜坐，但因為睡下、起身之間非常困難，而頭腦昏沉，坐得不久又想睡下，所以後來就不想再起。現在我做第二次的試驗，看護幫我下床，為我披上晨衣，那就是梅瀛子的耶誕節禮物，是伴我中過槍彈、染過血漬的那件晨衣，現在血漬雖已洗去，但彈孔尚在。我只穿上右手，左手搭著，坐在沙發上，心中浮起說不出的感覺。這感覺是混雜著我心緒的紊亂與一時的安詳、未解的隱痛與久苦初解的愉快。

今天我的精神較好。我相信我的熱度已將退盡，在椅上我吃了醫院供給我的午餐，吃了一塊不知是誰送來的巧克力，都覺得很有味道。

長窗外陽光正好，禿樹下長凳上，有下班的看護們坐著看書，黃紫色草地上有人來去，走廊的那面有人在粉刷牆壁，這是多麼和平清靜的世界？房中的陳列很簡單，病床、床几以外是小櫥、小桌與沙發，櫥上、桌上、几上，與四周的窗沿都放著花束。就在這些花束之中，我偶然看到一束純白色的玫瑰，我直覺地感到一種無名的興奮，我悟到一定是海倫已經從青島回來了。

在剛剛進院的時候，我有萬種的迫切想會到梅瀛子與白蘋，但經過沉痛的痛苦與悠長的時日，我一面雖還是想會她們，另一面則實在有點怕見她們，這好像是紊亂的工作擱淺後怕重新拿起一樣，與她們概念相連的是一串串無盡頭、無止境的問題，提及一角就牽動了全局。為愉快與苟安，數日來我時時想到她們，總不想再想下去。而現在，我有萬種的渴念想會見海倫。

她如果不去青島旅行，竟參加了那天的晚會，據我現在的想像，那文件也許就會落到梅瀛子手裏，而我就無須向白蘋行竊，也許我這次的受傷似也就可免去。那麼一切的變幻似乎就決定在海倫一轉念之頃，人生的神秘也許就在那裏！

但是我現在想會海倫，並不想對她申訴一切因果的系列，也不想同她討論這人生的神秘。我所感到的現在只有她可坐在我對面而不談到我面前的問題與我肩上的現實，可以讓我們的談話轉到純粹音樂與哲學的世界，這在我現在竟是這樣的需要。

看護進來了，我問：

「你知道這花是誰送我的嗎？」

「白玫瑰嗎？」她說：「是曼斐兒太太。」

「她是第一次送白玫瑰來嗎？」

「是的。」她說：「怎麼？你覺得……」

「我想……啊？你可知道她小姐嗎？」

「知道，」她說：「曼斐兒太太告訴我那封信是她小姐給你的。」

「信？」

「我替你放在那裏。」她說著走到床邊，在床几的抽屜裏把信遞給我。是白紙藍襯的信封，沒有貼郵票，那麼這顯然是海倫已回到上海了，知道了她去青島是我受傷的原因，又聽說我還未能會客，所以先寫這封信給我的。

我拆開信，正預備讀的時候，突然進來了費利普醫師，我把信納入晨衣袋中，這是我第一次用到這衣袋。

費利普手裏拿著我的病歷，同一聽Philip Morris，神采奕奕地走到我身邊。

「恭賀你，」他說：「你恢復得出我意料以外地迅速。」

「真的嗎？」

「幾天沒有來看你，你竟好了。」他說著把那聽紙煙遞給我：「我想你現在需要這個了。」

「謝謝你。」我接了他的禮物說：「有工夫坐一會嗎？」

他在我旁邊坐下，四周看一看說：

「剛才我打電話給高朗醫師，知道你這幾天恢復得非常好，所以帶這聽紙煙給你。早知道這樣，前兩天我應當通知她們，叫她們來看你了。」

他看我右手拿著煙聽，就接過去為我打開，抽出一支給我。於是他自己拿出煙斗，與打火機，我們對坐著吸起煙來。他又說：

「明天起，我每天可以允許一個人同你做兩個鐘頭的談話。」

「還是這樣的嚴重嗎？」

「你流血過多，應當做好好的休養。」他說：「現在你吃的藥也都是補劑。」

「謝謝你。」我說。

「這次真是幸運，」他說：「我在十天以前還擔心你的左臂要成殘廢。」

「現在呢？」

「完全放心，好了。」他說：「但也許會不能太用力。」

「梅瀛子呢？她好嗎？」

「明天我准許她來看你。」

「史蒂芬太太呢？」

「她每天打電話問你，」他說：「你沒有看到她天天送你的鮮花嗎？」

「請你先代我謝謝她。」我說：「你聽到曼斐兒小姐回來了嗎？」

「這倒沒有聽說。」

這時候我想到了很久就擱在心頭的問題，我問：

「我到現在還不知道，那天我受傷以後，究竟是誰告訴你叫你來救我的？是白蘋嗎？」

「她打電話給我，告訴我你被一個日本軍官擊傷。叫我馬上來看你。我又不知道你的地址。後來我打電話給梅瀛子才問到的。」

「我被一個日本軍官擊傷？是的，我被一個日本軍官擊傷的。」

「是在汽車中嗎？」

「我真是醉得糊塗了，」我說：「我想白蘋一定比較知道詳細。」

「她已經詳細告訴了我。」他說：「你們從梅武地方出來，又到酒排裏喝酒，後來她就走了。第二天早晨去看你，那個日本軍官就在你那裏，不知怎麼，你們吵起來，他就開槍了。」

「是的，我想是的，」我說：「但是我現在一點也想不起來了。後來大概那個軍官見我傷了，拋下槍就跑了。」

「於是白蘋就打電話給我。」

我不再說什麼。白蘋的謊話也許說得不錯，但是在我可引起了更多的疑問。那麼是不是白蘋的一切還沒有第三個人知道？可是梅瀛子呢？她手裏還有白蘋的文件。我不知道白蘋的謊話是為一時的蒙蔽，還是為永久的隱瞞？難道她預先知道我到醫院不把實情說出來嗎？要是今天不是費利普先說，我不是很容易把一切都說出來嗎？在我以為白蘋既然不是梅瀛子所料的是日方雇用的人，那麼一切從實的傾訴，才可以解除所有的癥結與誤會。而現在，這誤會究竟怎麼樣才能解除呢？

費利普不久就告辭，他叫我不要多坐，我於是回到床上。一瞬間，萬念占據了我的心靈，我頓悟到白蘋很可能還因為是日方的間諜，為我偷她的文件來殺我，故意用相反的方法來定我的罪名。可是在我受傷的一瞬間，私人的友情與民族的良心以及我對她的尊敬感動了她，使她感到慚愧與歉疚，所以出來就叫費利普來救我。那麼這問題的癥結，又並非是我所設想的簡單與可以樂觀了……

一切的思索、考慮、懷疑與擔憂，一瞬間，困擾我疲乏的身軀，我無法解決又無以自救，最後我只好決心暫時把它們忘去。我遙望窗外，看到窗沿上白色的玫瑰；我想到海倫；我叫看護將晨衣袋裏的信給我，我開始閱讀海倫纖秀的字跡。

三十九

親愛的徐：

母親來信說你於耶誕節前夜伴她參加夜會，但回家後忽然病倒，現在已經進了醫院。她信中沒有說及病情，使我非常關念。但她說梅瀛子以為假如答應你參加夜總會，你不會病倒的，這想是一句玩笑話，像梅瀛子這樣的聰敏，我想不會誤解我們間的感情的。母親時常把人家的玩笑當作真意，這當然是忠厚的特徵，但也似乎少點幽默感，你以為對嗎？

人人都到青島來避暑，以為它是消夏的勝地，現在我來此是為避冬（或者說避耶誕節與元旦），倒覺得另有風味。往年來避暑的時候，海灘上都是醜惡的人群，那些上海有錢的閒人、西洋軍艦上的醉兵，以及應運而生的舞女與妓女，白天裸著醜惡的肉體在海灘上展覽，夜裏披上展覽的衣服在馬路上酒排間裏的暴露，把美麗的海色與山景都染上污穢；而現在，一切都還它清白，常常我能夠一個人，在海灘上散步，聽海水漫漫的浩歎，看白雲悠悠的變幻，陽光下山影島色，海鷗如金，有時虹貫半天，海中彩影如環，我對此覺得心身一新，似已與上帝接近了許多。清晨、黃昏，紅日如球，海上浮起斑斕的金波，我披開頭髮，獨自登巖頂，放聲豪歌，彷彿我歌聲直達天庭，我已被選為神座前的仙女一樣。我後悔並且慚愧，我過去曾以得人們的掌聲以為樂，而忘了與造物主接近的光榮。我發覺我現在有了上帝的天才的賦予。因為我在這裏認識了史托亦夫斯基先生，他是俄籍音樂家，鬍子已白，而神采奕奕，他聽到我的歌聲就賞識我，請我到他家去。他為我奏琴，指點我，鼓勵我。我的進步與收穫在歌唱方面並非是他的功勞，而實在，我已在上面說過，是大自然的賞賜。可是我還是正式做了史托亦夫斯基的學生，我跟他在學鋼琴與作曲，我相信我會好好上進，因為我學得很有興趣，因此也就很肯用功。

我永遠感激你對我的期望，你的期望比任何人對我的期望為純潔，這點我特別記著；現在我告訴你我的種種，我想不會使你病中感到太瑣碎吧？關於我離開上海，是從公墓出來那天我就決定了的，日期的提早雖與你邀我參加夜會有關，但除你以外，不是還有一大群更討厭的人要來邀我嗎？我在上海，因為職業與交際的關係，我已經弄成無法擺脫的情勢，在這裏，我穿著樸素的衣服，披著蓬蓬的頭髮，抹去了脂粉，穿著平底鞋。我拒絕一切的交際，人們也都信我還是未出窠的孩子，我已經恢復初期與你認識時的生命，我開始珍貴這個生命。

史托亦夫斯基是隱居北平的音樂教師，他在那面教一群學生。他叫我去北平，住在他的家裏，幫他教一點音樂，他願意義務教我鋼琴與樂理，我還可以有點收入。北平是人人說好而也是我沒有去過的地方，我想這是一個很好的機會。他來青島是為一點私事，料理私事後，就要回去，我打算在他回去時回上海一趟，於是我直接到北平去找他。以後我的生活就可以完全與音樂打成一片了。我想你一定會歡喜。母親也許不贊成我離開她，但是我想，如果我到北平後，可以為母親在那邊商店裏找一個職業。她不是也隨時可以去那面？

上海我沒有什麼可留戀，堪留戀的是二三個朋友，尤其是你。不過我不希望你在上海，我已經同你說過了。你到哪裏我都想跟你到哪裏，只有你在上海，我也會想在上海。而且我還有一種害怕，如果你不改你現在的生活，你一定會失去你的自己，而我們的距離也會越來越遠的。

醫院的生活給你更多反省的機會，所以你的小病於你也許是好的，你同你研究的對象是否早已疏遠？你還想得到你的著作終止在什麼地方嗎？這些都是白蘋關念你的地方，而現在我伴著她在關念你。

白蘋真是了不起，我覺得她瞭解你比任何人都深，她說你對於人家事情比任何人都明白，對於自己事情比任何人都糊塗。她說你不但不瞭解你自己的能力，也不瞭解你自己的感情；不但不瞭解你自己的生命，也不瞭解你自己的生活。這些話，我覺得很對。究竟一個人瞭解別人難還是瞭解自己難，這很難說，但我相信每個人都有所偏，有人專門會瞭解別人，有人專門會瞭解自己，自然成分分配的層次是無限的。我自從與白蘋那一次談話，就是從虎口出來，我住在她那裏那晚上以後，我覺得她委實是可敬可愛，有見識而不驕傲，少虛榮而誠懇，這些都不是梅瀛子能及的地方。過去我常把她們兩個人劃作一個典型，如今我發覺她們是根本不同的。梅瀛子是自動地走到這樣的生活，白蘋則是被動地走到這樣的生活；前者則是靠這樣的生活發揚她的光輝，後者則是勉強在這樣生活裏消磨自己的光輝。所以梅瀛子的生活在虛榮燦爛中擴大，白蘋則在熱鬧繁華中深化，不知你以為我的話對嗎？

在你的病中，我想她們常常會來看你，也會常常送鮮花給你的，這情景我可以設想，白的病榻，白的空氣，清靜的世界，美麗的宇宙，我於是羨慕也且嫉妒，覺得我剛才為你的祈禱也是多餘的了。

剛才的月色很好，我在海邊；那面山莊嚴得如巴哈的情操，海偉大得如貝多芬的想像，那月色則如孟德爾仲的溫和柔美，我體驗到任何音樂家的心靈都是大自然的脈搏。我兩手插在大衣裏在沙灘上對天高歌，歌聲未終時，我手觸到了我袋中母親的來信，於是我想到了你，我就靜立在海灘上，俯首閉目為你的健康祈禱。我希望這祈禱已從美妙月光的波動而傳到天庭，又從這美妙的月光流瀉到你的心頭。今天是一月四號，我希望你往回憶裏尋覓這日子，這夜，你是否在月光的流瀉中感到一點滋潤。

接著海上起風了，海底開始震盪，浪沫飛濺到我的髮膚，我背轉身裹緊外衣，但頭髮因此零亂，我不得不重整束髮的帶子，而海風驟來，竟把我髮帶捲飛。

有雲捲去了月亮，天重如鉛，風冷如刀，我趕緊回來。現在爐火如春，我身體已經暖和，在燈下清坐。遠處澎湃的海水如呼，窗外的月光時隱時現，我感到我有一種需要，我開始寫信給你。我想我該用什麼為你祝福？用恍惚的月光還是該用融融的爐火，不，朋友，我要請母親經常購純白的玫瑰與水蓮為你祝福，放在你病室的窗口，在你爐火旁邊燦爛，承受夜夜從窗外進來的月光，發射清淡的冷香撫慰你平靜的夢境。

你的朋友海倫・曼斐兒　一月四日

我靜靜地讀了兩遍，覺得有許多地方值得我思索。她未明瞭我的病由，當然是為她母親怕日人的檢查而沒有在信中告她。這樣也好，不然她一定不能寫這樣安詳而深沉的信了。在她的語氣與措詞之中，我想像得出她心境的豁朗與光明。這旅行於她竟是這樣的重要！一個人生命的變化，可以用任何些微事情而決定，如今旅行也許就成了海倫的轉換。假如海倫在此，那天伴我去參加舞會，那麼她的生命將是怎樣呢？是……也許是就此拉入了交際的圈子。也許，也許她在另外一個情境中受傷，甚至於喪生也很難說。如果這旅行延擱到現在，或者是更遠的將來，她對於大自然起了相反的體驗也可能，她或者不能會見史托亦夫斯基，或者會見了一個別人，因此放棄了音樂而……而就商，而被人利用，而結婚。

人生是在千萬可能的路中摸索，她現在摸索到的也許不是最好，但確是我意料所及的最好的一條，我自然應當為她慶幸，而也該鼓勵她向這條路走下去。

我回憶一月四號的夜，我發現那正是我第三次手術的前夕，我記得我曾在床上失眠，而月亮從窗櫺瀉入，鋪滿了我的床衾，像是撫慰我似地，確曾滋潤了我荒漠的心靈。我在一種信仰與感謝的情緒之下，潸然流下淚來。

淚水濕了枕衣，我就在陰涼的淚水上入睡。醒來是晚飯的時候，醫院供給我充足而可口的飯餐。夜裏，我披著那件灰底黑條鑲紅的晨衣，在沙發邊上，墊著一本硬書，我開始寫信給海倫。

我在信中極力鼓勵她去北平，希望她不辜負她天賦的才力與天賦的機緣，我希望我有緣在戰爭結束後參加她第一次的音樂會。

對於我的病，我沒有說明什麼。我只說我現在已經快痊癒了，而我病中的反省是空漠的，但與其說是我不瞭解自己，還不如說我太瞭解自己的矛盾。

我的信寫得很長，但在靜悄悄的病房中，我的感覺逐漸流於敏感的悲涼，我想到這些體驗於海倫心靈大有影響，於是就此停筆了。

這是一個寒冷的冬夜，水汀的熱度似嫌不夠，我抽起費利普贈我的紙煙，望著零亂的煙氛，我心緒也更加零亂起來了。

也許是肉體的痛苦減輕，加增了精神的重負；也許是海倫的信引起我許多理智與情感的衝突，也許是我剛才所寫的信把我忘懷的多慮引起；一時我不知如何安排。

梅瀛子明天來看我，這是我所極希望而又極感可怕的事。自從我病倒以後，起初無日不掛念工作上未了的事，與必有的問題，後來我逐漸忘去，接著我極力不想去想起。而現在，一切的現實就將湧來，我須準備一個堅強的心理來迎接才對。但是我並不能沉下心從事理智上冷靜的分析，在煩亂繁雜的問題之中，排列出先後與重輕的次序。

我太不瞭解自己，還是我太瞭解自己的矛盾，這些我給海倫信上的話題竟成了我逃避現實的淵藪。我根本有一種矛盾的心理與哲學思考上的習慣迎拒著費利普的話：「我准許梅瀛子明天來看你。」但是我還是吸著他送我的紙煙。

我抛去煙尾，熄燈就寢。窗外的月光像水般流入，紅玫瑰閃作血色，白玫瑰閃作淚光，而我白色的床衣染成了銀色。

我想到白蘋的病夜，那銀色房間中的憂鬱。這孩子會是間諜，而又有不是間諜的反證。這反證竟在我的身上。我眼前看到她手，看到她手上發抖的槍，於是我體驗到肩上、臂上的創傷。

但當我躺在床上四望浸在月光中的房間時，我的眼前浮起史蒂芬的影子，他的鐵青的面頰，他的深紫的嘴唇，他緊咬的牙關，他微開的眼睛……！

我懷念這個朋友，我流淚了。趁著月光，我想到他的墓頭去，但我並沒有動，我死挺挺地學作史蒂芬臨死的睡眠。

假如我一直不認識他，我的生命會在什麼樣的世界生長呢？假如他沒有死，我的世界又會有什麼樣的變化呢？

而在他的墓頭，海倫的生活與我的生命不都因此起了波瀾了嗎？

於是我又想到海倫，在海灘上。散披金色的頭髮，迎著美妙的月光，她歌唱，她為我祈禱，自然還在為她的散在各處的家人祈禱，也許也在為地下的史蒂芬祈禱。

我側身躺著，但很自然地睡成屈膝跪拜的姿勢、閉起眼睛開始做無聲的祈禱。

我就在這默默的祈禱中入睡。

四十

梅瀛子來看我是我所擔憂、所害怕，但同時也是所渴望的事情。第二天醒來，我心理上就有一種緊張的準備。這緊張，與其說是擔憂梅瀛子給我難題，還不如說擔憂我所留給梅瀛子的難題。我相信她現在一定在不知所措的境域中，這兩包文件是不是已經歸還了白蘋？是怎麼樣去歸還的？從費利普的口中，我已經知道白蘋對於我受傷經過的謊語。這謊語，在白蘋也許只是為便於叫費利普醫師來救我，在我，因為費利普談起時完全是閒談的性質，而且為恐怕一切弄成僵局，所以我沒有從實更正。但是在工作上，現在想起來，覺得是否就成了白蘋與梅瀛子的隔膜？費利普不知道我受傷的實情，梅瀛子自然也不會知道，那麼我是不是應當對梅瀛子實說？如果應當實說，是否該在今天？假如白蘋對我的指責，所謂槍殺我的理由，是一種良心上的立場，那麼她應當不是我們的敵人，那麼似乎只有我可以把她同梅瀛子聯絡，而白蘋可以成梅瀛子最好的合作者。可是假如白蘋對我指責只是一種措詞與一種掩護，我的態度又將是怎麼樣？假如把這兩種真偽混淆，無論把真的當作偽的，把偽的當作真的，都將是一種禍害與罪孽，而這真偽的判斷又是何等地難於肯定……

天氣很好，我的精神也很好，我有足夠的健康來支持這一切的思索，但沒有足夠的聰敏來解決一切的問題。我希望梅瀛子來時，帶來她的飽滿的與精神聰敏的樂觀。於是我只好焦急地等她到來，我像初戀時等候情人一般地等她。

最後，梅瀛子來了。

她帶來她特有的香，特有的色，特有的光彩。這一切已經出我的意外，而她還帶來了她特有的愉快，這愉快就是她在廣大的交際場合中所表現的愉快。

她告訴我，我的受傷並沒有讓外面一個人知道，報上固然沒有讓它透露一點消息，朋友間也保守著秘密。對於公寓方面、本佐次郎方面，她已經為我宣稱回鄉，對於我的家屬方面，也已由曼斐兒太太去說過是同著她女兒去青島了。

她告訴我，費利普於接到白蘋電話後就打電話給她，她一時之間已忘去了一切，只是擔憂我的健康。等到在醫院看到我以後，從高朗醫師與費利普醫師地方知道，我的危險，完全只限於殘廢方面，她方才放心。但是我告訴她，殘廢在我倒是寧使是死的，她可笑了，她說：

「我以為左臂的殘廢，於你的學問事業一定是有益的。」

「但是於我們的工作呢？」我說。

「比死是怎麼樣呢？」她說。

我們閒談許久，對於工作上則一點沒有提及，我不相信她在工作上沒有難題，那麼是不是因為我在休養的時期，就是談到了於工作也是無補呢？我可不能忍耐，於是我問：

「你已經知道了我受傷的經過？」

「我知道了兩種，都不能使我肯定，但是我現在知道了第三種，這問題總算是解決了。」她勝利地笑。

「第一種是白蘋的報告？」

「不，」她說：「是費利普的報告。」

「第二種？」

「是我的臆測。」她說：「當我用你的名義把文件送還她以後。」

「用我的名義送還她？」

「我派一個人，只說是高朗醫院送去的。」

「她怎麼樣？」

「她不在家，東西留在那面，但以後也毫無表示。」

「那麼你怎麼臆測呢？」

「我臆測，白蘋的文件遺失後，她同日本軍人商量。她們疑心的既然是你，於是他們就要殺你。白蘋情感上雖不願害你，但總不能阻止他們，所以一知道你受傷就打電話給費利普醫師。」

「這個臆測為什麼又不能肯定呢？」

「是那支手槍的來源。」

「於是……？」

「這費我很大的力氣去偵探，一直到上星期我才知道是中國政府的來源。」

「於是……？」

「於是在前天清晨，我去拜訪白蘋。」

接著她告訴我，她同白蘋會見的經過，這是使我快慰、使我興奮，並且為我解決了一切疑慮、擔憂、不安的問題的一幕。

前天清晨七時，梅瀛子穿著輕便的衣服，軟底的鞋子，博大的大衣，袋裏藏著那支白蘋的手槍，駕著紅色的汽車去訪白蘋。

開門的是阿美，說白蘋還沒有起來，招待她在客廳裏小坐；但白蘋的房門虛掩，在阿美離開的時候，梅瀛子除下手套，兩手插在大衣袋裏，就輕輕地推門進去。

深厚的窗簾阻住了日光，房中閃著銀色的漪漣，梅瀛子關上了門，輕步到白蘋床前。床前鋪著長毛的熊皮，於是她就在白蘋的床沿上坐下，這震動並沒有把白蘋弄醒，梅瀛子就順手開亮了床燈，她低聲地叫：

「白蘋！」

白蘋吃驚似地兀然醒來，於是堆下惺忪的笑容說：

「是你？」

「原諒我。」梅瀛子說。

「需要我起來嗎？」白蘋問。

「不，」梅瀛子按下她，親暱地說：「允許我把手放在被窩裏嗎？」說著梅瀛子就把手伸進去。

白蘋在被中把溫暖的手握住梅瀛子的冷手說：

「是什麼事要你這樣早冒著寒冷來看我呢？」

「我想把我的手交給你。」

「謝謝你。」白蘋說：「把電爐開開，脫去大衣，坐在沙發上同我談談好嗎？」

於是梅瀛子把沙發拉近，電爐開開。白蘋說：

「喝一杯熱咖啡嗎？」她接著欠身要叫阿美。

但梅瀛子阻止了白蘋，她脫去大衣，順手從衣袋裏摸出手槍兀地坐在沙發上，微笑地說：

「不要做聲，我希望你肯告訴我幾件事情。」

「你這是什麼意思呢？」白蘋起初似乎一驚，但接著鎮定地說：「凡是與你有關的事情，我都願忠實地告訴你，至於無關的事情，你無權問我。」

「凡與徐有關的事情都與我有關。」

「那麼你們是一夥了。」白蘋冷笑：「好，請你問我。」

「我先要知道槍傷徐的人是誰？」

「你想知道？」

「我要為徐復仇。」

「真的？」

「自然。」

「是他託你的嗎？」

「這你且不管。」

「但是這問題，你問徐不是比問我更容易、更可靠嗎？」

「他不知道那個人姓名。」

「然則知道他的容貌？」

「不瞞你說，」梅瀛子說：「徐尚在創傷中，我沒有會見他。我想這件事不必經過他，我預備在徐可以接見訪病的人時，我可以帶著驚奇的消息去訪他。」

「這是說你要為他復了仇才去會他。」

「是的。」

「但假如他本人並不想復仇呢？」

「你以為嗎？」

「是的，」白蘋說：「他似乎很有寬大的胸懷去原諒人。」

「但不會原諒他的敵人。」

「也許這敵人是一種誤會，也許這敵人倒反而是愛他的。」白蘋這句話的語氣帶著悔恨的傷感。

這使梅瀛子恍然悟到以前的假定是不對的，她看著她手上的手槍，她透露出聰敏的微笑，肯定地說：

「那麼這支槍果然是你的了。」梅瀛子把槍遞給白蘋，又說：「請你不要以為我用槍來恐嚇你，我只是把槍來歸還你就是。」

白蘋沒有接槍，梅瀛子把槍放在她的枕邊說：

「我不知道你為什麼要槍殺他？既然槍殺他，又為什麼要去救他？」

「這等於你剛才把手槍指著我，而現在又還我一樣。」

「你以為嗎？」

白蘋不答，沉吟了許久，突然，閃電般欠身，從被窩裏伸出了右手，原來早有一槍在握，她指對著梅瀛子說：

「梅瀛子，今天應當把我們的帳清算一次了。」

「你說。」

「你曾經檢查我房間，你曾經注意我的行動，你利用徐來監視我，還叫他偷我的東西……是不是？」

「這只要問你有否值得我注意的背景。」

「我的問題不在這裏。我可並不怕你的注意。」白蘋說：「問題是你用什麼樣的名義在利用徐，他死了還不知幹的是什麼。」

「但是你沒有讓他死。」

「這因為他臨死還不知道是有罪於民族。」

「民族？」梅瀛子說了：「我記得你也是中國人。」

「但是你呢？」

「我是美國人，」梅瀛子說：「我想我們是太平洋兩岸的同盟國人民。」

「那麼，坦白一點，梅瀛子，如果你不能證明你說的是實話，你不要想走出這裏。」白蘋說著，左手解除項間的金鍊，擲給梅瀛子，她說：「打開那雞心，這就是我的身份。」

梅瀛子打開了那鍊端刻著白蘋名字的雞心，裏面是一張五十幾歲看來是白蘋母親的照相。

「在照相底下。」白蘋說。

這時阿美在外面敲門，白蘋換了溫柔的語氣說：

「阿美，替我們弄點咖啡同點心，我們就出來了。」

梅瀛子這時候已經釋然，把金鍊原樣地交還白蘋。於是從她自己的頸項間取出了珠環，她認選一粒，從中旋開，把那粒珠子的橫剖面示給白蘋。

白蘋細認一下，於是放下手槍，小鳥一般地飛到梅瀛子的懷裏，她抱住梅瀛子的面頰，吻她小鳥般的嘴唇。她們互相擁抱著，半晌沒有說話，有熱淚從彼此的眼眶中湧出。

梅瀛子用低微、平靜、和諧的音調告訴我這份經過，最後眼睛閃動著淚光，但微笑著說：

「是你的創傷換來了我們的光明。」

「假如這是真的，那是我的光榮。」

「我同白蘋已交換了不少有價值的情報。」

「我應當誇口說這是我創傷的代價。」我笑著說。

於是梅瀛子露出和平美麗的笑容，似乎承認我的話似地，溫柔地詢問我的傷痛。

在期待梅瀛子時所積鬱在我心中的緊張擔憂，現在早已完全煙消雲散，這一瞬間浮在心頭的是勝利的愉快、和平的安詳。我望著梅瀛子透露著杏仁色前齒的笑容，望著她光明的前額，英挺的眉宇，燦爛的眼睛，我好像預感到，在她與白蘋合作以後，多少勝利的種子會開出梅瀛子一般美麗的花朵。

我們開始有閒適的談話，這是我們交友以來第一次這樣坦白自然地交談。我知道了許多我所不知道的事情，解決了迄今未解答的問題，證實了我許多的猜測的正確與校正了我許多設想上的錯誤。

原來史蒂芬本來的計畫，是想在接近日人的舞女之中找一二個可用的人才。但因為言語與種族的關係，所以在某種機緣上就利用了我。

自從發現白蘋以後，他就認她為可用之人，可是在行動上又懷疑她是敵人重要的爪牙，於是先是偵察的工作，史蒂芬太太家中的夜會，就是誘白蘋深入的策略。自然史蒂芬太太只是一個在上海工作上的名義，與史蒂芬並無夫妻關係的，此後這份工作大部分就交給了梅瀛子。

梅瀛子起初利用我，但後來看到我與白蘋感情太好，生怕我反被白蘋利用，於是就有意同我接近，並且反勸我離開白蘋。她在杭州旅行以後，對白蘋的偵察工作已轉換了為反間諜工作。梅瀛子曾幾次發現白蘋對於美國海軍情報的實錄，後來又發現對於日本海軍情報的實錄，因此斷定她是日本陸軍部的人員，而對於日本海軍部也有所忌刻對立之處，白蘋的被刺恐怕出於日本海軍部之手，但起初梅瀛子以為是中國愛國分子的工作。第二天梅瀛子趁白蘋不在的機會來檢查白蘋的房間，但毫無發現。原來白蘋一點要保存的東西，完全在所謂舊書及破爛的男人用件的那兩隻箱子裏面，那就是放在我所住房間的套間內，而標作別人寄存的東西。在耶誕節前夜，梅瀛子正想冒著危險去偷取她所要的文件時，忽然發現白蘋皮包裏文件，這文件絕不是輕易獲得的東西，梅瀛子以為是日本海軍部或梅武私人叫白蘋秘密地帶給陸軍部的誰的。其實梅瀛子所見到的白蘋手上的文件則是偽的，是白蘋模仿這類文件的形式與內容，預備將真的換取出來，使敵人不會發現有失竊的事。這真的文件後來自然由白蘋輕易地換得，輪到我偷得的時候，當然已是真品……

現在，這一切的一切，凡是梅瀛子與白蘋間的幕幃已完全揭開，這像是星球與星球間的雲層被光照透，像是太空與大海間的霜霧被雷電擊開，現在是應當看這兩顆星球將如何的交接融合而環行宇宙，太空與大海將如何映照而透貫胸懷。

最後梅瀛子告訴我，白蘋對於槍傷我一事，非常內疚，所以不想與她同來看我，打算明天一個人來對我道歉。她說白蘋這種地方還是一個具有一切女性特徵的女性，這句話給我印象很深。在梅瀛子閒談了許久等她走後，我忽然悟到今天梅瀛子所表現的也正是一個具有一切女性特徵的女性，而這是我過去從來沒有感覺到過。

我吸一支煙，並沒有意識到我自己一個人在笑，一直到看護提醒我：

「徐先生，你一個人笑什麼？」

四十一

在我的期待之中，看護進來說有人來看我。我立刻想到白蘋。但看護拉開彈簧門站著——這是送飯餐來時常有的姿勢。現在進來的人，一手提一隻方形藤籃，一手捧著粉紅色澤的茶花。花朵掩去了她整個的臉部，可是我從身軀認出她是阿美。一種失望侵襲我的心靈，因為這已經肯定白蘋今天不會來了。而我自從昨天梅瀛子同我談話後，我想會見白蘋如同乳嬰想會見久別的乳母一樣，一夜來少說些也醒過七八次。

看護闔上門，接過阿美手上的花束。阿美透露出殷勤的笑容，她放下藤籃。

「白蘋小姐，叫我把牠送來伴你。」她說著屈身解開繩束。

原來籃蓋上還束著一包東西，她把那包東西放在椅子上，於是打開籃蓋。我原以為是什麼食品，出於我意外的竟是那隻純白的波斯貓吉迷。

吉迷叫著，不安地跳出來，四面嗅嗅，最後聽到我叫牠的聲音，牠跳到我所坐的沙發上來。

「白蘋小姐不來了嗎？」

「她有信給你。」阿美說，於是她拿起椅上的一包東西交我。

我打開紙包，裏面是兩包銀色封面日記簿同一封信，那信是這樣寫的：

徐：

我叫阿美帶吉迷來伴你，我想可以使你回憶到你住在我家裏時候的情景，每當我不在家的時候，總是牠伴你沉湎於哲學的思考。我現在還相信這是你正當的生活

前夜，梅瀛子住在我處，她說：「吉迷有哲學家的風度。」我說：「那許是受徐的薰染。」這也是一個使我遣牠來陪你的動機。

是不是暫時不來看你好？因為我看到你，也想不出可以用什麼話來安慰你。還有我也設想不出你用什麼樣的眼光來看我？——驚奇？陰恨？寬恕？哀怨？這些我都怕看見。

你也許準備了問題與資料要問我，但在匆忙之中，你會說不出一句話，而我也會答非所問。

我從未將我的日記給人看過，也無人知道我在記日記，但是我現在讓你知道，並且給你看，我想一切你要知道的都可以知道了。我不希望我們見面時再提過去的事情，再談這種種的誤會與傷心。這就是說，我不許你再對我問到過去的種種，而我將以不回答來拒絕你。

我自己懺悔，為你祈禱。如今聽說你可以完全好了，我再沒有第二種心境，我只想預備美麗的慶祝，歡迎你出院。

白蘋

P.S.我還不想讓第二個人看到我的日記，你還是一樣的尊重我的意見麼？

吉迷跳下沙發，看護抱牠玩，阿美同看護在談吉迷。我用紙筆寫一封回信給白蘋，我記得是這樣寫的：

白蘋：

我應當感謝你，因為創傷已成為了我的光榮。而今後是為前途的光明與勝利祈禱。我永遠用虔誠的眼光望著你，用信仰的情感追隨你。

徐

P.S.日記在我的地方比在你的地方還要秘密，我以外，能夠看到它的該是吉迷。

阿美拿著這封信走後，我正想翻閱白蘋銀色的日記，而史蒂芬太太來了。她還是這樣莊嚴、雍容，我把日記放在身後歡迎她，我雖然還叫她史蒂芬太太，但是我已經不以這個身份來看她了。我現在真奇怪我當初的幼稚與愚笨，因為在她蔚藍的眼睛中，我似乎早應當發現她不是史蒂芬的太太了。

她對我只是莊嚴而沉靜地問好，既沒有問我受傷的經過，也沒有談到白蘋與梅瀛子，倒是談到了海倫與她的歌唱。我在無意中告訴她海倫信中的消息與去北平的計畫，她似乎很贊同，並且知道後說，如果海倫回來了，一定請海倫去她家一次。接著我們談到了音樂，談到了藝術。

在這樣的談話之中，對於她的身份我已無從相信，我不明白她的生命的組織是有多少層次了。

曼斐兒太太來，我們的談話又轉到海倫。曼斐兒太太自然也知道海倫去北平的計畫，不出海倫所料，她不想讓海倫單獨先去。我與史蒂芬太太都勸她以海倫前途為重。並且，等海倫在北平為她找到職業，她也隨時可以去的。

但我們的話並未使曼斐兒太太折服。我看到在這些海倫不在這裏的日子之中，她已經夠寂寞了。她用她搖動的眼光望著她剛才帶來的白色花束，這花束已經由看護放在瓶中，她好像嫌插得不夠好似地，重新去整理它一下，於是感傷似地說：

「我已經離開了丈夫，我也已經離開了兒子，我現在再沒有勇氣離開我這個女兒了。」

「但是這不是戰場。」我說。

「可是是一個陌生的地方。」

於是我們都沉默了。一種說不出的空氣壓著整個的病房。我忽然想到曼斐兒太太的丈夫和兒子都在戰爭上服務，梅瀛子似乎都知道的。那麼把海倫再利用作工作上的跳板，這樣一點不顧到曼斐兒太太是多麼殘忍呢？我聯想到白蘋的態度，覺得她的確要比梅瀛子寬大而仁慈。貫徹白蘋的心胸的，有一種偉大的人情。而梅瀛子則只有如鋼的意志。這分別是不是因為白蘋是純粹中國人，有中國特有的一種博大嗎？

沉默中，史蒂芬太太告辭。曼斐兒太太繼續同我談許多關於創傷與她的猜測。她到如今還相信著我是被日本軍人擊傷的，我覺得我沒有同她說明的必要。但她倒擔心我出院後的危險，所以她勸我還不如同她一同到北平去耽些時候。

我說這槍擊案完全由於醉後的失事，並非是對我有什麼難解的仇恨，請她不要為我擔心。最後我還是勸她讓海倫先去北平。我告訴她，上海離北平不遠，在空閒的時候，我自然隨時可以去看她們。如果海倫到夏季還未能為她在北平尋到適宜的職業，我一定伴她到北平去歇夏，那時候再想別的辦法。那麼她們母女的別離最多不過半年。這使曼斐兒太太露出允許的笑容，這笑容裏包括了愉快、安慰與感激，於是她答應我不再固執她自己的成見了。

她臨走時，用感激的眼光望我，又親切地同我握手。我發現她進來時就在為女兒的前途與自己的幸福徬徨，也許就想把這個問題來取決於我的。

我望著曼斐兒太太的背影消失，又看到前面純白的玫瑰，我孤獨地在這份偉大的母愛裏陶醉了。一直到吉迷繞到我的腳上，才提醒我放在身後的日記。我拿到手裏，立刻有一種說不出的情感控制了我，是這個封面單純的銀色，使我聯想到那個銀色的女郎，對於銀色的愛好，聯想到那天杭州回來時她病倒的空氣，那是我第一次發現銀色的特質裏所潛藏的淒涼。

是黃昏，院裏已無日光，房中開始暗下來。看護不在，我想開燈，但又懶於起身。癡坐的瞬間，我感到了寂寞，忍耐著天黑下來，黑下來。我就埋在這黑暗之中，但是睡在我腳邊的則是吉迷，那隻波斯種的白貓。

最後我振作起來，到床邊去開燈；那本銀色的日記就滑到地上，這似乎驚醒了吉迷。等我開開燈，房中突然的光亮就使牠站起來，我過去去拾牠旁邊的日記，那日記正翻在某一頁上。

於是我坐在原來的座位上，就開始讀那一頁日記：

我寧使到戰場去肉搏，不願在這裏鬼混！

梅瀛子是美麗的魔手，這已是無可否認的事實了；我尋不出理由她為什麼要同我們做親熱的交際，除非她已認清了我是她的敵人！

對徐發生興趣，這是一個巧妙的掩護，史蒂芬說：「她無非是想戰勝徐，要收做她的衛星罷了。」這是很笨的話，也是很聰敏的話。笨，假如說他指點的只是這句話的字句本身；聰敏，假如他說的「衛星」是另有意義。

只有在某一個場合上少一個「鬼魂」，才會注意到徐，我想。

我起初以為徐不過是「自作多情」之流，現在倒覺得他還有一顆忠誠的靈魂，所以我想去提醒他，既然是一個研究哲學的人，鬼混在這個場合裏做丑角，還不是太可惜了嗎？

E，L，P等都以為我應利用徐去制梅瀛子，但我想這無非促進徐早被梅瀛子利用而已。

看護進來，跟著送進來飯餐，我把日記收起。預備飯後再從頭來讀白蘋的日記。

我奇怪白蘋送吉迷給我，在病房中養著一隻貓這是多麼麻煩的事，幸虧這位看護很歡喜貓，她說一切她都會管。於是在我就餐的時候，她把貓抱去；飯後看護又把牠抱來，她說她睡覺時再來帶牠出去。

我於九點鐘重讀白蘋的日記，房中非常清靜，我的精神也很好，我坐在沙發上，吸著煙靜讀，竟不知時間的過去。十點半鐘的時候，看護進來帶貓，她叫我早點就寢。她出去後，我睡在床上，仍繼續讀白蘋的日記。

在她的日記裏，我看到她新奇而豐富的生活、敏銳的感覺與獨到的見解。有許多地方她都用古怪的話、簡單的符號，我必須細心猜測才能懂，有的根本猜不出。

這是一部有興趣、有價值的日記，尤其在我。我在以後幾天就不禁把它抄摘一些下來，但在這裏，仍很難把我抄下的全部引用。這因為在我這個故事中，它的關聯只是很小一部分，而這裏的故事，對她生活的關聯也只是很小一部分。比方說以殺人而論吧，在這裏，對我的刺殺好像是很大的事件，但在她的生命中這只是一件很小的事。天下實際的事情，與小說之不同也常在這種地方，當小說家從一件小事裏看到一個永恆的真理時，他必須把這小事放到中心的地位。而在實際生活上，它也許是常常忽略的。每種事件決定於另一事件的幾乎都是使我們感到渺茫。地震在宇宙中也許是一件小事，在人類就是一件大事，我們走路不知踐死了多少螞蟻，但我們從未注意，而在螞蟻的社會也許是一件大事。我相信，假如我的傷真是不救，在白蘋日記能多幾句什麼話，我無法想像。一時之間，她也許有許多沉痛懊惱，但是生活的波浪在她是不一定的，哪一天一浪打來，我的印象不過像海灘上的腳印般的，立刻被沖為烏有了。

而時間的無情，也無不在把她沖刷，她似乎對此也特別敏感，多少的篇幅都被她這種感觸所沾染。人性真是複雜！她時而非常好勝，非常有力，非常勇敢；時而又非常消極，非常哀傷，非常衰頹；她有生的意志，但又看生命若朝露，她對於死似乎再無害怕，因此有時對於殺人的行動不覺得是一種對於惡人的懲罰。

為我對她的瞭解，我在她日記中得到了更多的瞭解，現有很大的興趣來讀她的日記，來抄摘她的日記。我想讀這本書的朋友，除了它裏面很少部分以外，一定也有興趣來讀它，但是，我在此並不能把我現在所有的部分都附在這裏，而為幫助我故事的發展，填充我愚笨之中，所漏下的故事的殘缺，我又不得不抄一點在下面。

下面就是我要引用的白蘋的日記。

四十二

能夠在這個環境中，有一個比較有情趣、有思致，而不涉於實際上的利害的朋友，這是困難的事，而正在我有這樣需要時，徐在我生命裏出現了。

其實也是偶然的相遇，但給我很好的印象。原因是我的交遊完全是在兩極端之中，一方面是崇高的神聖的生意，一方面是浪漫的、糊塗的、可笑又可氣的買賣；前者太把我當作英雄，後者太把我當作玩物。於是我自己就沒有生活，好像每個人同我接觸，都是有事，不是派我生意，就是買我玩弄。而徐以毫無目的的姿態偶爾同我接近，就成了我想要的朋友。

我的注釋：「生意」自然是指她的工作。

史蒂芬單獨約我，我拒絕了他。他對我也許有好奇的愛，想在我這裏尋異國的浪漫，這是錯了。我不需要這浪漫，也不需要這筆錢。

我為抵制史蒂芬對我的野心，我故意偽作對徐接近；果然立刻有效，史蒂芬似乎把我讓給徐了。

男子真是脆弱，徐竟以為我在愛他了，真是可笑。

越是聰敏的男子，在這種地方越是傻。

看看這種傻子，對我賣弄愛情倒是有趣的事。

……

……

梅瀛子，久仰了，她對我似乎很注意。其實我想我們有一個時間在舞場上是常見的，她的日本朋友是我的客人也不少，起初我以為她是日本人，後來知道並不是，但是她是我的「主顧」似乎是無可懷疑的。多麼漂亮美麗的人呀！

我們早已互相認識，但今天才有正式介紹，我是應當多麼小心去同她做朋友呢？

我正在暗笑她把徐當作我的情人，而她又開始要把徐吸引去了。

搶這個男子做掩護……

而徐將做一個自鳴得意的傻子了。

史蒂芬太太，莊嚴，文雅，大方。但是與史蒂芬是多麼不調和呢？我跳舞時故作與史蒂芬非常親暱似的，這稍稍使史蒂芬有點不安，但並不影響史蒂芬太太的大方。她真是一個可以敬佩的有修養的太太。她似乎極力要打徐的獨身主義。

我的注釋：所謂「主顧」大概就是敵人或敵手之意。

偶然的？天定的？人為的？我們好像大家互相敬仰已久，而一朝見面就想多多交換似的，我們訂了四天的歡敘。

我「愛」的是梅瀛子，不用說梅瀛子「愛」的也是我。

多麼傻的男子！

徐對我倒並不是輕薄浪漫，我看到他上好的感情，不過有時不免自作聰敏。有人有愛，有人沒有愛。徐是有愛的人，他愛哲學，愛生活，我看得起他在此。

徐是一個中國人，是有修養的人，對我也有高尚的情感，而事實上也是太可憐，所以我決心去提醒他。但是他竟以為我在嫉妒，這是很可笑的，可是他的拒絕反引起我的好勝心。

徐也許並非是對梅瀛子的美麗傾倒，而只覺得她同日本人交際是可情而可憐的事，同我可憐他欲把他拉回來一樣。

像梅瀛子在夜Bar裏行動，應當令徐傷心的，但是並不。而我的勸告又不肯接受。這樣下去，最後無非被梅瀛子收為徒弟，化作幽靈而已。

……

……

我希望我還幼稚，可以接受梅瀛子虛偽的誠懇。她實在太可愛，不用說是男子，我都對她傾折了。

但是這是什麼意思呢？叫我珍貴徐的生命，鼓勵我愛他，跟他，伴他離開這裏。是知道我是她的對手而用徐來帶我離開她呢？還是不知道我是她的對手而可憐我的身世，叫我及早找個可靠的男人的呢？

羨慕徐給的戒指，親愛的，當我把戒指戴在你美麗的手上時，我真想做一個男人了。

……

……在園中想折一朵花給徐。但是他竟已留下一封信走了。原因當不只是信內的話，我想跟隨他去是件使梅瀛子驚奇的事，我可以這樣做。

同梅瀛子接近是我份內的事，但環境是她的優勢，我必須有更大的小心。

我不過是「舞女」，而她是一個「交際小姐」。這世界是她的。

我到了月臺，就看到徐剛剛上車，我就上去坐在他後面。

離開我們，回到自己的工作上去。這是對的，我應當鼓勵他。一個男子居然有毅力離開梅瀛子這樣女性的挑逗，這不是傻瓜，就是偉人。

……

……

我病了。病是人生最脆弱的時期，這一瞬間，寂寞、空虛、煩惱都趁機而起，我成了它們的囚犯！

這時候，我真需要扶助，需要安慰，需要愛。

昨夜徐走後，竟又買了阿司匹靈與水果什麼回來，這的確感動了我。自己脆弱的時候，容易感激人的幫助，所以感激也許就是弱者的行動。而聰敏的男子都會在女子孤獨、生疏病、倒之際獻殷勤的。

徐倒是有一顆高貴的心！

……

……

……我還是一個懦弱的人，我對徐起了說不出敬愛的情感，本來我需要這樣的朋友，不過做我生命的點綴，如今我覺得我的逗引與調笑是使他離開自己真實生活而接近我的表面生活的行動。這方面他還是一個小孩子。

我決定鼓勵他並且創造他，他總是一個有希望的青年。

我的話，他像信仰一般地接受了。我覺得一種光榮。

……

……

我與梅瀛子不應這樣親密與接近，我要搬家。

E的房子嫌大，我想同她交換，是很好的辦法，但不巧她在前幾天分租出去一間，並且收了定錢，這需要交涉退租。

奇怪，這房客竟是徐。是他為朋友定的嗎？昨天他說要回鄉去，那麼目的是在潛隱於工作了。

近來的遊樂比前雖少，但徐仍是很勉強似的，他愛工作超過於遊樂，是很可敬佩的事。

我忽然異想天開，想同徐說穿了叫他住在我那裏，徐很高興，事情就這樣決定了。……

我願意活躍地生，否則就是平靜地死。

而我現在受傷，病倒在醫院裏。

梅瀛子到我家去了，好在這是結束的冷季，她又不能與徐同房，我且靜看將來。

我叫W來看我，談得很久。

我的注釋：W該是她工作上的夥伴。

我已經痊癒了。

我須叫徐搬出，當梅瀛子知道我們地址後，徐在那裏就礙事。徐來看我，告訴我梅瀛子雖然發現他住在我那裏，但願意幫他不讓史蒂芬太太及海倫知道，這是我意料的梅瀛子的作風。

一個勞碌的人，一次病、一次傷似乎都是最好的休息。……

……徐似乎沒有理由在上海，為我對他的重視，我勸他離開這兒。可是他故意以我不離開來難我，這是很可笑的。可能是梅瀛子對他有暗示，否則是自己不高興離開這兒以此為遁詞。難道還叫我相信他是在愛我嗎？——梅瀛子總是故意這樣打動我。……

……我開始忙，我沒有餘力再注意徐，好久不見他了。……

太平洋戰事終於爆發了。……

我須在慌亂中過平靜的生活，又須在平靜之中過慌亂的生活。

在生命上我要在不安中鎮靜，在生活上我要在鎮靜中不安。

人，人，人，千種人，萬種人，我在千萬種人中奔忙，旋轉……

……

現在我知道梅瀛子把徐拉到物質生活上去了，正如她拉海倫一樣。她拉他同日商合股賺錢，於是引誘他花錢，對我花錢。

似乎徐慢慢要入她的勾轂而聽她指使了。

我無暇為徐可惜，我要努力的、要忙的方面太多。

X死了！

我同徐跳舞，我提X死了，他假作不知。

朋友、敵人間之間隔就像在分子與分母之間。

我的注釋：X想是那時被刺的一個偽官。

奇怪，竟是海倫！

她竟這樣的拖海倫入海，使一個可愛的少女無法逃避。我知道老鴇慣用的手段，第一步是誘惑，第二步是陷害，於是做她的嘍囉。

我的救助是出於一時的義憤。正義還是我所最愛的東西。可憐的孩子！一瞬間我竟立志要做她的保護人。

但是汽車裏我覺得到底我不能永久管她，這個悲劇演出原是遲早的事情。那麼我的撤臺並沒有什麼意義。

我決定用一夜的工夫獻給她，希望她的心是聰敏的、高尚的。

她的確有高尚的心，有聰敏的頭腦，但是，實行還要她的毅力。是多麼可憐的姑娘。

偉大的時代下個人靈魂都是渺小的。

我的注釋：第一個「她」自然是指梅瀛子。

原來他已經早搬到那兒去了？為什麼不能告訴我。用功？理由是不再老愛同我們混在一起。

這樣一個獨身主義者……

如果梅瀛子是知道的，這就是她已經收伏了這隻手。

海倫放棄藝術，她自己似不知道有什麼可怕的笑話。他放棄哲學，而是知道他自己所扮演的角色。

為色？為利？為兩者，這是男子。……

……

我把一切的神秘負在肩上，聽憑你們的注意，而把最神秘的事情交給你們不注意的人。

賭大贏，酒大醉，一瞬間我倒覺得有功成早退之樂，但是……

沒有第二個人，曼斐兒太太在我身旁，我問她我錢包的蹤跡。

那麼，朋友，果然是你同我開玩笑，偷去了我的「錢」！

現在，這已是證據！

她是勝利了，一切如所料，從物質的誘惑於是賣身賣靈魂。

W他們以為「請客」事無須我親自「出席」而且不相信我有勇氣去赴宴。我為什麼沒有勇氣？

我的注釋：「錢」當然是指那文件。「請客」當指殺我。「親自出席」當指親自執行。

我手發抖，打錯了「牌」，我真奇怪他為何不呼喊？

他竟叫我走，有這樣偉大的性格，為什麼會……？那麼是他做了「娼妓」自己還不知道，他保證他自己，我相信他，他不會撒慌的。

酒醉了！我過去扶他。我第一次發覺這是一可愛的生命，但是也許就要永別，我吻他！我在愛他嗎？

用我最快的速度叫費先生……

我的注釋：「打錯了牌」當是沒有打死。「酒醉」當指傷倒。「娼妓」當指被人利用的傀儡。

……聽說已進高朗，我電費，說是摔得太兇，十有九要殘廢的。

那麼我應當用什麼去懺悔呢？

假如我可以活到太平，那麼我願意嫁你，看護你，為你服務幾天，這是人的命運嗎？

這種想頭奇怪，是發於大我的愛，還是發於所謂愛情，我分析許久，發覺這是人格的好勝心，是一種自尊的較高潔的情感。

但願勝利屬於十分之一。……

我的注釋：「摔得太兇」當是傷得太重。「屬於十分之一」是根據十分之九要殘廢來說的。

……她沒有想到我褥下還壓有「洋火」，我點亮了照她，今天我要細細欣賞這位小姐了。

原是我的姊妹，這許多日子我們以情敵相待！

一瞬間，我流淚了，我抱她，吻她，我才發覺我是自從第一次見面就愛她的。

以後我會有更強的光，我要讓她驚異。

多麼燦爛的生命，多麼光明的前途！

我的抱了許久，哭了許久，這一相見，太恨晚了。

但是前面，愛在前面，夢在前面，色在前面，光在前面。

聽說他果然獲得十分之一的勝利，天呀！我一切都得救了，但是我還是無顏見這個燦爛的朋友。

唯希望他早點伸著兩隻活潑的手臂回家！……

我的注釋：「洋火」當是手槍，是指她在被裏偷偷地從褥下掏出手槍對梅瀛子而說。以下「姊妹」自然是指同盟國的朋友。「伸著兩隻活潑的手臂」，自然是指我不會殘疾而出院。

四十三

但是，我雖然出院了，而我並不能伸著活潑的兩臂，因為那時我的左臂，向前只能舉到六十七八度，向後則能舉十度。後來稍稍增加一點，但據醫生說，八十度以上是永遠不可能的。

這並不十分妨礙我一切的日常舉動，但是每天穿衣裳就有點不自由，而必須先慢慢穿好左袖，才可以穿右袖，這使我時時意識到我的殘廢，直到完全習慣了的現在，我還有這種意識。其他用力的大動作如舉重一類事情，我自然再無幸福去做了。

天下有兩種人，一種是遇事向好的想一步，一種是向壞的想一步，我想前者是比較痛苦。我的傷殘當時並沒有讓任何外人發現，但是知道的幾個人之中，就有這兩種態度。比方白蘋，她是愛向好的想一步的；她說假如那槍也中在臂上，你就不會有這點不自由。只差幾寸的距離，這是多麼不幸呢！而梅瀛子是愛向更壞的想一步的；她說，幸虧你因第一槍的創傷彎下了身，否則就會中在胸口，只差幾寸的距離，這是多麼幸運呢？

在我覺得這槍刑本身就是冤枉。而唯一感到安慰的，則是我獲得了光榮的代價。

就在我出院那天夜裏，白蘋與梅瀛子就告訴我一件工作的策畫，而策畫的第一步已經獲得了成效。

這是由她們慫恿梅武再開一次純粹的面具夜舞會，因為上一次中日的親善，中國人方面只是禮貌上的敷衍，並沒有得到真正感情的和洽，所以這一次將戴一戴面具，大家將穿西洋的禮服去參加。她們就想在這個掩護之下，去竊取一宗重要的文件。這時候我才知道梅武不但是海軍的參謀，而且是特種的情報官。現在，梅武對這面具夜舞會已經贊同，並且定於三月十三來舉行。

白蘋與梅瀛子興奮得如中學裏的運動員在賽球的前夕一樣。在計畫中，大家爭先要做偷竊的執行者。白蘋說：

「我對於這件工作做得很多，所以比較有把握。」

可是梅瀛子則說：

「上次就是我的事情，結果被你搶了去，那麼這一次無論如何讓我去做。」

這件事情始終沒有決定，而每次碰見談起這件事，就起這樣的爭執。其實當時我也很想擔任這件工作，但因為手臂的不自然，所以始終沒有說起。現在我們幾乎天天見面，大家總在白蘋的家裏，但一同在外面則是很少，各人的生活還是依舊，以避免別人的注意。梅瀛子來白蘋地方常常是夜裏，也很少用她紅色的汽車，有時甚至不坐汽車，有時候就宿在白蘋地方。

有一次我送白蘋回家，梅瀛子已經先在那面。她們又從工作的計畫上談到執行的人，在雙方不決的時候，都希望我對於她的理由有一種支持，而我想擔任那件工作的欲望，再無法忍耐，於是我說：

「這件事情既然你們兩個人都不讓，那麼還是讓我去做。」

「你！」白蘋與梅瀛子都笑了。

「你知道這不是哲學上的問題。」白蘋說。

「但是我從你手上偷到過東西。」

「這因為我當你是朋友。」白蘋說：「而你熟識我的一切。」

「而你現在手臂有點殘廢。」梅瀛子加上理由。

「但是這只是需要手指而不是需要手臂的事情。」我對於梅瀛子的話覺得是一種侮辱，所以我說得非常嚴肅。

「而那間房、那個空氣，你都沒有我們熟識。」白蘋說。

「不，」我說：「只要你告訴我，我不是立刻就知道了嗎？」

「而且這是適宜於女人做的事情。」梅瀛子說。

「縫衣、燒菜人說也是女人做的事情，」我說：「但是世上有名的裁縫與廚子還是男子。」

「但都不是哲學家。」白蘋說。

這樣的爭執很久，還沒有一個決定。我一方面覺得我必須做一次主角；第二方面，我對於她們說是哲學家書生與殘廢都使我不甘心，最後我說：

「我是一個男子，一個男子同你們在一起，讓我避免危險的任務就是一種恥辱！而且我的生命是多餘的，要是這次你的槍斜了一分，我不是已經死了嗎？」

「可是我的生命有更多次的僥倖。」白蘋說。

「但這不是生命的估價問題，」梅瀛子說：「而是工作的效率問題，我們要的是勝利，不是犧牲！」

梅瀛子的話使我與白蘋沉默了，於是她又接下去說：

「在這個整個工作上，我們不能談到失敗，這失敗不是個人的事情，也不是我們三個人的事情。我們可以不愛惜自己，但站在工作的立場上，我們愛惜工作就當愛惜自己。」

「是的，」我說：「就站在工作的立場上，你們都比我重要，所以我……」

「不，」白蘋說：「但是你在工作以外，還有哲學的生命。」

「我想，這樣的爭執是沒有完的。」梅瀛子說：「我們還是用拈鬮的辦法好了。」

這使我想到上次去杭州前的拈鬮。但那時雖是遊樂，而人人內心是敵對的；現在是工作，而我們內心則是和諧的。當時白蘋開始贊成，我也沒有異議。

白蘋的桌上有一隻自動的煙匣，是按一下就會跳出一根的小玩意兒，裏面裝的是「三五」牌，她將桌上我的Lucky Strike，抽一根放在裏面。混亂了以後，她說：

「現在我們每人順次按一下。誰拿到了那支Lucky Strike，就規定誰擔任這份工作。」

這是很有趣的一種拈鬮法，梅瀛子接著就按了一根，一看不是Lucky Strike，就吸起來；第二個是我；第三是白蘋。這樣輪流著，在第三圈的時候，我畢竟按到了那支Lucky Strike，這煙本屬於我，所以還是讓我拈到，這使她們倆無法異議。我們終算把這件事決定了。

時間悄悄地過去，我們生活是興奮快樂與緊張。我每天吃得很好，睡得也多，健康一天天恢復著，這就如同拳鬥家預先的休養。白蘋與梅瀛子像是我的經理人一樣，始終注意我的生活，她們覺得唯有精神充沛、身體健康才能在緊張中鎮靜，在危難中細心。

就在這個期間，海倫從青島回來了。梅瀛子第一個知道。她告訴我後，第二天我就去拜訪海倫。

我在她家門口按鈴，開門的正是海倫。她不但年輕許多，而且也顯然是強健，皮膚似比前棕黑，顯得頭髮更黃，眼睛更藍，鼻樑上雀斑似已變淡，她身體輕健靈活，穿一件輕捷的藍色便衣，用新鮮的毫無脂粉的笑容歡迎我。

她母親似已告訴她我受傷的經過，她說：

「假如這是我不參加那天夜會的關係，那完全是我罪過，但是這不是我所能料到的。」

「假如這是因為我的邀請，使你提早去青島，遇見了音樂的鼓勵，獲得了開朗的心境，恢復了消失的健康，」我說：「那麼上帝給我這受傷的代價已經夠高了。」

「謝謝你。」她羞澀地笑了。

接著她同我談起青島的生活，談起史托亦夫斯基，還拿出在青島所拍的照相給我看，裏面有她的，有史托亦夫斯基，也有他們兩人在一起的。從照相上看來，史托亦夫斯基是一個神采奕奕、有幽默感的人，同海倫在一起，更顯得她年輕與稚嫩。梅瀛子竟要將這樣的孩子拉進到危險的爭鬥裏，我現在想起來真是不寒而慄了，而最後一次，我竟也是有目的地來邀請她參加舞會，有一種慚愧在我心頭浮起。我說：

「海倫，讓我們到外面去走走好嗎？我希望我可以請你吃飯。」

海倫笑笑，點點頭，接著收起了照相，但留下兩張——一張是她個人站在海邊，一張是與史托亦夫斯基在鋼琴邊——給我。她說：

「你願意保存它嗎？——紀念我的新生。」

「謝謝你。」

我收起照相，她說：

「讓我留一個條子給母親。」

她迅速地寫好了紙條，說：

「走嗎？」

「好。」

她拿起桌上的皮包就走出門口，我跟在後面，看她從衣架上取了大衣披上，連架子上的鏡子她都沒有注目，就跟在我後面，走出了門外。

現在的海倫已沒有最初的憂鬱，也沒有後來的做作，更洗去了去青島前的時髦。比諸第一次會面時的她，似減去了羞澀，加增了壯健，同她在一起，竟覺得完全不是以前的海倫了。她自然地談笑，健康地走路。電車上，她蓬鬆的頭髮偎在我的頸畔，三次兩次有風帶它到我的面頰，我體驗到那竟是初會時她使我感到的溫柔，而似乎第一次使我從那裏感到了幸福。

我同她在「國泰」看五時半的電影，在Chez Rovere進餐，在餐桌上，我開始問：

「去北平的計畫已經得到你母親同意了嗎？」

「是的，」她說：「但這只是理智的允諾，情感上她是不贊成我離開她的……」

「這自然。」我說：「那麼你怎麼決定呢？」

「自然我是要去的。」

「日子呢？」

「她叫我過了復活節再去。」

「……」我沒有說什麼。

她忽然說：

「你不贊成嗎？」

「……」我笑了，我說：「我只是希望你不要改變宗旨。」

「你放心。」她說：「你想，我母親已經好久不見我，她要我多住幾天……」

「自然，這都是對的。」我說：「希望你決定了一個日期不再改變。」

「只要你時時鼓勵我。」

「我的鼓勵在你是有用嗎？」

「假若你肯陪我去北平……」她注視著我問。

「我？」

「為什麼你不可能呢？」她說：「你在上海有什麼意義？」

「……」好像有好幾種話同時在我口頭，一時我竟說不出了什麼。

「北平，我想一定比上海更適宜於你的哲學研究。」她說。

「……」我點點頭。

「那麼你留戀什麼呢？白蘋不是勸你離開上海嗎？」

「要離開上海則是去後方。」

「如果你去後方，」她笑得似真似假地說：「我跟你去。」

「你？」

「怎麼？」

「你又忘了你的音樂！」

「如果你不去後方，」她說：「你跟我去北平。」

「過了復活節。」

「真的？」

「好，」我說：「海倫，我跟你去北平。」

當時我不知道憑什麼靈感說出這句話。我到後來才看到自己下意識對於當時工作的一種疲乏，而從海倫的世界戀念到自己的世界。我想每個人都有自己的世界，正如自己的故鄉一樣，很容易離開，很容易忘去，但在別個世界裏疲乏、厭倦、衰老的時候，你不禁會想到最安靜、最甜美的還是你的故鄉，這在海倫是音樂，在我則是哲學。

「真的？」海倫當時興奮起來：「不是同我開玩笑？」

「自然。」

海倫沉默了，臉上露出光彩的笑容，伸出手來同我緊握，她說：

「現在，不能再怪我拖延。我只等你給我動身的日子，記住，假如你不去的話，我也許也不去了。」

「我一定儘量早。」我說。

這時候，我心裏明顯地意識著，等這件我與梅瀛子、白蘋的工作勝利後，我一定要單獨回到我哲學研究的世界裏去了。

飯後，在寒冷的空氣裏，我伴海倫徒步送她回家。我心境非常開朗，這使我想到，自我與海倫交友以來，兩個人在一起的時候也不少了。從她迷戀哲學的時候，到她趨於虛榮的時期，又到她忙於交際的時期，直到她頓然覺悟。在史蒂芬墓前偶遇了以後，今天是第一次有這樣愉快安詳、沒有糾葛、沒有隔膜、沒有蘊積著什麼難題的心境了。

我送海倫到芭口公寓門口，臨別時我想起史蒂芬太太要見她的意思，我鄭重地告訴了她。她說：

「你知道有什麼事嗎？」

「也許只是想見你，」我說：「她也很贊成你去北平。」

「現在我要告訴她，你也同我一同去。」她笑著說。

「隔天見。」我說著同她握手。

「不進去坐一會嗎？」她把手交給我。

「不了，隔天來看你。」

「那麼再會，」她說：「我常常等你來看我。」

四十四

但是我並沒有常常去看海倫，因為三月十三日的那個面具舞會已經快到，而我現在要同本佐次郎們那些鉅賈有點交往。因為我們的決議，是我須同本佐次郎們一同去參加，所以預先應當以我從鄉下回來的姿態同本佐有較密的接近。我同本佐次郎是合夥的同人，雖也曾偶爾在一起聚餐遊樂，但還有相當的距離，而現在經過了幾天微醉與胡鬧，我們已經雙方都沒有什麼客氣了，遊樂的場合對人類社會的關係是微妙的。一切階級、距離、虛偽、架子……都會馬上打通。而幾次的同遊，外界的人士似乎立刻就確認了我們間的特殊關係，對於我們一同去參加面具舞會，也自然認為很自然的事情。

白蘋已經決定再同有田大佐一同去參加；梅瀛子也許單獨去，但還未肯定；至於海倫，自從她去青島後，似乎已同所有日方的關係切斷，想沒有人去邀她們母女，我們在緊張而冗忙的生活中，自然也沒有想到她們，似乎她們不去已是肯定的事。而我在偶爾會見到她們時，也覺得無須把這事告訴她們。

但是在三月十一日上午，我一進白蘋的公寓，阿美就告訴我白蘋與海倫在我以前住的房間裏。我敲門進去，白蘋就首先告訴我海倫接到請帖。海倫馬上就對我說：

「你也去參加嗎？」

「是的。」

「你不要我伴你同去嗎？」

「你也想去參加嗎？」我提高聲音，好像她早已同我表示不參加了似的，我問她。

「不，」她靈活的眼睛忽然呆了一下：「不過我想不到你這次還想去參加。」

「這次我特約他去的，」白蘋很自然而美麗地對她說：「我想你不去沒有什麼關係，他們大概是根據上次的名單來邀你的。而我不去則是沒有辦法。」

白蘋的解釋非常好，非常自然，非常誠懇，語氣中的確充分表示她去參加是逼不得已的事。這態度用在這個場合似乎是作偽，但是我意識到白蘋的內心的確是那樣的感覺，這也許就是白蘋最可愛的地方，也許就是她喜歡銀色的緣故。

海倫馬上露出自然的笑容同白蘋談別的事情，我在那裏看到海倫對白蘋的交情。自從將海倫從虎口救出那天海倫宿在白蘋地方以後，似乎海倫對於梅瀛子的感激與信賴已完全移到白蘋身上。海倫真是天真的任性的孩子。

當白蘋離開那間房間的一瞬間，海倫開始告訴我她去看過史蒂芬太太，說是史蒂芬太太極力鼓勵她去北平學音樂，並且她願意在經濟上幫助海倫，當時就給她一張支票，海倫沒有接受，第二天又派人送到海倫家去，是一萬元的數目，這數目在當時不算小。所以海倫雖是接受了，心裏還不明白，就算史蒂芬太太珍愛海倫的天才，但過去並沒有這樣的表示，這事情在她總有相當突兀。

我當時馬上就想到海倫來看白蘋，也就是談這件事，看到底這筆錢是什麼意思。所以我問：

「那麼白蘋的意見呢？」

「白蘋說這完全是史蒂芬太太對我的期望，叫我不必懷疑。」

「我想白蘋的見解是對的。」

我嘴裏雖是這樣說，但是我心裏也覺得有點突兀。最後我恍然悟到，這一定是過去那一陣梅瀛子利用她的報酬了。我相信這不會是史蒂芬太太或梅瀛子的意思，而是一定有那麼一筆支出撥下來，而她們用這個方法付給了海倫，但這是不必同海倫說明的。我想白蘋也一定以為這樣於海倫有益，否則她有什麼不曉得，不早就同她講穿了。

白蘋進來的時候，海倫的談話已轉到別處。一個人的談話在這種地方很微妙，她願意同白蘋講，也願意同我講，但竟不願意同我們兩人講。而我雖知道她已同白蘋談過，但不能知道白蘋是否也知道她同我也談過。總之，有許多事情並不是經過我們的思想，而是在某種群體的空氣控制了我們，自然而然使我們放棄自由。總之，這件事自始至終只到這樣明顯的程度。現在回想起來，我覺得後來白蘋把海倫來看她告訴梅瀛子也是很可能的事。

我與海倫都在白蘋地方吃中飯，飯後一同出來，路上，海倫忽然說：

「白蘋聽見你有同我到北平去的意思很高興。」

「你同她講了？」我倒有點驚異。

「自然，我同她什麼都可以講。」海倫說：「你以為不對嗎？」

「她怎麼說？」我急遽地問。

「她說等你們參加面具舞會以後，她就會鼓勵你同我早點去北平。」

這句話很費我沉吟，我沉默了，但我並不能冷靜地去思索。因為我馬上想到那天同海倫分手時她所說的一句話，我奇怪我當時對這句話似乎並不曾反對，而現在想起來則是大錯！怎麼在當時的一瞬間我竟忘忽了梅瀛子與史蒂芬太太間的關係？於是我問：

「你有沒有把我想去北平的意思告訴史蒂芬太太？」

「自然。」

「真的？」

「怎麼？」她說。

「沒有怎麼，」我說：「我想她會很驚異。」

「她問我是不是……」她似乎說不下去，眼睛望到別處。

「是不是什麼？」我問。

「她問我是不是想同你一同去，」她想到了似地憨笑著很快地接下去說：「我說是的，她就說，這樣很好。你也可以有人照顧了。」

「她沒有說別的？」

「沒有說別的。」

「沒有說我是不是適宜去嗎？」

「沒有。」

海倫說沒有，自然一定沒有；史蒂芬太太絕不會透露她的感覺的。那麼我無從知道她的心裏所想的，更無從知道她什麼時候會去告訴梅瀛子。而且是不是問題只在梅瀛子一定要我做她的助手呢？在我，我從研究哲學的世界出來，再回到研究哲學的世界裏去，這是很自然的事。那個世界是我的故鄉，正如音樂是海倫的故鄉。在所謂工作上，我不過是史蒂芬利用下來的人，我沒有一點不是盡我的良心與能力，我用我重傷做代價，求得了白蘋與梅瀛子的聯繫，解決了兩方認為很難的問題，而現在我正要去完成一件工作。等這件工作完成了，我要回到自己的故鄉去，我想總還是他們能諒解的事。但是我要同梅瀛子去商量將是在工作完成之後，絕不是現在。現在告訴她，於我、於她、於這件工作的精神都是不好的。而我在那天送海倫回家，她提到的時候，竟全忘忽了史蒂芬太太與梅瀛子間的關係，因而沒有關照海倫不要說。

這就鑄成了一種煩惱在我心裏不安，一直到我送海倫回家，一個人在歸途中還是為它煩惱。

但是一切煩惱的事情，在最靜的時候思索下去，人人的心理都會發掘解救的儲蓄。當我回寓午睡的時候，我想到了白蘋對海倫說的話，那麼假如這事情讓梅瀛子先知道，她一定會同白蘋去說，而白蘋一定會偏袒我的，因為我知道她始終諒解我不宜於做這樣的工作，而應當好好地繼續我的研究。

於是我就比較有平靜的心境獲得了一回休息。

夜，在白蘋的寓所。我們三個人有一個會議。這會議，與其說是會議，還不如說只是規劃我的工作。現在想起來，我相信她們兩個人早已把一切都商妥了，只在那一夜對我做確切的教導。

我的工作是要從梅武官邸後園小洋房的後面，爬到二層樓，從窗口進去，拿到了目的物，再從原路爬下來。那時候梅瀛子就在下面等我，把目的物交給她，假作舞後在園中閒步似地帶她回到前面。

「以後的一切你可以不必管。」白蘋說。

「那麼我什麼時候可以開始做呢？」我問。

「你認識那個韓國姑娘？」梅瀛子問。

「誰？」

「就是那個Standford的歌女。」梅瀛子說。

「你是說米可？」

「是的。」

「她是韓國姑娘？」

「怎麼？」

「我以為她是日本人。」

「你可以多同米可跳舞，學作忘形似地同她調情，她會帶你進後園。以後就要見機行事，如果不妥，只好回到舞廳再出去。」梅瀛子嚴肅地說：「但必須先同我跳舞，我會把鑰匙交你。」

有一分鐘的沉默，梅瀛子與白蘋都用非常尊嚴的眼光望著我，房中的空氣頓時變得沉重，像是無數的壓力逼著我的心，我的呼吸似乎立刻困難起來。半晌，梅瀛子說：

「你都懂了嗎？」

「是的。」

「你仔細想想，是不是還有問題？」白蘋更嚴肅地說。

現在我真的感到說不出的難堪起來，因為她們四條眼光都嚴厲地凝視著我，好像審問犯人一樣地等我回答。

房中靜極，要沒有咖啡杯上浮著熱氣，這空氣簡直是凝成了固體！我從桌上拿一支煙，點著吸了一口說：

「我想沒有別的問題了吧。」

又是難堪的沉寂，於是梅瀛子站起來，悄悄地走向窗口，她回過身來說：

「你應當設想，在那個舞會中，大家都帶著面具，許多人裏面，你從哪裏去認找你所要找的人呢？比方找我。」

這確是一個我未曾想到的問題，我當時一楞，是一種無能而疏忽的羞慚浮到我的心頭，也浮到我的臉上。白蘋似乎發覺了這個，她用一個很異常的手勢去拿咖啡，似乎故意叫她手指上我送她的鑽戒提醒了我，我說：

「從她的戒指上我難道還認不出白蘋嗎？」

「那麼我呢？」梅瀛子說。

「假如你那天還是戴你上次舞會中所戴的珠練項圈。」

「那麼米可……？」

「你不想預先告訴我，你給她帶一隻什麼樣的戒指嗎？」

梅瀛子這時又悄悄地過來，她從她手上脫下一隻戒指，放在我的面前，她說：

「我想你會很容易認識它的。」她又說：「我們就以這十字為記號，在舞時，你用手指在我們掌中劃一個十字，我們就可以知道是你。」

我低低頭，一面我注視那隻戒指，這是一隻白金鑲的、鑲功很精的指環，紅鑽組成了一個方圍，圍著一個白鑽組成的一個十字架。這是一個很美的組合，但時時會給我一個奇怪的感覺，引起我聯想的是史蒂芬墓頭的十字架，與圍著這十字架的一圈一圈的花圈。我把它玩了許久，我戴在我自己的無名指上，太小，於是我套在小指上，看了一看，沉默地拿出來把它交還梅瀛子。這時候她已經坐在我的對面，嘴角露著黯淡的微笑，白蘋意態怠倦地斜睨著，一瞬間我竟不敢正眼看她們。

沉默，沉默，我感到空氣裏都是沉重的膠液，使我的嘴不能張開，而許多話無從說出。

四十五

我回家天已經快亮，相約第二天夜裏十二點半我們再在白蘋地方敘談，這是面具會以前最後的會聚，一切未決定的要在這個會聚中決定，一切應想到的應在這個會聚中想到而一切考慮到的也都應在這個會聚中提出討論。

三月十二日，我於中午十二時醒來，洗了一個澡，吃一點東西，心一直不安，書看不進去，什麼事情都不能做。晚飯後我一個人去看了一場電影，自然也引不起我的興趣，但藉此我總算度到了約會的時間。

我到白蘋的地方，大概還只十一時三刻，我想到梅瀛子一定還沒有來，白蘋也許還未回。但是我決定去等她們，所以也沒有打算在外面消磨點時間。阿美來開門的時候，我也沒有問白蘋是否在家，就一直進去，但一到裏面，就看到白蘋的臥室門開著，白蘋穿著灰色的布衣坐在沙發上弄貓。房中電爐正暖，燈光很暗，只亮著她身後黃絹銀花的腳燈，似乎她很早就回來，一直很悠閒地坐著似的。她一見我，不很自然地說：

「這裏坐。」

我跨進她的臥房，她才遲緩地把吉迷放在地氈上，抬頭望著我走進去在她旁邊坐下。她說：

「你今天似乎很不安寧。」

「梅瀛子還沒有來嗎？」我問。

「你先休息一會。」她露出百合初放的笑容說：「冷嗎？」

「還好。」我說。

「先喝一杯熱咖啡嗎？」

「好的，謝謝你。」

於是她站起來，到門外去吩咐阿美。這時候我抽起一支煙，她回來時候就說：

「我看你沒有睡好。」

「我睡得很好。」我單調地說。

不知道怎麼這空氣很使我不耐煩。我後來想起來，覺得這空氣之所以使我煩躁，並不是好壞的問題，而是，因為那空氣與我原來的期望不符，所以可以說是一件失望。

「Nervous！」白蘋譏笑似地自語。

「笑話，」我生硬地說：「你不應當侮辱我。」

「你神經似乎一直緊張著，脾氣也不好了。」

「你不要說我好不好，」我說：「我沒有心境同你開玩笑，明夜就是我們的工作，今天不是應當正式地、嚴肅地商談嗎？」

「只有在最緊張的時候充分地閒適、最嚴肅的時候體驗到最深的幽默，才可以對一切的難題應付裕如。」白蘋又撫弄著跳到她膝上的吉迷，眼睛望著自己的手背說：「要像你這樣，碰到一件事，連飯也吃不下，覺也不能睡，一切娛樂享受都覺得不需要，那麼連著幾件重要的事情對你一煎迫，你的神經馬上就崩潰了！」

「我沒有心情同你談論。」我說：「我想這是每個人自己的脾氣，我們不必談了；我們應當談的是……」

「是明天的工作，我知道。」她說：「朋友，昨天我問你是不是沒有問題，你說都知道了。今天又要談，那麼，你談，你要怎麼談呢？」

「這可奇怪了，今天的聚會不是你們規定的嗎？」我說：「要是說今天沒有事情談，我不會去玩去？」

「我們就不能談談別的嗎？」白蘋露出百合初放的笑容說：「比方說，你明天的工作出了岔，你被敵人發覺，你被抓去，你受刑，你死了，你難道就沒有話談了嗎？」

白蘋的語氣雖是平靜輕易，但我覺得她簡直是對我恐嚇。我有點憤怒，我說：

「要不是你是失敗主義者，白蘋，你就是輕視我擔任不起明天的工作。」

「但是這是現實，親愛的，」白蘋說：「誰在這樣困難的工作面前可以有絕對的把握？」

「我有，我有……」我激昂地說。

但同時我就意識到我的確是下意識地避開她提及的可怕的結果。我怕聽到，也怕想到，我感到一種慚愧與頹喪，我半晌無語。於是白蘋望著我說：

「你是研究哲學的，對於人生竟不能看透。」

但是我避開了她的注視，我感到沉悶。我站起，走到門口開亮了房頂上的電燈，房間驟然明亮。我按捺自己的急躁，比較平靜地說：

「你難道以為我是怕嗎？錯了，我只是感到沉悶，你的態度、這空氣……梅瀛子怎麼還不來？」

「梅瀛子？她今夜去梅武那裏去布置去，她不來了。」白蘋很自然地說：「你有什麼話要同她說嗎？」

「沒有。」我說。

「那麼她不來也好，」白蘋說：「我可以單獨地同你談談。」

「我也沒有話同你談，不過只是想見你們就是。」

「但是我有話同你談。」她說：「你是不是要與海倫一同去北平呢？」

「是的，」我說：「但是這現在還談不到。」

阿美送咖啡進來，帶著蛋糕。白蘋接著她斟咖啡給我，她說：

「我早希望你專心於你自己的研究，現在這裏的工作，於你是多麼不相宜。」

「是的，」我帶著感激的語氣說：「但是現在的北平不知道是不是能使我安心於研究？」

「這完全在你自己，」白蘋安詳地說：「我想你離開這個世界，就可以尋到你自己的世界的。」

我沒有回答，喝著咖啡，吃一點點心。於是白蘋繼續用文靜的語氣說：

「一個人的生命都屬於一個世界，離開這個世界是一種沒有代價的消耗，是一種糟蹋。如明天，假如這一個冒險損失了你，那麼你以後所有播種的計畫與你應開的花、應結的果，都完全沒有了。」

「自然，」我說：「但是明夜的工作不也是應開的花、應結的果嗎？」

「這不是你應開的花，也不是你應結的果。」白蘋沉靜地說：「這是我所播種的，所以假如你不以為我對你輕視，明天你的工作能不能由我去執行呢？」

我楞了一下，感到一種說不出的難堪，但不知是什麼樣的力量抑住了我的脾氣。我清楚地意識到這是侮辱，也清楚地意識到白蘋語氣的慈愛與良善，我沉默好一會，我說：

「這是梅瀛子的意思還是你的？」

「是她的也是我的。」

「是這樣不相信我能勝任這工作嗎？」

「我覺得至少我是還因為過分重視你另一方面的才能與對你的期望。」

「這就是說你在這一方面對我有過分的輕視。」

「我覺得你實在不值得去冒這個險。」

「假如由你去做，就不是冒險了嗎？」

「我的生命就在這樣冒險中長成，我對它看作很平常，我不會緊張、害怕、擔心不安……」

「你是說我害怕嗎？」我的聲音不知不覺提高了。

「害怕有什麼不好？誰對於不習慣的事都會害怕。害怕不見得就是懦弱。我害怕在炮火中戰壕裏的生活，但炮火中戰壕裏的戰士則害怕我現在的處境。我們去會見一個陌生的人也常有害怕的情緒；但你的熟友也許使我害怕，而我的熟友也許使你害怕。有人走山上小徑害怕，有人在大海中航行害怕，有人怕人群，有人怕孤獨，有人怕鬼，有人怕事，有人以為行刺一個人是冒險，有人以為這遠不如逼他喝一碗沒有燒開的冷水為可怕。有人怕見冗長的數學的公式，有人怕聽古典的音樂；有人說，他寧使坐三天牢監也不願在古典音樂會裏坐兩個鐘頭。那麼我說你害怕，難道又是對你輕視嗎？」白蘋莊嚴而平淡地說，她總是把眼光同我的避開。最後她注視著我的眼睛低聲地說：「朋友，為工作，為你自己，你把明夜的工作讓給我做，好不好？」

「不，」我說：「這是抽籤決定了的事，我想今天是不必談的。」

「這因為我們是朋友，而這工作又是這樣的重要。」

白蘋的態度非常沉著，似乎當作沉重的問題來同我談判，也似乎毫不在意地在發表意見。我感到膩煩，我實在忍不住這一份壓迫，我站起，噴著煙走到座外，我用攻擊的語調說：

「那麼你們是怕我工作失敗了牽累了你們。」

「豈止，」白蘋冷靜地說：「整個的工作與整個的機構。」

「好，那麼我讓給你。」我憤怒地說。

「真的？」白蘋興奮地站起來：「謝謝你。現在我們可以不談這件事，我們談別的，談有趣的事。」

「那麼我的工作呢？」

「你，」白蘋玩笑似地說：「你愉快地同我跳舞。」

「你這是什麼話？」我憤怒地說：「你原來是一直在這樣輕視我？」

「如果你當我是你的好友，」白蘋的語氣變成溫柔得非常，她說：「你不應當有這種想法。」

「不，」我說：「白蘋，我們是好友，不錯；但在這件事情上，我們只是合作者。你的話可以想作朋友的愛護，但也可以想作你在爭功；在友誼上我可以想作你對我另一方面期望的深切，對我另一方面才能的重視；但在這一件工作的合作上，我只能認作你對我的蔑視，我不能放棄我的責任和權利。」

白蘋沉默了，她悄悄地背著我走到較遠的沙發上，坐下，我看她的表情已經變成嚴肅而深沉。最後她說：

「假如你真的要擔任這件工作，是你抽籤所得的，我自然沒有理由叫你讓我。」

「那麼好，」我說：「我不希望你對我再做無理的要求。」

白蘋又沉默了，半晌無語，忽然又走到咖啡的座邊，她坐下，背著我說：

「那麼，你必須冷靜一點考慮你失敗的善後。」

「你以為我一定失敗嗎？」

「這也可以說只是工作上的規矩。」

「我不懂規矩，」我說：「一切請你指教，我遵照著辦就是了。」

「你有遺囑嗎？」

「沒有，」我說：「我不需要備遺囑。」

「你的家？」

「我只要寫一封信給我叔叔。」

「那麼你寫，」她說：「就在這裏寫好了。」

我於是就在她的寫字檯上寫一封信。這是很簡單的信，不到十分鐘我已寫好。我說：

「萬一我死了，請你派人送去。」一面我把信放進她的抽屜裏。

這封信雖然是簡單，但同醫院動手術前簽一張志願書一樣，在我精神上是一個打擊。但是我極力鎮靜，悄悄地走過去，拖起地氈上的吉迷，坐在白蘋的對面。白蘋這時又改變了悠閒的態度，她說：

「你如果被捕了是預備自殺呢？還是預備忍受痛苦等機會出來？」

「這難道也要預先決定嗎？」

「自然，」白蘋眼睛望著貓，文靜地說：「如果你不自殺，那麼我們要設法營救你。」

「好的，那麼我不自殺。」

「但是你必須遵守一個條件，就是你無論如何受到什麼毒刑，你不能供出我們與我們有關的任何蹤跡。」

「這自然。」

「你以為這是很容易辦到？」

「辦不到我再自殺。」

「這是絕對不可能的，」她說：「因為那時候你再無自殺的自由了。」

「那麼你信不信我會絕對不供認呢？」我問。

「假如你對你自己都不能絕對相信，你怎樣能要求別人對你相信呢？」

「那麼自殺怎樣辦呢？」

「自殺，那就要在你剛剛被捉去的一瞬間。」

「你以為有這個機會嗎？」

「只要你決定。」白蘋說。

「假如你們真正怕我會受不住刑罰而牽累你們的話，」我說：「我想還是去自殺的路便當些。」

「好。」

白蘋說著輕捷地站起，她走到床邊，往燈檯的抽屜拿出一隻本來用作裝信的盒子，她打開盒子，拿出一隻裝金雞納霜的瓶子，於是從裏面倒出三粒藥丸，包在一張紙裏。最後她又把什麼都放好，才把那包藥丸帶過來交我，像交我幾粒加當一類止痛藥丸一樣地輕便，她說：

「這可以使你避免一切痛苦。」

我接受了她交給我的藥丸，一面放進我背心的袋裏，一面說：

「謝謝你。」

「現在，讓我們談談別的吧。」白蘋做完了一種工作似地靠在沙發上。

但是我竟找不出話可說，可也似乎有話要講，所以我還是坐在那裏沒有告辭。幾分鐘後，白蘋說：

「想不到你還是這樣不能瞭解我。」

「正如你不瞭解我一樣。」我說。

「但是我尊敬你自己的工作，你不應該放棄你的工作。」

「我永遠感謝你的，但是——」

「但是什麼？朋友，我有萬分的誠意請求你，現在還來得及你把這件工作讓給我。實在說，這件工作在我所冒的不過四分危險，在你是有八分危險的。在成功上我有六分而你只有二分，如果我是你靈魂的右手，你是你靈魂的左手，你為什麼要放棄右手可以做得很順利的事，要讓左手去冒險呢？你太不把我當作自己的人了。」白蘋的語氣很感傷。

我的確完全被她所感動，不知是感激還是慚愧，我鼻子一酸，眼睛感到一點潤濕。

「……」我說不出什麼。

「聽我話，朋友，」白蘋幾乎用哀求的語氣說：「讓我代替你，我一定會勝利，你到後天早上來慶祝我。」

「不，白蘋，」我說：「一切你為我想到的，我感謝你。但是當我決定了在這件事以後要回到自己的園地去，我必須完成這件工作，否則恐怕連我自己都弄不清楚，到底是因為愛好哲學的緣故，還是僅僅因為懦弱怕死而放棄這項工作。」

白蘋開始沉默，低下頭，沉思似地收斂了她一瞬間感傷的表情。我也沒有說話，這一份寂靜，使我感到宇宙的空曠與夜的零落。我站起，踱到窗口，掀起銀色厚絨的窗簾，天已微白，我打開一點窗門，有森冷的空氣掠進來，我感到舒適，深深地吸了一口氣。我隱約地聽到遠處的雞啼，我想該有四點多了吧，但我沒有看錶。我並未關窗，我坐到她的後面，拍著她的肩膀，我說：

「白蘋，可以睡了。」

白蘋不響，我又說：

「我想回去，大概要睡到下午二三點鐘。還需要來看你嗎？」

「好的，」白蘋說：「我下午四點半到五點在家裏，如果你覺悟了——」她站起來，又說：「那麼你來看我，否則還是夜裏在那兒見吧。」

「那麼我想我不會來看你了。」

「不要這樣堅決……」白蘋說著伸著手給我。

我握著她的手說：

「我永生感謝你今夜的好意，但是我絕不想將危險來報答你的好意。」

「你這是什麼話？」白蘋放下手，閃出不悅的眼光。

我避開她的眼光說：

「我是說，假如我把這工作讓你而你因此出了事，那麼你以為我還能夠安心地活在世上做人嗎？」

「那麼你以為當你出了事，我有面目安心地做人嗎？」

「這是命運，是我抽中了籤來擔任這件工作的。你已經待我夠好了，憑今夜你的美意，我已經無法報答你了。」

「但是……」

「不，不說了，白蘋，再見！」我堆下笑容說：「也許這是我們最後一次的談話，最後，我求你對我笑。」

「……」白蘋望著我沒有笑。

「笑！一切放心，萬一明天出事，你不必驚慌，不必著急，也不要害怕，更不要為我想到營救什麼，因為我已經是非常愉快地吞了你給我的『阿司匹靈』了。」

「……」白蘋靠在沙發後，低著頭不響。

「看我，白蘋！」我似乎真像死別一樣的，有一種感傷的情緒點染了我的哀求。

白蘋抬起頭，莊嚴地望著我。

「對我笑，白蘋！」我不知道這是命令的語氣，還是哀求，而白蘋果然對我笑了。

她微笑著，但這是一種辛酸的苦笑，她立刻又低下頭。

「不，」我說：「我要你百合初放般地笑，白蘋，忘去一切，為祝我勝利，你笑。」

「好，祝你勝利。」白蘋振奮而堅決地說，果然透露了光明的笑，笑得像百合初放。她又遲緩地說：「祝你勝利。」

而我看到她有晶瑩的淚珠在她笑容中浮起，像是清晨的露水在百合上閃耀。

我鼻子一陣酸，我藉著鞠躬俯下首，我說：

「謝謝你，白蘋。」

一轉身，我很快地跨到門外，我沒有再回看她，但我意識到她還是楞在那裏。

四十六

回到了寓所，我忽然失眠起來，我竟像赴刑場一樣的，想在死前去拜訪幾個親友，做最後的會晤。我決定於一覺醒來後，去看幾個於我生命有特別聯繫的人，有一個就是海倫。因為這個決定，使我很急於入睡，但偏偏辦不到，翻來覆去，左思右想，一直到九點鐘時候，方才睡著。

醒來是下午四時，預備照夜來的計畫去看幾個人時，我決定把禮服帶在車內，七點鐘如約到本佐次郎的地方去時去換，換好了同他一同去。所以我現在穿的是便服，我圍好圍巾，穿上大衣，帶手套的一瞬間，我習慣地拿一支煙抽，正當我點起洋火，呼第一口煙時，是閃電一樣的感覺，使我對於去拜訪親友的事徬徨起來。於是我坐到在沙發上開始有許多考慮：第一我昨夜與白蘋道別的情形就斷定我自己會在別人面前一樣地透出死別的情緒，那麼這算是我失敗的預兆，還是要讓別人的盤問而改變初衷；第二，一切別人的憐惜同情或是無理由的感傷都會損害我工作的勇氣；第三，我應當自己有必勝的信仰。這樣，那我就不應有那種懦弱文柔的不徹底的行為；假如一時壓抑不住自己的感情，尤其在海倫面前，也許把工作的秘密洩漏出去，這是多麼可恥的行為？有這幾點考慮，最後我決定放棄了這個計畫。這時候，去本佐次郎那裏還太早，他們不會在家，不出去也太悶。我的心那時當然無法看書或做事，一切娛樂的場所我也想到，但都不想去，正在無法打發時間的時候，僕人上來，說有電話。

「誰？」我下去拿起電話問。

「白蘋。」

「白蘋？」

「是的，」她說：「我希望你來。」

「不。」

「一定來，徐！」

「可以，」我說：「但不許再提起昨夜的問題。」

「好的。」她躊躇一下說。

但是我忽然想到她那裏的空氣實在不適宜於我現在的心境，我把語調變得很輕鬆，我說：

「白蘋，讓我們出去玩玩好不好？」

「但是六點半我要同人去吃飯。」

我知道這是有田的飯約，預備飯後去參加面具舞會的。我說：

「自然，就在『仙宮』好嗎？」

「好，」她聲音很愉快：「馬上就去，那兒會。」

「但是，」我搶著說：「不許提昨夜的問題。」

「自然，」她乾脆地說：「今天純粹是娛樂，我們需要忘掉現實。」

電話擱上後，我就去赴約；白蘋比我晚到。我們雖然能夠在音樂中尋樂，她雖然一句也不提昨夜的問題與今夜的工作，但是我們心中似都有奇怪的不安，使我們難有暢快的談話與愉快的空氣，白蘋似乎時時在設法想打破這寂寞與沉悶，我也有意識地在努力，但是一切的笑聲總是勉強，一切的談話都是枯澀，我們的智慧並不能沖淡我們的情緒。時間在一曲一曲的音樂中滑過，我在難堪的沉默的壓迫下，除了不斷地邀她同舞外毫無辦法，而這嚴重的情緒竟不但管轄著我們的談笑，還管轄著我們所有的動作，它使我們的舞步始終未能如過去一樣地諧和。

在這種不舒服的情境中，我慢慢地覺得今天的娛樂反而是一種受罪，我三次兩次地想逃避白蘋，但是我還是挨著，我想白蘋也是這樣的。於是我開始後悔到這沒有舞女的茶舞中來的，我說：

「讓我們換一個地方吧。」

白蘋不響，她看了看我，遲緩地說：

「時間也快到了。」

這「也」字，很明顯地，是她對於今天的空氣已經絕望。

我看錶，已經是六點零八分，於是我就不響，什麼也不響，聽憑時間在音樂裏滑過。但是這整個的沉默，並非是因為我們在思索夜來的工作，也並非是因為我們心裏有什麼害怕，我相信下意識裏大家埋著夜來的心事，但並未過細地想到。我的腦筋裏空漠非凡，毫無思索的對象，也毫無觀察與體驗的對象，只是感覺著白蘋對我有一種說不出的威脅。我幾次都怕她提起昨夜的問題，每一個笑容都似乎有引到昨夜的問題的可能。但是她並不，她只是沉默地坐在那裏，眼睛望著毫無理由的世界，既無問題，也不好奇，只是落寞地空望著。最後，她透露失望的笑容說：

「讓我們走吧。」

我伴她出來，在門口，她說：

「你送我回去嗎？」

「你先回家？」

「自然，」她說：「我要換衣服。」

我於是打開車門讓她上去，她坐在我的旁邊，我駕著車，大家再沒有一句話，一直到她的寓所前，她下車了，好像是阻止我下車似地，她說：

「晚上會。」

「好的，」我說：「晚上見。」

但是她忽然又回過頭來同我握手，眼睛望著我，又說：

「祝你勝利。」

「謝謝你。」

她關上車門，我開動了車，看見她還在同我揮手。

同白蘋在一起並不覺得熱鬧，但是一離開她我可感到說不出的孤寂。我像逃避似地開足了速率，趕去找本佐次郎。

本佐次郎本來是約我在他家裏吃飯，飯後一同去面具舞會，但我沒有想到他也約請了其他同去的人。當我一進門後，才發現有這許多客人——男客是四位，大都是見過的日商；女客則有五位，除一個「仙宮」的舞女沙菲外，都是日本女子。我一個都不認識，而他們說，沙菲是專為我約的。在不認識的女子中間，有一個叫宮間美子的，說是二個月前從東京來的小姐，非常靜嫻幽秀，很少說話。

本佐次郎不久前同一個日本女子同居，我們都叫她本佐太太，我曾經見過她三四次。她很有禮貌地招待我們，但特別對宮間美子有意外的恭敬，這引起我們對宮間美子也不得不有一種特殊的尊重。

我不會日語，從我進去一直到入席，很少同那幾位日本女客交談，同宮間美子尤其少。

本佐次郎在中國多年，無論對中國話、對中國菜都很精通，那夜的菜是「明湖春」的北平菜，很豐富華貴。入席後，我才知道本佐次郎今夜是特別為宴請宮間美子的。所以宮間美子坐在主客的座位，我就坐在宮間美子的左手。

酒斟好後，本佐次郎就站起來舉杯說：

「大家為宮間美子小姐飲一杯。」

我們都站起來舉杯，但宮間美子則端坐在那裏，意態恬然地舉起了杯子。

大家乾了杯坐下，本佐次郎忽然對我說：

「你可以對宮間小姐說英文。」

自從太平洋戰事爆發以後，英文在日本人的眼光中是敵國的語言，但這時本佐忽然這樣說，我想本佐對宮間美子是很熟稔的了。

我開始對宮間小姐有幾句談話，但宮間的英語並不好，始終用一個字、兩個字來回答我的問句，所以我沒有多談。而事實上宮間的沉默似乎是天性，她說日語也少，聲音很低，菜也吃得少，舉動文雅清淡，似乎是高貴家庭的小姐。我從本佐為我介紹後，一直坐得離她很遠，沒有正眼看她，現在坐在她的旁邊，我開始聞到她淡雅的粉香，於是也比較仔細地去看她的側面。

座中的女子，有三個都已換上晚禮服——沙菲還穿著嫩黃的旗袍，本佐太太仍舊穿著和服，宮間小姐也是和服。

對於和服的華麗我雖能識別，但關於和服的身份我可不很懂。宮間小姐個子不矮，坐在那裏更不比我低多少，我從她衣領看上去，覺得正是圖畫中所見的日本美人，可是臉龐完全是屬於孩子的活潑的典型，古典氣氛並不濃厚。這樣的臉龐應當有談笑嫣然的風韻，可是她竟是始終沉靜莊嚴。當她去夾在左面的菜時，我注意她的眼睛，睫毛很長，但眼睛永遠像俯視似地下垂著。這印象，正如有許多照相師把人像的眼珠反光修去了的照相所給我的一樣，是一種肅穆，也可以說是有點神秘。

我期待她笑，但是她連微笑都沒有。不過在吃東西的時候，微微透露孩子面上常有的漪漣。我本來想她是二十三四歲，自從我發現這漪漣以後，我真要當她還不滿二十歲了。

飯後，幾個女孩子都由本佐太太帶到樓上去，我則到樓下的後間去換禮服，非常小心地把白蘋給我的毒藥放在背心袋內。換好出來，本佐他們正在分配行程。這在本佐似乎是早就想好的，規定本佐夫婦同宮間美子另外一個矮胖的日商叫做木谷的同行。我需要陪沙菲去換禮服，所以只帶沙菲同去。其餘的人坐另外一輛車子，似乎可以先走，因為那幾位女客都已換好了禮服。這個安排，自然沒有人反對。但是樓上最先下來的則是沙菲。後根據沙菲告訴我，是因為本佐太太知道她要回去換衣服，所以叫她先下來回去。

她下來後，本佐就叫我先陪她回家換衣服，可以同他們同時到會場。

這樣我就告辭出來，所以我始終不知道她們的兩輛車子是同時走的還是先後走的。總之，當我到會場的時候，她們都已先到了。

「仙宮」的茶舞沒有舞女，夜舞我後來很少去，但在沒有發現白蘋以前，我與史蒂芬也一度常去。沙菲就在那時候，也因為有日本舞客，所以被史蒂芬注意，我也在那時同她認識。可是自從發現白蘋以後，我個人同她就沒有來往過。最近同本佐他們廝混，我才同她有幾次交往，知道她與本佐很熟的。

當我決定不帶曼斐兒母女以後，我曾請本佐隨便臨時替我找一個伴侶，想不到他找的是沙菲。我喜歡同一個很熟的人，比如是白蘋或海倫同去赴會，也不怕很生的人，但半生不熟的人就覺得很為難，既不能隨便，也不能太疏遠，既不能當朋友，也不能當路人，偏偏現在就處於這樣的苦境——當她是朋友，許多舉動、談話都不可能；當她是陌生的舞女，則去參加這樣的集會，似不能對她不說話、不裝得愉快。

在汽車裏，她坐在我的旁邊就使我窘。聽她的指使，駛到她寓所的弄外，她說：

「不用開進去了。」

我停下車。

「進去坐一會嗎？」

「不，」我說：「我就等在這裏好了。」

沙菲並不多讓，就下車了，她說：

「但是你可不要心焦。」

「要很多時間嗎？」我說。

「二十分鐘。」

「希望你稍微快一點。」

我說這句話的時候，實在很想到她家裏去等，但是她竟沒有叫我，只是微笑點頭很快地向弄裏進去了。

我守著車子，守著錶，一支煙、一支煙地吸著等她，一分鐘、一分鐘地等待。起初我尚亮著車頂的燈，後來看來往的人都向我注意，於是關了燈，開始注意外面，但一點不能集中。一半自然還是因為工作在心，我等得非常不耐，有點焦躁。要是熟友，我可以進去催；要是陌生舞女，我真可以不管她而走，而現在是不生不熟的。她可以說是本佐的熟友，而我既不知她門牌，也不能不等。我真後悔剛才不跟她進去。我也幾次三番想不管她，但總覺得這不但對不起她，也太使本佐難堪。於是我只好死等。可是二十分鐘過去了，她還不出來。我下去到弄內兩三次，弄很暗，又曲折，又複雜，當然連她影子都找不到，只得再回到車裏抽煙，一直到第三支煙的時候，我想一定已經過去半點鐘的時間，才見沙菲穿著晚禮服，披著海虎絨大衣出來。

等我們到了梅武官邸，面具舞會早已開始。我們寄存了衣帽，被領到客廳裏。客廳裏坐著帶面具的女人，她叫我們簽名，發給我們面具，很有禮貌地請我們馬上戴上去參加舞會。我們自然遵行著戴好面具到舞廳去。

這時候我的心急跳起來，不知道為什麼我這時候很恨晚來，覺得假如我早來，一定可以有比較充分的準備。在我急於想認出白蘋、梅瀛子、米可之外，我有說不出的迫切想認出本佐夫婦與宮間美子，我相信她們一定比我們先到。

那時舞廳的燈光是紫羅蘭色，很暗。沙菲在旁邊座位上放下皮包，我就帶著她舞在人叢中。我急於想發現白蘋或梅瀛子，告訴她們我已經到會，但是人很多，擠來擠去的使我無法尋找。直到音樂停了，沙菲以及許多人都向四周就座，頂中的大燈一亮，我以為這總可以找到她們，但我只能四周望望，連過分走動都不可能。我心裏焦急異常，不知如何是好。剎那間音樂又起，頂中的燈光又滅，我就同附近一位女孩子跳舞，但是我一句話都沒有說，心裏只是焦慮著如何去尋到她們。我偷望每一個女人的手，看是否有我期望的戒指，最後在我們的左面，隔著兩對人，我看到一隻閃光的戒指。我帶著我的舞伴擠過去，這戒指似乎很像白蘋的，但那位女孩子實在太矮，矮得使我可以確定絕不是白蘋，立刻我也發現這戒指也不像白蘋的了。

沒有多久，音樂停了，電燈亮了，我還是無法找到她們。這時候我的心中真是焦灼不安已極，但毫無辦法，只能忍耐壓抑矜持。在音樂再起的時候，我又請一位女客同舞。這一次我用力不做別種思索考慮，近看、遠望注意每一個女子、每一隻女子的手。最後終於在轉角的地方，我看到我後面不遠的地方一個女孩子手上的紅方框中白十字架的戒指，我那時立刻興奮非凡，心怦怦作跳，把舞步帶住，讓我後面的人過去，經過好幾個周折，我終於看到那隻戒指在我的左面出現了。我緊逼過去，使我自己處於後面的地位跟隨他們，我希望音樂快完，我可以注意她座位，於下隻音樂請她去舞。但偏偏音樂很長，在人叢中，我要費很大的力量與整個的注意力才能跟著她。就在這時候，我在轉彎的步伐中踏住了我舞伴的衣裙，我說：

「對不起，小姐。」

「不，」那位小姐說：「這是我的衣裙。」

這聲音與語調有些像白蘋，我吃一驚！

她戴著銀色的面具，身材很像，而頭髮顯然不同，但這很可能是白蘋於回家後又去做過。一瞬間我幾乎想叫出來，可是我馬上意識到自己的愚蠢，怎麼我這時就反會忽略她的戒指呢？於是我感覺到她的戒指，這戴戒指的手正在我的手中，可是我沒有法仔細看，我看得它是白鑽，此外我只能用我觸覺來感覺，這在我又是毫無經驗，我自然無法證明，所以事實上似乎必須在音樂停後方才可以知曉。於是繼續同她跳舞，開始想到我剛才在追隨的紅方框中白十字架的戒指，但是它已經不在我的面前。我先注意左右前後，又望四周，都沒有。我已經無法找到，而就在失望之中音樂停了。我陪我的舞伴到她的座位，在明亮的燈光下，我注意到她的戒指，是鉗形的鑲嵌，顯然不是白蘋無疑。我失望已極，匆匆向她道謝了就走開。我追悔剛才舞中的疏忽，使已經找到的米可又匆匆失去了。

房中空氣很熱，我有點汗，心中非常慚愧也非常焦急。又是兩隻音樂過去，我沒有去舞，只是坐在旁邊細看，但竟仍沒有找到；一直到第三隻音樂停時，電燈一亮，許多人到後廊去，我注意每一個出去的女子，最後我也隨去。後廊今天有點布置，有幾張圓桌，四周可以出入，僕人在那兒供應飲料。今天廊外開著門直通園外，有人也到外面去呼吸新鮮空氣。我一看沒有她們，就回到裏面。裏面也有僕人推著輪几，供應飲料，許多人圍著在拿。正當我也向盤中拿一杯酒的時候，我看見一個女孩子舉起了杯子，她先用日文，又用中文說：

「祝福了，先生，太太，小姐。」

忽然，我猛省到她舉杯的手中正帶著白蘋的戒指。

是白蘋，這當然是白蘋，果然她帶著銀色的面具。大家舉起杯子，於是我也舉起杯子走到她的右面，同她碰了杯，我說：

「先謝謝我們美麗女郎的祝福。」

我相信她能夠聽得出我的聲音。果然，當許多男人都說「祝福我們美麗的女郎」時，白蘋說：

「同我碰杯的人來跳舞吧。」

同我碰杯的人，
來跳舞吧！
舞盡了這些燭光，
讓我們對著太陽歌唱。

同我碰杯的人，
來跳舞吧！
舞空了這些酒瓶，
讓我們再去就寢。

同我碰杯的人，
來跳舞吧！
舞過了這段黑夜，
天邊就有燦爛的雲彩。

原來〈同我碰杯的人，來跳舞吧！〉是一隻歌。我看見一個戴著桃色面具的女孩，一手舉著乾了的空杯，一手牽著禮服的衣裙歌舞著過來，音樂也立刻配合著她。她反覆地唱，唱到我的面前，我猛然看到她手中紅方框白十字架的戒指，這正是米可。歌聲畢時，輪桌已撤。我注意白蘋與米可回去的座位，於舞樂起前，我搶先請白蘋同舞。她翩然起來，苗條地偎依著我，我帶她到人叢之中。她說：

「可是同我碰杯的孩子？」

「是的，蘋。」我把「蘋」字說得很輕。

「梅……呢？」她諱隱似地低問。

「還未……」

「在我座位右面不遠。」

「謝謝你，小姐。」我說。

「十字架呢？」

「見到了，謝謝你。」

以後白蘋就沒有話，一直到音樂停時，她說：

「我祝福你。」

我送她回座，開始注意她的右面。果然我看到在不遠的地方有一位體態婀娜也戴著銀色面具的女子，項間掛著明珠的項圈坐下去，這當然是梅瀛子無疑。我現在開始注意到這些座位。

這些座位並沒有一定，只是她們故意用皮包占據著，使它固定就是。所以男子們只是隨意坐在有空的地方。我幸運地在梅瀛子的旁邊占到了空位，於是接著就與梅瀛子同舞。

「梅。」我低聲地說。

「是的。」她說。

隔了一會她又說：

「徐家匯教堂、歌倫比亞路的賭窟都到了？」

我知道她指的是白蘋與米可，我說：

「是的，都到了。」

她開始沉默，愉快地同我跳舞。我正想問她鑰匙的時候，她說：

「你真是一個美麗的舞手，下隻音樂，請仍舊記著我。」

我知道她的意思，所以就不再問。但是接著的音樂，她很快地先被人邀去，我於是邀請了米可。在舞中我低聲地叫她：

「米可。」

她不應，於是我說：

「我是×××。」

她還是不響，這使我很窘，難道我弄錯了不成？但是我清楚地意識著她手中的戒指，於是我大膽地說：

「梅瀛子的約會是幾時呢？」

「什麼？」她問。

「我們什麼時候……」

「隨便什麼時候，你都可以來請我跳舞。」她說。

她的話始終是好像對於這件事不接頭似的，我很奇怪。沉默了許久，我忽然想到梅瀛子對我在手心劃十字的吩咐。我怎麼把這樣重大的事情忘了？梅瀛子與白蘋一聽我的聲音就認識了，米可自然不會認識，我很慚愧，於是我就用我的左手食指在她右手手心上劃了一個十字，她馬上也回我一個十字。於是我說：

「要你帶我……」

「多同我跳舞。」她興奮地低聲說：「我自然會帶你。」

此後我們間就沒有講話。

等到我與梅瀛子跳舞時，我在她手心上也劃了一個十字，我說：

「可以交我了嗎？」

這時候我手心上發覺了有鑰匙交來，我手一斜，握著了鑰匙，放在褲袋裏，順手拿出袋裏的手帕揩額上的汗。忽然我聽到她在耳邊低語：

「裏面是GH5××K8。」

我沒有聽清楚，我在她手心上劃一個問號，她又低聲說：

「GH509K8，鑰匙裏面。」

我猛然想到這是保險箱裏面之號子。我還想再記一遍，我說：

「GH50……？」

「GH五509K8。」

「謝謝你。」我說。

「告訴我。」她說。

「GH509K8。」

「不要忘記，」她又放低聲音說：「裏面兩包文件都是。」

我又在她手心劃個十字，心裏不斷地記這個數字。

這以後，我大概還同白蘋舞兩次，同梅瀛子舞三次——她每次都在我手心劃問號，叫我複述「GH509K8」給她聽——此外我幾乎都同米可跳舞。

不知道隔了多少時候，其中有兩度休息，人們都到走廊與後園去；中間一次是米可，一次是另外一個人歌唱，但米可對我還是沒有暗示，我的心已經很焦急。我一直忍耐著，直等到有一次我與米可跳華爾滋的時候，她在我耳邊低聲說：

「下隻舞同我跳，帶我到外面。」

在隔一隻音樂完的時候，果然是休息，許多人帶著舞伴到後席，有約五對人從後廊到園中去，我也就帶米可跟著出去。

園中有點冷，那天毫無月色，有黯淡的紅綠小燈點綴著樹叢。米可帶我散步到僻處，三次兩次地來去，但並不到後面房子的背面，一直同我談有趣的舞會、電影以及其他遊樂。最後，園中與廊中的電燈都暗了，裏面響起了音樂。人們陸續都進去，米可站在很遠的一株樹前，故意喃喃地同我說話，直到人去盡了，她才拉我到右面房子的牆腳，繞到了後面。

那裏大概有六七步的寬闊，一面是那所小洋房，一面就是圍牆，沿著圍牆的地土，種有已枯的花草。就在那裏，放著一架短梯。米可指指短梯，告訴我是要往轉角的第二個窗戶上去，就跑了。

現在我立刻陷於最孤獨的情境裏，蕭瑟的小園，漆黑中只有我一個人，我隱約地聽到裏面熱鬧的音樂。不知道為什麼，一瞬間我竟毫無怕懼與擔憂，我只感到淒涼與落寞。我從四周望到我前面的建築，望到天空，望到這六七步寬的夾道，望到圍牆，望到牆腳的地土，於是我望到米可指給我的短梯。立刻，這短梯竟像有魔力一般使我緊張起來。這短梯漆成暗綠色，很小巧。我拿出袋裏白色的手套，戴上，拾起短梯靠到牆頭，輕易地就爬上去。到二層樓的窗戶，它略嫌短，但估計爬進去還不算困難。我用手先推窗戶，窗戶沒有拴，這想是梅瀛子布置好的，裏面似乎掩著窗簾。我用力再推窗戶，於是我就大膽地爬了進去。

漆黑，我拿出打火機，才照出四周。我看到這房中簡潔的布置：一張打字檯，後面是一架公文櫥，旁邊是一張寫字檯，它的後面就是保險箱。房中是一張圓桌，桌上披著棕色絨質的檯布，四周圍著皮面的單背椅，一套皮沙發放在旁邊。我跳進去的地方，就是這套沙發的後面。

牆上掛著一幅地圖，我沒有細看。當時我的心境很緊張，但極力鎮靜，我把呼吸放得很勻稱深長，滅了打火機，靜立了兩分鐘。於是我輕輕拉開窗簾，我的視覺已經適應了這份黝暗，隱約地可以分辨出我剛才看到的那些布置，於是我走到保險箱面前。但正當我拿打火機照這保險箱的鎖孔，想拿出鑰匙的一瞬間，我忽然聽到門外的聲音。當時我一驚之下，立刻滅了打火機靜立著。我意識到那間房子的門是在我的後面，從陰暗之中，我看到發亮的彈簧鎖。但是這門是否下著鎖，我剛才竟會沒有注意。我的心有點寒，一時竟不知所措。就在這幾秒鐘工夫我確實地聽到有人在推門，我一急之下，有一種奇怪的靈感，使我毫無考慮地躲到了房中的圓桌下面。我躲得很進去，使檯布掩去了我的身子。我靜聽門外的動靜，但門外一時竟毫無聲響。我想難道是我神經過敏？要不就是人們偶然在外面走過？半分鐘之內我有七八次想鼓足勇氣從桌下出來。但是忽然，我聽見門上的鎖的確有人在開動，我的心突然跳躍起來。我縮著身軀，注意我衣角的外露。我從臺布的流蘇注視那門上發亮的鎖及閘鈕，我看見鎖的轉動，我看見門鈕的轉動。我極力鎮靜自己，但是胸口還是怦怦地跳，我意識到我白手套裏手心的汗膩。於是這房門果然悄悄地開開來了，我注視著，注視著……

但是從門隙中滑進來的則是一個穿著白色晚禮服的女子，我的心似乎從懸著的地位平落下來，我從懷疑到肯定，而到憤怒。——梅瀛子？白蘋？無論是誰，這總是對我的侮辱，她們竟這樣看我無用！從她反著身把門輕輕地關上，彈簧鎖從她的手上滑進鎖鞘的時候，我一時竟想跳出來去責問她，但是我馬上想到這是瘋狂的行動。我注視著她，我從檯布的角隙可以看到她全身。

她轉身過來，從她的胸口拿出一隻二寸長發亮的東西，是手電筒。光很細銳，我從她白衣的反光中看到她手裏還拿著一包白色的東西，她戴的也是銀色的面具。今夜的面具共有三種顏色——白蘋與梅瀛子戴的既是銀色，所以這個面具直接使我想到她們；也許是她們擔心我沒有帶電筒，所以又自己出馬來幫助我。一瞬間我剛才的憤怒似已平回，我有一種說不出的感激。但如果是白蘋，她必須先找我，或者先給我暗示。我很奇怪，我那時竟糊塗了半分鐘之久。但幸虧我沒有糊塗下去，我馬上想到她們的特徵。這進來的女子項間既沒有項圈，手上也沒有指環，顯然這不是她們二者之一。這是另外一個人，一個不知是誰，也不知是來幹什麼的人。我當時馬上又驚慌起來！

她用細銳的電筒四周一照，最後就照到了保險箱。她緩步過來，於是像下弦月一樣，她身軀慢慢地被檯布吞蝕，最後我只能看到她白色的衣裙在我桌前駛過，這樣，她身軀又逐漸地被我看到。但保險箱的距離沒有門遠，當她走到保險箱的面前，我還看不到她的上身，我必須移到桌邊，可以多看到一點。這稍稍有點冒險，但不能不做。幸虧我的舞鞋很滑，而這地板也滑，我很容易不發生什麼聲音移到邊上。於是我可以看到她手的動作。她用鑰匙打開了保險箱的門，又似在轉動裏面的秘號。最後我看她拿出了二件封套，這當然就是我們所需的密件了。她把密件放在寫字檯上，接著把她帶來的白包打開，將包中的一件黑物放了進去。她背著我，我不知道她在怎麼安排，總之有許多辰光。這一段辰光，如果我有扒手的本領，我很容易從寫字檯上把那二件密件偷來。我看得很清楚，不斷地望著它，我幾次三番都想做這冒險的勾當，但是我還是不敢；我的心理也許同耗子想偷人們身後的食物一樣，看得清清楚楚，而又近在咫尺，但是終於不敢下手。

最後，她像是已經安排好了，我看她似乎關上了保險箱裏面的門，我有奇怪的明悟直覺地感到她安放的是炸彈。她又關上保險箱的外門，這時候我不得不將我自己移進一步，我發覺我的確發了點聲音，我矜持自己，我立刻想到保險門上同時也發著聲音，她是無暇辨出的。

她關好箱門，拿起寫字檯上的密件。就在這一瞬間，我有奇怪的聰敏，使我想到我有偵察她是誰的必要與可能，我的心又猛跳起來。

她這時已將手電筒收起。將密件包在一塊白布裏面。我想起這就是剛才她包炸彈（？）進來的白布。於是她輕步過來，我看她的衣裙慢慢地駛近了我所蟄居的桌子，我拿出我身上的墨水筆，那是一支舊式的派克，我旋轉筆套與筆尾，把兩個蓋套納入袋內，就在她駛過我的面前時，我放足了勇氣伸手出去，把我筆管的墨水射在她曳在地上的衣裙上面。於是我立刻伸回手，看她的身軀慢慢地完全起來，一直到我可以看到她的全身。她旋開彈簧鎖又旋開門鈕，拉開門，輕盈婀娜的身軀就在那門隱處出去。有微光從門隙進來，但是她立刻把門拉上，很輕。只有這門鎖的上鞘，我聽得很清楚。

四十七

現在，我感到萬分的空虛與寂寞。我的心又難過，又懊惱，又覺得一種難解的神秘；我的情感又驚惶，又抑悶，又覺得一種微妙的興奮。

這個女孩子到底是敵人呢還是友人？如果是敵人，她為什麼要偷偷摸摸來拿這些密件？如果是友人，這又是哪一方面的人員？為什麼她在保險箱裏還要安排炸彈？——我想一定是炸彈。這是我所不解的，而我也沒有時間去求解。

假如我早來一步，如果我先拿到文件，她將怎麼樣呢？是通知日人來搜拿嗎？如果我被她發現，她將怎樣呢？如我沒有看到她帶著武器。如果我再晚來一步，正在她開取保險箱時我跳進來，她又是怎麼樣，是不是像我一樣的躲在桌下？……

我腦中模糊而混亂地糾紛著這些思索，我放好墨水筆從桌子下出來。走到窗口，我的怕懼已滅，緊張也消。我從窗口望出去，下面還是悄然無人，梯子仍在我安放的地方。於是我拉上窗簾，閃身從窗口爬出來，站在梯子上，我開始扳緊窗戶，輕輕地下來。

當我最後踏到地面，我似乎很快地就把短梯平放到原來的地方，看四周沒有一個人，我的心開始安詳下來。

但是梅瀛子呢？她不是約我在這裏相會的嗎？我急於想會見她，報告她我的經過，而竟沒有她。我企待了有三分鐘之久，我正計畫等到有人從裏面出來，我怎麼樣混進去之時，我看到牆角裏轉出一個影子，我把自己貼在房屋牆上，敏銳地注意著；不錯，是女子，披一件玄狐的大衣，但是我在她項際還看到發光的珠圈。我非常興奮地將自己暴露出來。

「你得了嗎？」梅瀛子迎著我微笑著說。

「……」我沉吟著。

「我在樹叢裏，早看見你，要挑一個頂好的機會才能過來。」她用很低但很興奮的聲音說：「怎麼樣？」

「失敗，完全失敗了。」我從袋裏拿鑰匙交還她，我沮喪地說。

「你忘了保險箱上的號子？」她立刻變成莊嚴的態度說。面具裏眼睛發出奇銳的光芒，逼著我，黑暗中，這眼光有點可怕。我避開它，把身體貼在房屋的窗下，我說：

「是別人先下手。」

「別人？」她卸下了面具，露出美麗的面龐驚異地說。

「是的，」我說：「一個女孩子，她還在保險箱布置了炸彈，我想大概是炸彈。」

不知為什麼，在這一瞬間，我又竟疑心到那個女孩子就是梅瀛子。我注視梅瀛子的身軀，想起剛才在房中的動作，我相信很可能是她把珠項圈卸下了來做這件工作的。我憤慨地看著她，但是她似乎在沉思，忽然說：

「有這樣奇怪的事嗎？」

「我倒以為是你呢？」我冷笑地說。

但是她沒有理我，她在思索，半晌，忽然說：

「身材很像我嗎？」

「是的。」

「那麼一定是白蘋。」

「但是沒有我給她的戒指。」

「戒指是活的。」她說著還在思索。

「那麼是她怕我擔任不了這工作。」

「笑話！」她露出奇怪的神氣說：「她太好勝了！」

「好勝？」

「她還在同我們分彼此，她一定是為爭功，我想。」她說。

梅瀛子的話使我非常驚異，我猛然悟到：雖然我們在做同一件工作，可是在立場上白蘋所代表的與梅瀛子是不同的。而我，我是屬於梅瀛子的，所以梅瀛子用「我們」這個字眼同白蘋對待。梅瀛子沉吟著在想，我可感覺到一種痛苦。一瞬間我想到原來她們爭持要擔任工作的原因，並不是如我所想的崇高純潔與不自私，而是「爭功」！那麼白蘋單獨勸我把工作讓她，也不是對我的「同情」與「愛護」，而是「爭功」！在這樣的爭鬥場合中，不管我們所代表的是兩個民族，總是一個理想，而我們還是「爭功」；「爭功」這同一個足球隊的隊員都想自己個人的爭功一樣，世上的人心怎麼會永遠這樣的褊窄與狹小！

我不知道梅瀛子在想什麼，我嚴肅地說：

「但是我們很容易證明這個人是否是白蘋。」

「……」梅瀛子抬頭望著我。

「我暗暗地在她衣裙上灑著墨水。」

「你？」梅瀛子說著露出杏仁色的前齒，「真的？這可是一件了不得的工作……」

她似乎還要說什麼，但是廊內的電燈亮了，園中已顯得有更強的光亮。梅瀛子馬上停止說話，戴上面具，她從牆角探頭出去，我也跟著她去看。許多人擠到廊中，接著有四五對人走到園中，很快地就走過來，散在不同的地方。梅瀛子馬上就手插在我的臂際，帶我步出了這夾道。

我覺得這是一件非常冒失的事情，似乎我們蟄伏到人們回進去的時候跟著出去，較為妥當。而事實上，就在我們到了園中的一霎時，雖然沒有人注意，但的確有兩對人是看到我們的，我很擔憂，我低聲地說：

「你不相信他們看到我們嗎？」

「傻瓜，」梅瀛子淺笑著說：「伊甸園中，亞當與夏娃外，自然都是天使。」

這句話當然是說那些人都是來幫助她回進去的人了。梅瀛子的布置很使我驚奇。我望望那幾對人，跟著梅瀛子走到其中一對的附近，我看到那一位女子手上紅方圍白十字的戒指，是米可，沒有問題。但是我感覺到一種淒涼不祥的想像，在我的面前浮起的則並不是我理智所覺得的米可而是稀奇的意識所埋藏的史蒂芬！我在園中已久，有點冷，我打了一個寒噤。梅瀛子問：

「冷嗎？」

「據說伊甸園中，是不分冷熱的。」我說著馬上想到我意識中可怕的陰影：「但是天使以外還有魔鬼。」

「那是蛇！」忽然，我聽到米可在對她身旁的男子說。

「別怕，小姐，」那個男子說：「冬天裏怎麼會有蛇，許是樹影子。」

「是蛇！」梅瀛子低聲地對我說：「那麼就是沾著你的墨水的那位。」

……

梅瀛子帶我走進了後廊，舞樂尚未開始，我們在那裏坐下，叫來了兩杯飲料。梅瀛子叫我等著自己就進去了。我現在比較有寬舒的心境來吸煙，吸著煙在四周的人叢中，我開始尋覓女性衣裙上的墨漬。但這只是一種排遣，而並非是一件緊張的工作。因為事實上，我自然不能太仔細去注意每一個女賓，這會引起別人的奇怪的。最後梅瀛子來了。她悄悄地坐下，向我討一支煙吸著。那時桌上有幾塊水斑，她有意無意用她水仙般的手指劃著水，忽自寫出「不是」兩個字，接著輕輕地劃去，又寫了「白蘋」兩個字，這顯然是她已去觀察過白蘋的衣裙並沒有墨漬。那麼這一定另外有人，也許那個人是屬於敵人的，疑心今夜有人去偷文件，那麼為什麼不明防而要暗暗地去安置炸彈？要是不屬於敵人，那麼又是屬於誰？現在且不管她屬於何方，她也毫無理由在拿出文件後安置炸彈，難道還要謀刺梅武？也許她放進去的不是炸彈，那麼又是什麼？我緘默地抽煙，腦中盤旋著這些問題。梅瀛子也不響，我相信她也在猜想那個奇怪的人，或者在想法偵視這衣裙的墨漬。忽然，我們的視線相遇，我猛然想到，我還沒有把詳細的經過告訴她，我想至少要告訴她炸彈的事。但是音樂響了，廊中的電燈一暗，我就伴她進去跳舞，在人叢中，我說：

「需要告訴你詳情嗎？」

「不，」她乾脆地說：「注意你所留下的墨漬吧。」

但是電燈又暗，人又多，實在無從去觀察，無從去尋覓。我們緘默著，一直到舞曲終止。

此後接連三四隻音樂我都同別人在舞，我對於尋找已經失望，我幾乎沒有用很大力量在注意。

大概隔了二十分鐘以後，我找到一個機會同白蘋跳舞，我說：

「你都知道了？」

她點點頭，許久沒有說什麼，可是到最後她說：

「這裏出去，記住先到我家。」

「沒有我事了嗎？」停了一回我又說。

她又點點頭。

此後我就平常一般地度這熱鬧的夜，我似乎下意識地在躲避同梅瀛子與白蘋同舞。在兩個鐘點裏，我只同梅瀛子舞兩次，同白蘋舞一次，都沒有說什麼。梅瀛子只是叮嚀我注意墨漬，叫我發現了就告訴她，白蘋則連這幾句話都沒有。

這時候，我猛然想到所謂「爭功」。是不是梅瀛子所猜想的完全是她自己的神經過敏，抑或白蘋真有「爭功」的意識，因此她要自己去發現這墨漬，而不想叮嚀我呢？——我為此苦惱而不安！

自從白蘋與梅瀛子互相猜疑以來，我在中間受盡種種的愚弄，負擔著無數的創傷，一直到我的受傷，似乎她們從此可以完全合作，誰知合作的開始就是爭功的開始，那麼從這爭功而生的，無疑可以是妒忌與猜疑，那麼我的受傷將毫無代價。如果一旦我離開她們，她們間的距離一定會越來越大，以至於互相隱秘而無法合作，甚至還可以有互相陷害，這在我是多麼痛苦的事。在這樣想的時候，我對於這熱鬧的場合紛紜的世界驟覺得灰暗而無可為，我沉默地走到廊下，在陰暗的燈光中，一個人要酒淺飲。我聽憑裏面的世界在音樂裏沸騰，漫漫的夜在我的座前消失。一直到休息的時候，人們從裏面出來，我都無法去注意。忽然，在我的身後，有手放在我肩上，她說：

「疲倦了嗎，孩子？」

我吃了一驚，但我立刻看到放在我肩上的手指上白蘋的戒指，我說：

「也該是疲倦的時候了。」

她在我旁邊坐下，侍者送來飲料，她拿了一杯檸檬色的酒，舉起來低聲地同我說：

「我用淺黃的酒祝你那幅藍色響尾蛇的勝利。」

我不懂，沉吟了許久，她說：

「飲這一杯吧！我向你致敬與祝福。」

她一飲而盡，我也乾了，這時候我才悟到她已經發現了這帶墨漬的女子。

在音樂響的時候，我伴她起舞，我說：

「你找到了？」

「永遠注意你的左首。」

從那時起，我就隨白蘋攜帶，沒有隔多少時候，就看到左首一個女子衣裙上的墨漬，很小，七八點像虛線似的，像……一條小蛇。不知怎麼，我打了一個寒噤。我帶著白蘋緊隨那一對舞侶，我滑到她們的面前，我注意她的面部，在銀色面具下，她所透露的下頦似乎是屬於很溫柔的一類臉型，怎麼她在幹這一個勾當？我幾乎不相信剛才在房內所見的女子就是她了。她們在我的右首遠去，我有一個衝動，想於下隻音樂同她一舞，於是我問白蘋：

「你知道她坐哪裏嗎？」

「在我的斜對面，我想。」

白蘋的「我想」兩個字，似乎並不能很確定，但是我憶想著這溫柔的下頦，我覺得我可以在座上找到她。——這因為在這個場合中，我們男子似乎毫無權利彎著腰去注意女子的衣裙，但可以注意女子的臉龐。所以我當時再不勉強在人叢中追尋，我直等到這曲音樂完了，第二隻音樂起時，我跑到白蘋斜對面的地方，但是我並不能尋到溫柔的下頦，只能尋到銀色的面具。時間也並不許我遲疑細覓，我當時就隨便同一位戴銀色面具的女孩同舞。可是就在我起舞的一瞬間，我發現右首的隔座，一位女性在應舞的瞬間，拖曳著她的衣裙駛動，這衣裙上正綴著藍色的小蛇。我馬上注意她的座位，這正在我的舞伴右面第四個座位，我相信我在下隻樂中，一定可以找她同舞了。

果然，在下一曲音樂時，我與她同舞，我在她站起來的時候，細認她衣裙上的藍蛇。不錯，現在在我身邊的正是剛才房中的對手了。我有過分的興奮，我說不出是高興還是害怕，我極力鎮靜，想尋一句話同她交談，但竟不知道說什麼好。半晌，我開始問：

「小姐，可記得我有同你舞過嗎？」

「沒有，」她說：「我想這是第一次。」

「那麼是不是我有資格請教你的貴姓呢？」

「我叫朝村登水子。」她笑著說。

「是多麼美麗的名字！」

「謝謝你。」

「到中國很久了嗎？」我問。

「不算不很久了，我想。」

她的冷淡的答語，使我再尋不出話問，於是隔了半晌，我說：

「在這場合中，我們的距離太大了。」

「你以為嗎？」

「自然，」我說：「面具、國籍，還有各色各樣的不坦白與猜疑。」

她不響。我又說：

「也許是時代的進步，也許是人類的退步，連美麗、可愛、年輕的小姐，現在都學會機巧、陰秘與老練，也可憐也可笑。」

「用這樣的話對一個陌生的女孩子說是應該的嗎？」

「對不起，」我說：「但是當我問你到中國有多久，而你說『不算不很久』的話時，我覺得我非常悲哀。」

「奇怪。」她諷刺地說。

「我的意思是說，今夜面具舞會的意義，只是在我們的內心距離外，多加一層面具的隔膜而已。」

她不響。我又說：

「似乎人們掩去了面孔後，還不能以誠意相處。」

「你的意思是想知道我到中國有幾年幾月幾天嗎？」

「假如這並不是這樣值得守秘密的。」

「但是十年同十天似乎於我們沒有什麼不同。」

「這是說……？」

「這是說，在我們未會面前，過去於我們都沒有關係，我們認識不只有幾分鐘嗎？」

「就因為我們認識只幾分鐘，才覺得過去是值得我回想。假如你來中國有十年的話，那我真要奇怪我在這十年裏面活到什麼地方去了。」

「你猜我來中國有十年了嗎？」

「至少，我想。」

「不，」她說：「才兩年。」

「說這樣一口好國語。」我說。

「你就沒有想到我來中國之前，曾經在滿洲國耽了十年嗎？」

「啊，對不起，小姐，我始終沒有想到滿洲國不是中國的土地。」

「對不起。」她說。

接著音樂停了，我在以後的音樂中不時同她跳舞，但是她始終不多說話。緘默，平靜，溫柔。我雖用許多帶諷刺與挑逗的話引起她的興趣，但是她始終忍耐與緘默，不露一絲情感與聲色。

一度在休息之中，我帶她到廊中進飲。她坐在我的旁邊，我藉著較亮的燈光，從面具的眼孔，看她烏黑的眼睛，再從面具的下面，望她溫柔的下頦，我覺得她一定是很美的女子。

繼續的舞樂起來，人們都進去了，我們比較多坐一會，我說：

「我想我一定在哪裏見過你。」

「這有什麼稀奇。」

「不，我的意思是想知道哪裏見過你，是不是可以請你將面具除去一下呢？」

「聽說在舞會終了的時候，我們大家都要除了面具的。」

「這是說你不允許了？」

「那麼何必還問我呢？」她說：「同我跳舞嗎？」

「謝謝你。」

我又帶她走進舞廳。

四十八

「謝謝諸位小姐，太太，先生，今夜大東亞的民族有最美麗的聯歡。現在已經五點鐘，我們還有三個舞曲就宣布散會，一夜來我們都帶著面具，我們現在要求諸位把面具撤掉，還有三隻舞，我們要用最真的笑容來盡歡。好，請大家撤掉面具。」

五點鐘的時候，正當我與米可舞終，有人拍掌開始這樣宣稱。於是一聲哄起，大家鼓掌，接著就大家都拋去了面具。這時候，我有非常焦迫的心境想看到朝村登水子的真面目，但是我無從找她。

最後我看到梅瀛子，音樂起時，第一隻我就與她同舞。我說：

「你看到藍尾蛇了嗎？」

「不就在白蘋的前面嗎？」

「白蘋呢？」

「那面。」

果然，我看到了白蘋，伴她跳舞的是費利普醫師。我很驚奇，在前面，我細細地尋。我看不到人們的衣裙，於是我與梅瀛子舞過去，這時候我看到白蘋緊跟的人了，我立刻在她衣裙上看到藍色的墨漬，我急於細看她的臉。我擠過去，啊，果然是一個溫柔的臉龐，嘴角似乎始終有悲憫的表情，下頦有可掬的和藹，但是我忽然與她的視線接觸了，我頓悟到我曾在什麼地方見過她，我在思想中探索，但怎麼也想不出來。

第二曲，我就與這個姑娘跳舞，我問：

「小姐，我們在什麼地方見過嗎？」

「我們在什麼地方見過嗎？」她加重語氣，但用生疏的國語說。

此後我尋不出話來說。舞後我看到白蘋，本佐次郎就在她旁邊，我知道他剛剛同白蘋舞畢，我就走過去問本佐：

「那位美麗的女子是誰？似乎我有點面熟。」

「你記憶力真壞，」本佐笑了：「同桌吃飯的人都忘了。」

我這一吃驚實在不小，但是我還是假裝出幽默的態度說：

「啊，是宮間美子小姐，她換了禮服，我完全不認識她了！」

宮間美子！簡直不能相信，她怎麼會說上好的國語，又改叫朝村登水子。是那樣一個古典閨秀般羞澀的姑娘，會就是房中幹這樣可怕勾當的女子，而又是具有這樣溫柔的臉龐與悲憫的嘴角的朝村登水子？

但是這無庸我懷疑，藍色的墨漬明明在她的衣裙上，而她操著純熟的國語，告訴我她是朝村登水子的聲音，也明明在我的耳畔，人間真是這樣的可怕與不可測嗎？我整個的心靈在那上面戰慄起來。在第三隻的音樂中，我的思想沒有離開這份糾纏。我像失神一般地恍惚，一直到曲終的時候。

我看見梅武宣布散會，人們往來交錯，哄亂一時。我沒有看見白蘋，也沒有看見米可，我只看見梅瀛子在梅武的旁邊，但我無法去同她說話，似乎也無須同她說話；而一方面，本佐他們正找我說再會，我發現宮間美子也在裏面，他們是一同來的，所以也一同走；沙菲現在也在我旁邊，我當然要同她同走，她手上玩弄著銀色的面具，同我向本佐次郎們道別。等他們擠到別處說話時，我才想到我應當早點送沙菲回去，早點去白蘋家赴約。我問沙菲：

「你也是戴銀色面具嗎？」

「是的。」

「我一直沒有找到你，你記得我同你舞過嗎？」

「我想舞過的。」

「你坐在哪裏？」

「那面。」她說著帶我過去，「你不記得這夾金皮包是我的嗎？」

正當她取皮包的時候，我猛省到她的座位就在宮間美子的左首，那麼我在第一次找藍蛇女郎找錯的人就是她了。我的心一怔，覺得在這許多時間中，竟沒有找沙菲，否則我一定可比白蘋要早發現這所謂藍蛇女郎的。

我們取了衣帽，同許多外散的人們向主人、向熟友招呼，我的心始終惦念這奇怪的交錯。我想假如我預先知沙菲的旁邊就是宮間美子時，當我發現藍墨漬就在她的身上，我同她跳舞時的談話，不是會有許多方便嗎？我不知道沙菲是否知道她的旁邊是宮間美子，當汽車接著汽車，在寬廣的市中心柏油路駛向虹口時，我問：

「沙菲，你可知道坐在你右首的是宮間美子嗎？」

「自然，」她笑著說：「是她招呼我坐在那面的。」

「你是說你本來不坐在那面，後來坐過去的？」我說。

「不，」她說：「她看我走過去找位子，就招呼我坐在她的旁邊了。」

「於是她告訴你是宮間美子？」

「是的，」她說：「我們都記起一同吃飯。」

「她不是不會說國語嗎？」

「還好，」她說：「大概因為說得不好，所以許多人面前不肯說。」

「她同你談些什麼嗎？」

「談零碎的事情，還談到你。」

「談到我？」

「她問你在什麼地方做事？」

「你怎麼說？」

「我說不知道。」

「很好。」

「怎麼啦？」沙菲問。

「沒有什麼，」我說：「日本女人最勢利，總喜歡問人家的職業、收入。」

我不想同沙菲多談，我趕緊用別的話來支吾，我說：

「你睏嗎？」

「有一點。」

「歇一會吧。」

她不響。

「要抽煙嗎？」我說：「在我大衣袋裏。」

她伸手到我大衣袋裏取煙，我看她吸著。車子已到了虹口，前面許多車子都星散開來，街市非常寥落。夜已將醒，有一二輛穢物車弛緩地在路上蠕動。薄薄的霧，車燈照耀處，可以看出它們蒸動。

我毫不他顧地將沙菲送到她家的弄口。沙菲下車後，我就一徑駛車到白蘋那裏。

阿美睡眼矇朧地應門，她問：

「她們呢？」

「她們還沒有回來嗎？」

「沒有。」

「大概也快了，」我進了門說：「你先去睡，我會替你應門的。」

我說著走進我以前住過的房間，抽著煙在沙發上等白蘋與梅瀛子回來。但三支煙都變灰了，她們竟沒有來。我隨便抽一本書看，不知隔多少時候，書的字跡慢慢模糊起來，我就在沙發中瞌睡了。

似乎還是隱約地聽見音樂，我意識到別人在跳舞，我的身體很不舒服，蜷曲著，不能舒服。我發現我在圓桌底下隱伏，好像是月光從窗口照射進來，我忽然看見一條藍色的蛇在桌邊游過。我心裏想，原來是宮間美子，啊，這一定是一個可笑的夢了。但是這蛇悄悄地駛過，突然把頭伸進桌下說：

「我知道你在那裏躲著，我都看見。」

我吃了一驚，但忽然發現這聲音很熟，似乎並沒有蛇，有一個笑容，像百合初放，人就在房內，月光下，她說：

「出來，我都看見。」

我躡出桌外，我一看果然是白蘋，我像放了心似地，我說：

「果然是你。」

「是我怎樣？」

「是你，」我笑著說：「我有槍就開了。」

「我有，我有。」白蘋笑著把槍交我。

我接了槍，開玩笑似地朝天花板開了一槍。

「砰！」

可是白蘋真是應聲倒了，我一時驚駭已極，我過去拉她的手臂叫：

「白蘋，白蘋！」

但是這時候門忽然開了，進來的是梅瀛子穿著白色的晚禮服，她笑著，露出杏仁色的前齒，她說：

「演得很好，演得很好！」

「演得很好，演得很好！」

站在我面前的果然是梅瀛子，我從睡夢中醒來，我發現我已經滑在地上，梅瀛子就站在門口。我心頭還是怦怦地跳，我趕緊從地上起來，我說：

「你什麼時候來的？」

「剛來。」她笑著進來：「你真行，這樣大聲的關門你會沒有醒，還說替阿美看門呢。」

「是不是你說過『演得很好，演得很好』呢？」我沒有細味她的話，坐到沙發上，手蒙著臉說。

「我聽見你夢囈中直叫白蘋。」

「阿美為你開門的嗎？」

「自然，難道我會飛進來嗎？」

「我倒以為你會像蛇一般地溜進來呢。」我笑著說：「白蘋呢？」

「你反倒問我了。」她說。

我猛然想到也許梅瀛子關門的聲音，就是我夢裏的槍聲，我問：

「你是不是很重地關外面的門。」

「是的，」梅瀛子坐在我的對面，譏誚地說：「但是你竟還不醒呢？」

「我聽見的，」我說：「那是我夢裏的槍聲。」

「你在做夢？」

「白蘋怎樣還沒有回來？」

「你好像很惦念她似的。」

「就是你關門的聲音，我夢見白蘋應聲倒地了。」我說著。

有一種異樣的感應，覺得白蘋的不回來有一點不好的兆頭。我說：

「你以為她還沒有回來不會遇見什麼事嗎？」

「奇怪。」她說。

「你也覺得奇怪嗎？」

「我奇怪的是我們的哲學家竟會這樣地迷信。」梅瀛子始終笑著。

但是我的心可不安起來。我站起，走到窗口。我拉開厚重的窗簾，天色已經透亮。我打開窗望冬晨的街道，街上有零落的行人，但沒有車。我希望白蘋的車子這時候會飛來，但是並不。

阿美送進茶點，我方才關窗回座。梅瀛子在為我倒茶，但我的思想在別處，我呆坐在那裏。忽然梅瀛子吸起煙，她把洋火在我面前一晃，她說：

「你放心，白蘋就會回來的。」

「那麼你是知道她去哪裏的了？」

「我想你應當預先知道。」

「她並沒有同我說過。」

「還用她說嗎？」梅瀛子說：「這時候誰先知道宮間美子的住處，誰就是一種功績。」

「但這不是很容易知道的事嗎？」

「你怎麼去知道呢？」

「啊，我還沒有告訴你，昨夜我在本佐次郎家裏與宮間美子同桌吃飯，飯後，我為伴沙菲回家一趟，所以沒有與他們同來，而宮間美子是同本佐次郎他們一起來的，明天一問不就得了嗎？」

梅瀛子忽然皺了一下眉，像沉思似地，她說：

「在舞會裏你為什麼不說？」

「我發現她就是宮間美子的時候，已經快散會了。」

「這真是……」

「而當時我已經找不著你們。」我補充著說：「你難道沒有看見宮間美子同本佐次郎他們同車走的嗎？」

梅瀛子這時似乎很嚴肅，她靠在沙發上吸煙，並不理會我的話，半晌，她忽然望著我平淡地說：

「不對，我想本佐次郎不見得會知道她確實的地址。」

梅瀛子的話，也許有理，也許無理，但我並沒有同她爭辯，我說：

「就算白蘋去打聽宮間美子的住址，這樣晚也該回來了，而且這不是什麼重要的事，一定需要今夜打聽到？」

梅瀛子還是嚴肅地坐著，若有所思似地沒有理會我的話，隔了許久的沉默，她才不耐煩似地說：

「我很奇怪你到現在還不瞭解白蘋的個性。」

「真的，」忽然一個笑聲來了，她說：「怎麼這許久還不瞭解我的個性。」

我一瞥眼就見到白色的影子，吃了一驚，原來白蘋已經站在門口。梅瀛子的地位與門平行，所以沒有看到白蘋，她似乎並未被這突然而來的對白所驚動。我一面對白蘋表示歡迎，一面作為報告梅瀛子，一面站起來一面說：

「白蘋來了。」

白蘋站在門口沒有動，臉上浮著百合初放的笑容。我很奇怪白蘋的風采會這樣地煥發。

梅瀛子忽然站起來，很快地從沉鬱的態度中興奮起來，她望著白蘋說：

「我正在想從你進來的風度來猜你工作的結果，如今我已經敢很確定地來慶賀你的凱旋。」

白蘋笑著進來，像白色的海鳥在島岩上降落，她飄著純白的舞衣坐倒在沙發上。她說：

「你們猜我是什麼時候回來的？」

「你已經聽了半天我們的談話。」

「我很奇怪，」白蘋說：「你知道本佐次郎認識宮間美子怎麼不早說？」

「我在晚飯席上才知道，而且我怎麼想得到一個大家閨秀似的人會是……」

「你先說你的結果吧，白蘋。」梅瀛子說。

「你所猜得很對，」白蘋說：「本佐次郎所知道的地址並不是宮間美子的地址。」

「你都打聽到了？」我興奮地問。

「本佐次郎送她到愚園路，」白蘋說：「實際上她住在有恆路。」

「有恆路在哪裏？」梅瀛子問。

「就在北四川路過去幾條路。」

「我一直到那裏去看過，」白蘋說：「是很普通的一幢房子。」

「你們見了面了？」我問。

「沒有，」白蘋說：「我只是一個人在房子外面看著。」

「有上海地圖嗎？」梅瀛子忽然問。

白蘋站起來，她走到寫字檯旁，從抽屜裏拿出地圖。梅瀛子這時也走到寫字檯邊，她開亮檯燈。於是白蘋鋪開地圖告訴她有恆路的所在，又告訴我們宮間美子的房子所在，是在一個叫做聚賢里的外面，房子的陽臺就在弄口的旁邊，前面就是馬路。

接著她們就討論怎麼樣去探聽宮間美子的究竟，無論如何要在明天尋到幾個問題的答案：

第一，與宮間美子同住的人有誰，那房子裏面住著多少人？

第二，宮間美子是否常常在家，那面是否常有客人？

第三，她什麼時候來上海，主要的任務是什麼？

第四，她的歷史是怎麼樣，來上海前幹過些什麼？

第五，對於她以後的行動怎麼樣密切地去注意她？

第六，怎麼樣可以去接近她，使她願意告訴我們位址，而叫我們做她家裏的常客？

總之，我們的結論，目的不光在文件身上，而是在宮間美子身上。因為這次竊取文件的失敗是一件事情，而宮間美子的神秘則是以後工作上永久的威脅。

在我可是成了一個問題，我本來決定在這件工作以後到北平去，而且與海倫有約，但現在這工作已經以無結果做結果，而牽連到的問題又是更久長、更渺茫的工作。我的心裏有說不出的感覺與哀愁。但是當白蘋、梅瀛子莊嚴而切實地在討論工作時，我當時無法提起我自己的心事。

我們在七點鐘的時候各散，相約夜裏十點鐘再看大家所獲的結果。

我回到寓所，馬上就寢，但是我為我個人的私事而失眠。我覺得在這次工作沒有一個段落之時，實在無法提出我伴海倫去北平。而這次工作又拖涉到宮間美子身上，假如說文件的工作完全失敗，毫無希望，那麼我是不是可以脫身呢？不！這雖是一個段落，但我還不能脫身。原因是微妙的，主要的還是我自己的心理：這失敗如果終於我的被通緝，我也許可以脫身，否則就必須是勝利，而我有功績在上面；再不然是這失敗結束在我的被捕與被殺，那麼我的脫身並不是伴海倫去北平，而是伴史蒂芬去墳墓。一想到史蒂芬，他的僵直的身軀、他的無神的眼睛、他的紫色的嘴唇，就浮在我的眼前。對於這個活潑無邪的朋友，在我近來的生活中，當我疲倦或孤獨的時候，我總是想到他。這雖不一定是他臨死的神情，而總是同我認識以及與我同遊的任何一幕。在我的印象之中，他總是一個強健活潑、愉快無邪的人，儘管我怎麼樣去推想他所擔任工作中之神秘，我總不覺得他有其他可怕的刁滑彎曲或陰澀的個性。每次想到他，我就有一種悲痛與顫慄，而接著是一種憤怒。當時就是這種憤怒使我聯想到我們民族裏萬千人民的慘遇，我覺得我應當支持下去，至少要到我們的工作明朗化了。我雖然不是一個間諜的能手，但在白蘋與梅瀛子中間，從互相猜疑與互相爭功的意識下，我的存在不是沒有意義的。

在這樣肯定的心理中，我就無所猶疑與憂慮，我終於非常堅定，為進行夜間的工作，我就抱著確定的目的去找本佐次郎。

四十九

公司裏的職員說本佐次郎下午沒有出來，但來過電話，叫有事打電話給他。我知道他在家裏，自然也不用再打電話，我一直到他的家去。

當我走進他家的門口，就聽見客廳裏有人聲，我叫傭人去通知一聲，本佐就迎出來叫我進去，他說裏面都是熟人。

不錯，裏面都是熟人，但就是我昨天會見的那些生人。最吃驚的，就是宮間美子也在座；而我最熟稔的沙菲則不在，這就是說座中並沒有一個中國人，而我是很例外的。

我向大家招呼之後，就坐在宮間美子的斜對面，昨夜我疏忽了對宮間美子的注意，今天我自然特別集中注意力來看她。

在我第一個印象，她有一顆孩子氣活潑的面龐；後來我發覺她有柔和的下頦與悲憫的嘴角；現在我覺得這兩種觀察完全沒有錯，只因為她始終保持著沉靜與莊嚴，使她的面龐，竟調和了兩種不同的美點。這就是說這樣的臉龐如果太多嫣笑與表情，一定失之於輕佻；如果不是這樣的臉龐，那麼她的沉靜與莊嚴就會失之於死板。我現在覺得我意料中她的年齡是很正確的，因為從這臉龐來猜，我可以少猜幾歲，但從她這沉靜與莊嚴來猜，我可以多猜幾歲，而我現在所猜的只正是二者的調和，我猜她是二十二歲。今天她又穿和服，我覺得比穿晚禮服要年輕。

就在我們隨便談話之中，我同她的視線接觸，她避開了我的視線。我發現她面部的特點還是在眼睛，她的眼睛瘦長，似乎嫌小，但她睫毛很濃，而又略略上斜，因此我覺得所有她具有的神秘，就在那裏面無疑，而這也憑空增加了她臉龐的高貴成分。昨夜在飯桌上所見到她面上的漪漣，今天一點也不曾透露，而我所發現她嘴角悲憫的意味，則似乎在首肯一種意見時常常浮起。

本佐似乎覺得我太注意宮間美子了，他說：

「你在想什麼呢？」

「我在想——」我說著，又看宮間美子問：「宮間小姐，我現在忽然想到昨天在面具下，我們曾經跳過不少次舞。」

「你以為嗎？」宮間把眼睛上斜一下反問，她的談話常常用這樣簡短的方式，使我無法去繼續接近她。於是我望著本佐，大膽地說：

「我從宮間小姐的下頦想到她在面具下的韻味。」

「這有什麼關係呢？」本佐笑著說。

「我只是想到宮間小姐的面孔是多麼不宜於照相，而又是多麼易於被畫家抓住特徵的典型？」

本佐笑了，大家在注意我的話，不十分懂國語的日人神情上要本佐翻譯，本佐為我譯述了一遍。

宮間美子對我看著，忽然透露一種新鮮的漪漣，這在今天還是第一次，又是把眼睛高貴地上斜一下說：

「你太相信你自己的意見了。」

此後我們的話就中斷，客人間有日語的對白，我非常恨我自己不會日語，無法控制這談話的局面。後來我忽然想到一個計畫，私下同本佐說：

「我可以同你說幾句話嗎？」

於是本佐就帶我到另外一間房裏。我坐下說：

「今天你覺得我奇怪嗎？」

「什麼？」

「我希望你原諒我。」

「原諒什麼？」

「為我對宮間美子的注意。」

「這要我原諒嗎？」

「而事實上，不瞞你說，我今天來拜訪你就是為她。」

「怎麼？你對她鍾情了嗎？」

「也許。總之我想多知道她一點，多接近她一點。」

「你是說……」

「還用我說嗎？我很後悔昨天在這裏吃飯。你知道我是很難對一個異性發生興趣的。」
「這不是你自己的事情嗎？今天她在我這裏，是你很好的機會了。」
「但是我不想追求有夫之婦，或者是有情郎的姑娘的。」
「這我可以擔保沒有，她從東京來了才幾月。」
「不是來找情郎？」
「她只是來遊歷就是，她的伯父是報導部的部長。」
「她就住在她伯父地方嗎？」
「是的。」
「在什麼地方？」
「愚園路。」
「那麼我求你，」我說：「今天讓我送她回去可以嗎？」
本佐沉吟了一下，但接著說：
「但是我只能從旁提示一下，其他的努力靠你，而願意不願意則在她。」
「白然，」我說：「謝謝你。」
「這可要好好請客的。」本佐笑著說。
接著我們就回到客廳裏。五點半的時候，有人告辭，宮間美子也站起來。本佐在廊裏找大衣給人，我走在宮間的前面，本佐很自然地把宮間的大衣交給我，是一件黑呢氅毛狐領的大衣，我接過來就為宮間穿上。我低聲說：

「可是我有光榮送你回家嗎，宮間小姐？」

但是宮間的答語很高聲，我相信她是有意要給本佐聽見：

「你方便嗎？先生。」

本佐這時正在衣架邊，他說：

「好極了，假如你車子方便，偏勞你送宮間小姐回去。」

「這是我光榮的任務。」我說。

宮間小姐並沒有異議，也沒有說第二句話，她就同別人告辭，低著頭走在先出去的客人後面。我夾著大衣就匆匆同大家告別，走在她的後面，本佐就走在我的後面送我們。

我為宮間開車門，宮間就上去了。我關上門，從右面坐在宮間的旁邊，把大衣拋在後座，我開始開動我的車子。

我把車子開得很慢，想找話同宮間談談，但竟沒有，一直到開出一條馬路，我說：

「一直到府上嗎？」

「謝謝你。」她說：「啊，你知道我家住在愚園路嗎？」

「假如依照東方的習俗，」我說：「我現在邀你晚飯是不是冒昧呢？」

「我從來不曾這樣早吃飯，」她說：「而且今天在本佐先生家裏我們吃了茶點。」

「是不是我可以先請你在別處坐談一會，等到飯後才回家呢？」

「這是你們中國的禮貌嗎？」

「我想這只是我個人對於你的一種請求。」

「那麼，對不起，」她說：「在我個人的習慣中，一切的約會都要先徵求家長的同意的。」

「對不起，」我說：「在我們中國，高貴小姐們對付男子的邀請只有正或反的答語，因為假如用某種推託的話，愚笨的男子常常會誤會，比方我現在說我希望你肯打一個電話到家裏去。」

「那麼我就告訴你，假如要證明我沒有拒絕你的好意，明天下午我可以接受你的約會。」

「謝謝你，」我說：「那麼明天下午四點鐘我來接你。」

「五點鐘怎麼樣？」

「在我是同樣的光榮。」我說。

我於是一直駛車到愚園路，在憶定盤路口她叫我停下。在她下車時，她說：

「一四七〇號A2號，明天五點鐘我等你。」

我看她在一家花鋪的弄內進去。於是我駕車回寓。我對於今天的收穫很滿意，我想有一二個鐘頭的睡眠再去吃飯，飯後到白蘋地方去。

歸途中，我始終想不出宮間美子給我的印象裏的異常之點。她今天在車上的談話，還是用不很純粹的國語，處處把話說得緩慢或者省略，以掩蓋她對於中國話的拙劣。假如她有朝村登水子的國語修養，這樣偽作的確是奇蹟。她如果將純粹「會」裝作純粹「不會」，可以不難，而裝作半會半不會，則的確使我很驚奇；除此以外，我並不覺得她有特殊的魔力。我似乎很有把握來對待這個敵手，所以在自恃中得到了寬慰。回到寓所，我有很好的一小時半的安睡。

九點鐘的時候，我在白蘋地方。梅瀛子與白蘋都沒有來，阿美在外面，我一個人坐著，心中浮起許多奇怪的不寧的思緒。這些思緒都非常紊亂，我想到到北平去的計畫，我想到海倫，我想到這整個的戰爭，從我個人想到整個的世界，又從整個的世界想到世界的每一角，又從世界的每一角想到我們特殊的一角，於是想到我們的工作，想到白蘋與梅瀛子，想到宮間美子。一個人思想的速度該是世界上最速的運動，光與電同它相比就見得遲鈍異常。在失眠或靜坐之頃，每個人都有他思想馳騁的經驗，把無垠的空間與無底的時間縮在一點，是最自由的幸福也是痛苦。我就這樣地在享受這幸福與痛苦。

忽然，我想到了昨夜的會談，我奇怪我竟會沒有報告我在竊取文件時所遇到的詳情，而她們也並不問我。到底宮間美子把炸彈換去文件是什麼用意？她拿了文件又是幹什麼？

如果說她無疑是敵方的人員，那麼她放存炸彈，一定是為我們。這就是說，她一定預先聽到有人要竊取文件，所以布置了來對付敵手。而現在在她工作時已經被我發現，這就是說她的炸彈失去了作用，或者證明了有人竊取文件的消息不確，那麼昨天我們的工作雖然失敗，而在她一方面，所估計到的也是失敗，所以勝利與失敗並不是一件可以衡量的事情；其次她所存放的是不是炸彈，還是一個問題；她是不是屬於日方，也是問題。因為她既是屬於日方的話，又何必偷偷摸摸去放炸彈？總之，宮間美子的身份．工作與目的，都有問題，而一切的設想都沒有證實。我幾乎有可笑的想法：她會不會是英國方面的人員？而我們現在對她的懷疑，會不會同白蘋當初對梅瀛子、梅瀛子對白蘋的懷疑一樣，是一種可怕、可慮的誤會？

總之，既然宮間美子的身上都是問題，我所想到的白蘋與梅瀛子都應當也想到，但是昨天的會談竟一點沒有提出討論，這實在是一件奇怪的事。

那麼是不是我所想到的還是我過去教育的作祟，種種要求邏輯上的滿足，而這是間諜工作上所不該問到的。再不然，是我昨夜的工作在功績上的收穫，使她們嫉妒，她們不願意提起來使我自滿。

於是我決定今天將這些問題要她們給我一個答覆，給我一種邏輯上的滿足。但是當時我的思緒，又滑到學理上與事實上不同的意義上。我想到我的研究的工作，想到海倫的音樂，想到藝術與文化……

就在我的零亂的思緒中，我聽見外面有人回來，進來的是梅瀛子，她打扮得很樸素，臉上沒有敷什麼脂粉，用疲倦的笑容同我招呼。她一面進來一面脫大衣，把大衣交給阿美，就坐倒在沙發上，手上還握著皮包，怠倦地放在膝上。我開始問她：

「有什麼收穫嗎？」

她點點頭，半晌沒有說話。我於是急得不耐煩地說出我剛才想提出的問題，我說：

「究竟宮間美子為什麼要把文件拿出來？為什麼要布置炸彈？我不懂。到底她布置的是不是炸彈也是問題？」

梅瀛子怠倦地望著我，不響。於是我繼續說：

「我還疑心宮間美子的身份，她為什麼要偷文件？假如她是敵人的間諜，她是想殺害偷文件的人，那麼她一定是預聞有人去偷文件，而她所懷疑的人又是誰呢？是不是就懷疑那天參加舞會裏面的賓客？會不會是我們？」

梅瀛子不響，還是怠倦地望著我。我很不耐煩，我說：

「我覺得在這些問題沒有解決之時，我的工作就是沒有方向、沒有目的、沒有意義，都是白費。」

「但是，」梅瀛子低聲地說：「我們現在的工作就是求工作的方向、目的與意義。」

「我不懂！」我說。

「你的一切問題，」梅瀛子怠倦地笑了：「是不是因為你工作沒有收穫而發生的呢？」

「是的，我沒有什麼收穫，但是我會見了宮間美子，我已經開始交遊。明天晚間，我已同她訂了飯約。」我驕傲地說。

「那麼所有問題不是就可以從你交遊中解答了嗎？」

「笑話！」我說：「唯我根據我們現在對於她身份的判斷，我的交遊才有意義。」

「你以為我們現在的判斷可以正確嗎？」

「至少有一個眉目，」我說：「我們不是已經有根據的材料了嗎？」

「材料？」她說。

「我昨夜雖沒有拿到文件，但是我所遇到的、獲到的種種，至少可以做我們判斷的材料。」我說：「而你們對我這些似乎都不關心，也不想知道似的。」

「這因為我不想在這樣簡單的材料上建立判斷，」梅瀛子說：「你既然對於宮間美子的身份想先下判斷，而所有材料又都是你自己經歷的，你就自己下了判斷再去交遊好了。」

我有點氣憤，沒有做聲。沉默中，我吸了一支煙。梅瀛子忽然溫柔地說：

「對不起，我這時實在很疲倦，有點不舒服，你摸摸我有沒有發熱？」說著她伸手給我。

我握她的手，又過去摸她的額角。她沒有動靜坐在那裏。一瞬間，我感到她是一個多麼稚嫩的女性，我有一種說不出的溫情想獻給她，但是我無法表示。等我把手放下的時候，我說：

「覺不出熱度。」

她閉起眼睛，微喟了一下。在我回座的一瞬間，有一種莫名的慚愧在我心底浮起。我反省我剛才的許多話，完全只是誇功矜賞，裏面沒有崇高的目標，只是可憐的驕傲與卑微的自大。

於是我沉默地坐在她的對面，望著她怠倦的睫毛，隨那閉著的眼皮跳動。

就在那靜寂蕭索的沉默中，我聽到白蘋回來的聲音。她活潑敏捷的履聲以及她與阿美對白的聲音裏，我想像到她是帶來了何等的生氣與活潑。梅瀛子還是怠倦地閉著眼坐在那裏，我不知道她有否聽到。我凍結的心境那時雖然有點流動，但是我也沒有出去招呼。

一瞬間，浮蕩著百合初放的笑容，白蘋像虹一般的在門口出現了。似乎有一種生靈活躍的浪潮沖散了我們沉鬱的空氣。她濃妝豔抹，面孔打扮得如透明的秋月，耳葉搖盪著流星般的白玉耳墜，一件藍灰小方塊的毛衣披在碎花錦鍛的旗袍上，毛衣的前襟敞著，她兩手插在毛衣袋裏，悠閒自得地向我們望望。在燈光下，這錦緞上的碎花像是鏤雕的花紋，美豔中透露著莊嚴。我奇怪白蘋今夜的神情，是出人意想的光耀與出人意想的新鮮。我說：

「白蘋，可是有什麼勝利的消息使你渾身發這樣的奇光？」

「我覺得一個人的精神應當從衣著與舉動來振作。」

她說著坐在梅瀛子的旁邊，望著梅瀛子說：

「怎麼啦，梅，有點頹傷嗎？」

「沒有什麼，」梅瀛子灰暗地笑：「我有點乏！」

「我覺得一個人衣著與舉止的振作還是靠著精神。」

我說這句話的時候，心中有異樣的感覺：在我面前的兩個朋友，似乎常常如日月的消長——每當白蘋非常煥發的時候，梅瀛子就顯得淒黯慘澹。除了初期同她們交往時以外，我很少注意她們兩個人美麗的上下，但在我意識下，總覺得梅瀛子是我們世界中最美麗的女性，沒有人可以同她比擬；而今夜，當她以頹傷的姿態，坐在煥發的白蘋旁邊，我竟發現白蘋是的確的比她新鮮而美麗起來了。人身的美麗到底是多少靠我們打扮、多少靠我們精神的奮發呢？

「怎麼？」白蘋沒有理我的話，她只是向著梅瀛子說：「你受到驚嚇了？」

梅瀛子不響，微笑著點點頭。這微笑是溫柔而甜美，一洗她過去笑容中驕矜的意態。我現在想到，在這兩位朋友裏，每當一個煥發、一個頹傷的時候，也許美麗是屬於煥發的。而我則總是同情頹傷方面，原因也許在於憐惜。但在梅瀛子的微笑中，我發現她自來都隱藏著常人常顯露的美點。我想到歷史上鋼鐵般的英雄，在失敗的一瞬間，他所透露的美點，一定正是他所缺如而常人常有的一種美點；而在他的生命中，這是最可貴、最深沉、最人性而可愛的美點。因為在這份美中，整個人性的真善都在那裏透露了。

梅瀛子嘴角的微笑久久未斂。她低下首，打開她手中的皮包，小心地拿出兩張摺著的紙，她溫柔地交給白蘋。

白蘋接來，起初俯首靜讀，接著靠在沙發上，皺起了眉頭。似乎看了一遍，又看了一遍。我已經等得不耐煩了，靜望著白蘋。最後白蘋抬起頭來，才知道我在等她，似乎她本以為我早已看過，而現在才發現未然似的，她把手中的紙交給了我。

第一張是打字用的薄紙，上面用鋼筆草率地寫著下面英文的字句：

宮間美子即郎第儀，隨川島芳子多年，在滿洲國華北活躍，常喬裝男子以「秋雨三郎」名馳騁軍政各界。風流倜儻，矯健活潑。豪賭千金一揮，毫不動容。慷慨交友，人皆從之。一度回國，旋至南京，最近來上海，不知有何使命。

R.S.1041

宮間美子到滬後，立刻對梅瀛子懷疑，為梅事數度與梅武衝突。

R. S. 5518

第二張是一張很厚的信紙，打著一封整齊的英文信：

Y：

關於宮間美子事，已經完全探明：她曾於太平洋戰爭爆發前來上海，很早就對你的注意，數度向梅武進言，但梅武迄不置信。面具舞會前幾天，她與梅武又有一度爭執，梅武一面敷衍她，一面忌她，許多事情並沒有從實告訴她，這所以那天宮間美子要私自布置這個陷阱。她的意思，除了陷害你外，要向梅武證明她的判斷的正確。你未中計，殊可慶幸。但以後應稍稍隱避才是。那夜宮間美子在散會的時候，曾有一字條交與梅武，這大概就是說她所布置的種種，而第二天梅武在電話中驕傲地對她說過「現在你總可以相信了」的話。自然，那天在宮間美子也是很大的失敗。

附上RW與RS件，可參考。

關於XECM，一切都好，請放心。你的健康，諸友極關念，務請珍重靜養，為盼為頌。

S. V.

五十

現在，我開始明瞭梅瀛子所以萎靡頽唐的原因，我把手頭的信讀了兩遍，愼重地交還梅瀛子。她沒有看我，拿了一支煙放在嘴上，用桌上的打火機點燃了煙，於是就點燃那兩張紙，她望著融融的火光出神。就在那一瞬間，我看到她眼睛深處的蘊藏，那是一個無限深邃的秘密，閃耀著憂慮擔心與不安的光焰。

等兩張信紙都變成了灰，她才抬起頭來望我，但是我可沒有勇氣再這樣看她；我換了一種視線望白蘋，白蘋則還同剛才一樣地煥發。這是多麼驚人的對比，我不願意多看，我收斂了視線低頭緘默。

「那麼你預備怎麼樣呢？」白蘋開始對梅瀛子說。

梅瀛子低聲地在回答，我沒有注意她說什麼，我只是在想那封信裏的話。在這許多日子之中，梅瀛子竟毫不注意，也毫未想到背後有人在窺視她，這是多麼可怕的事情，而宮間美子又是個多麼可怕的人物！我說：

「我們實際上雖證明了宮間美子的可怕，她竟發現了我們的企圖；但在結果上，則反支持了梅武的信任，我想宮間美子的失敗並不亞於我們。」

「而且，我們的失敗與勝利還沒有決定。」白蘋忽然激昂地說：「我們的決定在是否拿到文件。」

「文件？」我對於白蘋的話有點驚異，我說：「我以為我們現在的問題在宮間美子身上，不是在文件身上。」

「你以為我們應當放棄這份工作了嗎？」梅瀛子溫柔地說。

「自然，」我說：「現在我們無法去注意這文件。挽回一件已失敗的事情，比創造一件新的勝利為難……」

我的話並沒有說完，我所想到的是昨夜談話以後，文件的失敗在我早已承認，而在我意識中大家對這個目標似亦已放棄了，但是，出我意料外地，白蘋忽然莊嚴地打斷了我們的話，她說：「但是不瞞你說，我已經布置好一切，在今夜兩點鐘的時候，我要去取那文件。」

「你？」我問。

「是怎麼回事？」梅瀛子問。

「我已經買通了宮間美子最貼身的女僕，她答應今夜兩點鐘把文件竊出交我，明天十點鐘她出來取還。」

「有這樣的事情嗎？」梅瀛子忽然興奮起來。

「你怎麼不早說？」我說著站起來：「白蘋，你太神奇了，一下午你竟創造了新的天地。我要用酒來慶祝你。」

我說著就到餐廳裏去取酒，我取了三種不同的酒，拿了三個杯子。興奮地回到原處，我沒有看到她們在說話，我意識到她們都很愉快興奮，但當我為她們斟滿了酒，從白蘋望到梅瀛子時候，我發現梅瀛子在沉思中緘默著，嘴角的笑容也不自然。這是為什麼呢？我當時馬上想到所謂「爭功」的糾紛，我猜到梅瀛子心中的嫉妒，白蘋的成績竟遠超於梅瀛子的收穫，而表現出來的又是這樣地出色。女孩子的心是狹窄的，出色美麗如梅瀛子竟也難免，我心裏這樣想著，但馬上假作不知，我舉起了酒杯對梅瀛子說：

「梅瀛子，現在讓我們一同為白蘋光榮的勝利喝這一杯。」

白蘋舉起了杯子，我與她碰杯，但梅瀛子這時候才懶洋洋地舉起了杯子，同我的杯子輕碰一下。我當時就一飲而盡，但是梅瀛子拿著未喝，她忽然莊嚴地說：

「白蘋，但是這件事情你還要過細考慮。」

白蘋微笑，她想了一想，大方地說：

「我已經什麼都考慮過了。」

梅瀛子同白蘋又舉杯一次，二個人都乾了酒，一瞬間大家沉默。這時候我忽然想到今天她們兩個人的報告，都是她們所屬的工作團體的收穫。儘管我們工作的對象一樣，而這團體則是不同的，這裏面如果有競爭的意味，則正如梅武與宮間美子兩種意見的競爭，失敗與勝利雖說就會證實，但是所證實的不一定可靠，正如我們證實了梅武的正確而實際上正確屬於宮間美子一樣。在我，我身份的立場是白蘋的，而工作的立場則是梅瀛子的，而現在梅瀛子這種明明出於嫉妒的話，使我同情逐漸移到白蘋身上。我又興奮地說：

「再一杯，白蘋，我祝你今夜勝利。」

「慢慢，」梅瀛子又說：「白蘋，我現在更覺得這件事要謹慎。你願意告訴我同這女僕接洽的詳細結果嗎？」

「事情是這樣的，」白蘋說：「我們認識一個廚子，他是那女僕的小同鄉，從小在一起，他帶那個女僕同我相會……」

「是這樣——」梅瀛子忽然低頭尋思，歇了一會又說：「那麼你為什麼不叫她把文件送來給你。」

「她說她在宮間美子打電話時聽到，那文件明天吃午飯時要送去的。而她夜裏一點無法出來。」

「那麼你為什麼不叫那個廚子到她那裏去拿。」

「這是多麼不可靠。」白蘋說。

「是你自己說你自己去拿嗎？」

「是的，」白蘋說：「當時也來不及想到別人，而這件事整個都是我的責任。」

「什麼暗號呢？」

「我們對了錶，說就在他們房子的弄口相會。」

「她有沒有說一定要你自己去呢？」

「她說最好是我自己，她可以有交代。」

「不，不，」梅瀛子忽然肯定地說：「白蘋，絕對不能去。」

「怎麼？」

「我不相信宮間美子貼身的女僕可以這樣容易被我們買通。」

「這是那個廚司的關係。」

「我怕這廚司都會是他們買通了的人物。」

「她們怎麼料到我們會尋到他呢？」白蘋始終微笑。

「最可奇怪的是她一定要你自己去。」梅瀛子又說。

「她沒有一定要我自己去。」

「那麼，」梅瀛子說：「我們能不能派一個另外的人去接受那文件，而我們一同等在較遠的地方呢？」

「派另外一個人同我自己去有什麼不同呢？」白蘋文靜地說：「她們並不以為我是重要人物，重要人物是你，她們如果要有什麼毒計的話，一定會要求你去。」

梅瀛子許久不響，她似乎凝神在想什麼。我一直沒有說一句話，在她們兩個人中，我今夜同情的是梅瀛子，但是她們這段談話裏，我則同情白蘋。她的莊嚴沉著的態度，對於一切好像都有把握；而梅瀛子的話中，其侷促不安與焦慮的心境殊令人不解。剛才我以為它是發於嫉妒，但是如今在她一凝神之間，我從她深邃黝黑的眼珠中心，看到一種說不出的閃動的光芒，是不安，是動搖，是擔心，是驚慌，是憂慮，也是害怕。我兀然被它感動，我覺得她所說的不一定是為嫉妒，而是因為她神經過敏的關係。我說：

「梅瀛子，是不是因為你神經過敏，所以有這樣不安與不放心呢？」

「對不起，」梅瀛子帶著怒意說：「我不希望你也參加做義務的兇手來陷害白蘋。」

這是一句什麼份量的話呢？我幾乎要同她衝突，但是我終於壓抑自己，換作平靜的語氣說：

「好朋友，能不能把感情放得平靜一點？」

「那麼我希望你瞭解我與白蘋的情感。」梅瀛子說：「不瞞你說，郎第儀的名字，我是很久就聽到了，她不會是一個無能的敵人。」

我沉默了，大家都沉默，白蘋悄悄地出去。房中只剩了我與梅瀛子兩人，我以為梅瀛子這時候總會對我說些吩咐的話，但是並不，她只是莊嚴而沉默地坐著，連眼睛都沒有望我。我也想不出話可說，我想到白蘋這時候在做什麼想呢？是不是也覺得梅瀛子的勸告是出於嫉妒？她要派另外的人，就是派自己的人，就是同白蘋分功；白蘋用莊嚴沉著的態度來拒絕梅瀛子的建議，顯然有一種自尊與驕傲的心理在裏面，這自尊與驕傲的來源，無疑是在對梅瀛子懷疑，而不願有他人參加她的成功。我說：

「梅瀛子，當我是你的屬員，你難道沒有話吩咐我嗎？」

「今天凡是白蘋的朋友，」梅瀛子莊嚴地說：「就應當勸阻白蘋。」

「你的意思，可是你要替她去完成這個工作？」

「我？」梅瀛子舉起低垂的視線說：「假如你們推舉我，我當然不推辭。」

就在這時候，白蘋在門口出現，她換了一件黑綢的旗袍，邊上鑲著碧綠沿條，耳葉上換了碧綠翠墜，這兩種綠色完全一致，像是比配而得一樣。她嫣然淺笑晃動著耳墜進來，緘默地望著梅瀛子。梅瀛子忽然閃著驚懼的眼光，她說：

「白蘋，相信我，讓我們放棄這份工作可以嗎？」

「這是什麼話呢？」白蘋說：「我已經什麼都準備了，你看我已經換好衣裝。」

從她這句話，我所注意的是她的腳下，她穿的是一雙簇新的軟底皮鞋；而梅瀛子則特別注意她的頭上，似乎有異樣的感觸似地忽然問：

「你還戴耳環？」

「是我幸運的耳環。」白蘋說。

「那麼，」梅瀛子忽然說：「假如這件工作無法放棄，能不能由我去接受文件，你們在較遠的地方望著我。」

「這是什麼話呢？」白蘋說：「假如這是一件危險的事，我怎麼能夠將危險交給你呢？」

這句話就此中斷，如果說下去，應當是：「假如毫無危險，這成功不是白白讓你分占了嗎？」不知怎麼，我馬上想到了這個，我明顯地意識到白蘋的心理正如我所料，如果是這樣的話，那麼梅瀛子多一份勸阻，就是多一份給她反感。我不知道說什麼好，我想為梅瀛子，我聽從她的話總不是錯的；為白蘋，我勸阻她，至少是減去她的危險。於是我想到我的勸阻是無害的，我說：

「白蘋，能不能把這件事從長考慮一下呢？」

「已經沒有時間，」白蘋說：「我稍微吃點點心就要出發了。」

「你還約好同別人一同去嗎？」梅瀛子問。

「不，」白蘋說：「我一個人。」

「你的意思也不要我們同去嗎？」

「假如你們認為太危險的話。」

白蘋說時雖是同樣地文靜與親切，但是我在她聲音裏發覺她的驕傲與自尊。

「假如你已決定，」梅瀛子說：「多麼危險我們都要同你一同去。」

梅瀛子說了望望我，我點點頭。接著她幾乎用哀求的眼光望著白蘋，她說：

「白蘋，相信我，相信我有比較冷靜的心來判斷一件事情。停止這份工作，並不是說我們缺乏勇氣，你應當知道最有勇氣的人才能懸崖勒馬。聽我話，白蘋。」

「梅瀛子，我很感謝你的好意，但是我所要執行的是我所屬的決議，假如你認為這判斷與你的距離過遠，我希望你不要去。」

白蘋所屬的既然都是樂觀的判斷，我想，那麼白蘋所遵順的、所相信的，則是她的團體，在這一層講，梅瀛子的意見則是外層的。我對於白蘋的堅決開始非常欽佩，但是我對於她傲慢的態度則有很大的反感，而梅瀛子剛才對白蘋哀求的情緒，使我感到無限的懇切與可憐，我現在已經完全同情了她。我說：

「白蘋，是不是可以冷靜一點考慮梅瀛子的意見呢？」

「不，」白蘋堅定地說：「我已經決定。我希望在我回來後，先會見你們一次，否則，等明天十一點我把文件還清後，再同你們見面。」

「你如果這樣堅決，」梅瀛子沉著說：「我們自然與你同去，在較遠的地方等你，望著你接受了文件一同回來。」

就在這時候，阿美拿進了茶點，白蘋愉快地就點，我也吃了幾塊蛋糕，但是梅瀛子只喝了幾口茶。最後，她斟了三杯酒，她說：

「讓我們乾了它。」於是她舉起了杯子，又說：「我用最誠摯的祈禱祝你勝利。」我們都與白蘋碰杯。白蘋沒有猶疑，一飲而盡。

這以後，梅瀛子就再無勸阻白蘋的話，她注視白蘋的一動一笑，於是對白蘋叮嚀許多小心的話。她告訴白蘋一到那面，第一要注意汽車的所在，第二如果那個人遲遲不來赴約，千萬不要多等，馬上回車上來……最後忽然又想到我們的汽車都不合用，她出去打了一個電話，回來告訴我們，有較合用的車子就可以開來。叫白蘋不要心急。

但是白蘋看看錶，果然不安起來，而又不願拒絕梅瀛子的好意，她在屋內來回地走，梅瀛子則守著白蘋晃動的影子。我也不寧地看看白蘋，看看梅瀛子。

沉默，大家都沉默著，是期待，也是焦急。這一份沉默，是可怕，而又痛苦，到現在回想起來，我的心靈還是禁不住有點戰慄。

五十一

車子不久就來了，駕車的是一個美國人。梅瀛子叫她開另一輛車子回去，我們就一同走下樓梯。

這是一輛一九三九黑色的摩理斯，式樣很舊。我沒有仔細看，白蘋已經在搶先開車門，預備上去。梅瀛子搶出去為她開門，白蘋上車後，梅瀛子就關上了門。我走到旁邊問梅瀛子：

「你自己開車嗎？」

但梅瀛子只是命令我說：

「你坐在我的旁邊。」

於是我與梅瀛子坐在車前，她關滅了車內的燈，敏捷地撬開車頂，她遞給我一支手槍。我只看到是一支轉輪，正想細看時，她說：

「收起來。」

我把槍納入右袋，大家沒有一句話，也從未互相觀望。

汽車直駛而去，但所有的街景我都未見到，我心中有說不出的不安，我只聽見我自己的心跳，心跳。我時而覺得路長，時而覺得車慢，又時而覺得路短，時而覺得車快。住過上海的人都會知道，從姚主教路到有恆路有多少的路程。但這樣長的路程，在我不安的心境下，我竟覺得是繞地球一樣；可是快到的時候，我又驚奇上海的渺小了。

車子終於到有恆路，梅瀛子降低了速率，像一個人躡足一樣，輕輕地蠕向前去，我的心加急地跳躍。忽然有一個聲音在我的後面發生，一瞬間壓住了我的心跳，我全身血液像凝結一般的使我一楞，但等我聽清楚這是白蘋的聲音，我才恢復了急促的心跳。白蘋用命令的口氣，幾乎是厲聲地說：

「停住。」

車子突然打住，梅瀛子回過頭去，白蘋已經打開了車門，她說：

「到前面一丈外等我吧。」說著就開始跨下車。

梅瀛子搶著說：

「白蘋，當心……」

我一直楞著，一瞬間我想開口，但白蘋已經用沉重的關門聲打斷了我的話語，她向著斜對面走去。

梅瀛子一聲不響，又慢慢地開動車子；我望著白蘋的人影，這時候我才知道天是這樣地黯淡，地是這樣地昏黑，街燈是這樣地無光，白蘋的人影是這樣地孤寂！我慢慢看到她已經走上行人路，於是我看到房屋、房屋邊的弄堂、弄堂上的標燈、燈下斑舊金色的「聚賢里」的字跡。我凝視著，回望著，而車子向前蠕動，我不能再見，但是我還望著白蘋的人影。梅瀛子停下車子，她開始回望。她叫我到車子的後廂，我就跳下車子，我看見她移坐到我的位子來探視。但正當我打開後廂的車門預備進去的時候，我猛然看到一個白衣的女傭從弄內出來，我踏上車板，憑著打開的車窗望著她們，我無意識地用發汗的手握住了袋中的手槍。現在回想起來，我在接受手槍以後我的手始終在手槍上面，一直到我下車換座的當兒，我才放鬆了它，後來的接觸當然不是偶然的。

我望見那面一黑一白的影子在交談。一分鐘、一分鐘地過去，似乎是客氣，又似乎是退讓。終於黑影好像要折回來。突然，一聲響，一閃光，似乎從上面壓下來似的，我聽見白蘋一聲叫，啊，她倒下了。我奇怪那時我會這樣鎮定，沒有害怕也沒有悲哀，沒有思想也沒有情感，我反射地取出了槍，向著似乎正要折回的白影子打去。不錯，我清楚地聽見這白衣女傭的叫聲，我清楚地看見她倒下……

「關車門！」梅瀛子命令地叫。

我自動地服從，梅瀛子已經直駛著車子前進，我被震倒在後座上。不一會，我就聽見後面警笛的聲音，於是有遠處的警笛應呼著。

車子疾馳著，我分辨不出經過的路徑，但兩個轉彎以後，前面似乎有探照燈的光射來，梅瀛子突然握住車。車子驟然慢下來，她用簡促的語調說：

「下去，在路旁等我。」

我沒有一句話，打開車門，但這樣的速度下，我還是不敢下跳，我說：

「再慢一點。」

梅瀛子果然又把車子放慢，我沒有考慮，用童年時跳電車的經驗，從車上滑下。

梅瀛子看我滑下了，她在加快速率中也就跳了下來。這空車還在探照燈的光中前駛，大概不過是百步之遙，我聽到轟然一聲，這車子已經炸成了碎片。它並沒有同外物相撞，似乎是梅瀛子在下車時撥動了炸藥所以致此，但是當時我沒有時機可問。梅瀛子趕到我旁邊，拉我就走。那時候，我聽到前面有警車的吼聲，梅瀛子轉入支路，我跟著她，在黑暗中她忽然放慢了腳步，拉著我的手臂。我一回顧，看到大路上我們的後面也有警車駛來。我們又轉彎，但正想前走的時候，前面有小販及工人模樣的人奔過來，我用我身子阻礙著他們，似問非問地說：

「怎麼啦？」

「又封鎖了。」

封鎖路區是當時日人在上海對付一切事變的手段。梅瀛子似乎早已猜到是這個，她又拉我從側路過去。我神志恍惚地跟著她，最後我發現已經到了斐倫路河邊，但前面又有幾個人退下來。

梅瀛子一時竟也不知所措，她站住了，靠在牆上透一口氣，我也靠在她的旁邊；在這個區域裏，在這個時間，很少的往來人中，不是趕早市的小販，就是倒垃圾的工人，否則是露宿的苦力，要不就是辛苦的船戶，而我們是唯一衣冠整齊的人，只要有日人過來，我們立刻就是被偵問的對象。梅瀛子望每一個過路的人，但並沒有望我。我從她的目光中發現，她現在所問的是這些來往的人中是否有一間茅屋可以暫時讓我們躲避。

退下來的人，有幾個轉到碼頭下去，我想這都是船戶人家的孩子。就在這時候，不知是什麼感覺提醒我，我忽然想到也許有船戶可以讓我們暫時躲一躲，我對梅瀛子說：

「你等我一會，我就來。」

梅瀛子似乎知道我的目的，她沒有說什麼，但拉著我的手臂與我一同穿過馬路。那面就是蘇州河，河的兩面，都是大小的船隻，只有河心中有一條小水路可以運行。這正如我寫這篇東西時的重慶馬路，為人群的擁擠，馬路上兩側也變成行人道，真正作為車馬往來的只有當中一條線了。

沿著河岸走，十步、八步就是一個碼頭。我很想稍加選擇，但無法選擇，終於在似乎經過選擇，似乎並不的隨便從一個碼頭上走下去。

前面就是密集的船。船頭、船尾靠在這碼頭至少有幾十隻，組疊拼接的竹篷、縮在桅杆上的帆束、掛在船尾船頭的補了又補的衣服、破爛的尿布、紅色的女襖、緋色的肚兜，構成複雜的圖案。遠處是對岸貨棧的輪廓，灰藍的天空；那時東方似已稍稍發白，但下面還是靠著岸燈才可以看到一點東西。船隻中有的點著燈，有的沒有。我想尋找一隻比較合適的船隻去懇求一下，但附近的船隻竟沒有人。稍遠的船戶，似乎有人在咳嗽，蠕動，但我無法遠叫。這時候我看到在五六隻船以外，有人站出船頭來。他四周一望，對我似並不注意，接著就站在船頭上小便。我正想設法同他通話，但是他忽然咳嗽一聲說：

「今天怕要下雨了。」說完了就又進去。

在零落的船火之中，我回顧，我看到我後面的梅瀛子，她站在最左角上的一隻船旁。那隻船不大，沒有燈火，也沒有聲音；但就在我看到的一瞬間，忽然有一點火亮了起來。這像是迷路的燈似的，好像對我有點暗示，我無意識地走到梅瀛子旁邊。果然，有一個人從船裏探頭出來，是一個束著辮子的女子，似乎剛剛睡醒似的，手裏提著一個水桶。梅瀛子真是一點不放鬆機會，她柔和地過去，低微地說：

「對不起，小姑娘。」

梅瀛子說這句話的時候，我才發現對方是一個二十歲以下的女子。她抬起頭，茫然望著梅瀛子；梅瀛子這時打開皮包，她拿出幾張鈔票，一面說著一面遞過去：

「岸上有壞人逼著我們，讓我們在你那裏躲一躲吧？」

對方似乎迷糊了，不知說什麼好，她望望梅瀛子手中的錢，又望望梅瀛子的臉，露出疑問的笑容。

「Tche-San！」就在這時候，船內忽然有人叫了，是一女人的聲音，「你怎麼啦！……」

那位女孩子伸頭進去的一瞬間，梅瀛子已經登上了船，我也跟著上去。一進艙，就看見一位中年婦人，她似乎也剛剛起來，蓬著頭髮，一看見我們非常驚奇地注視我們。我讓梅瀛子同她說話，我可注意身後的女孩子，我怕她上岸去告訴別人。我不知道在殺過人以後的手是這樣靈敏，一到緊張的時候，就把握著槍。但那個女孩子對我們毫無惡意，她提了一桶水就站在我的旁邊。

「對不起，」我聽見梅瀛子說：「岸上有壞人逼我們，所以想在這裏躲躲，請老婆婆救救我們。」

說著梅瀛子把手上的鈔票放在旁邊一隻木箱的上面，又接著從皮夾裏拿出一疊鈔票出來，又放在上面，她說：

「以後我們一定再好好謝謝你，這請你先收下，為我們弄點飯菜。」

我很奇怪梅瀛子叫她「老婆婆」，但她倒不以為奇，她開始堆下笑容，說：

「你們儘管在這裏，不過這裏實在太髒。啊，錢我可不能拿，我們雖然窮，但是……」

「這不用客氣。」我說著走進去：「你救我們就是我們的恩人，這點錢並不能算我們報謝。」

裏面有一張粗陋的板桌，桌邊有二把竹椅，還有兩隻小竹凳在船邊。我招呼梅瀛子在竹椅上坐下。她微喟了一聲，靠在桌上，把臉就埋在手裏，我先坐竹椅上。

那位女孩子在船頭上攏火，她不時望望我們，那頭的中年婦女就說：

「Teh-San，快先燒水，給客人沏茶。」

梅瀛子這時忽然抬起頭來，望望我，我沒有理會她，她只對那位中年婦人講：

「輕一點，不要讓外面的人聽見了，知道有生客在這裏。」

「怕什麼，哪一家沒有幾個闊客人。」

「不要講了，」我也叫她老婆婆了，我說：「老婆婆，坐下來，我們談一談。啊，還有

——」我起來拿木箱上的錢遞過去，「這錢無論如何請你先收下，還要請你相信我們絕不是壞人。」

我把錢放在板桌上。那位老婆婆面露慈愛的笑容，拘束地用手理理頭髮。於是在艙鋪下，摸出一個插在馬口鐵做的燭臺上的燭頭，湊在船尾的油燈上，點亮了，拿著過來。

梅瀛子凝望著我，這時候她忽然用英文說：

「剛才你沒有注意嗎？」

「什麼？」我以為船外有什麼騷動，吃驚地問。

「那個女孩子的名字。」梅瀛子說。

「Tche-San！你把我的小茶壺洗洗乾淨，替客人沏茶好了。」那位老婆婆說。

Teh-San，Tche-San，我猛然悟到這是一個熟識的名字，但我不知道曾經在哪裏聽見過的，也想不起是哪一個熟友的名字，我望著梅瀛子，似問非問地說：

「很熟，但是……」

「不是你假裝到鄉下去，寄信來說起的那位姑娘？」

「……」我頓悟到我當時在信中創造的鄉下姑娘慈珊，一時我驚異得似乎有許多話而又無法說出。

世上儘管有許多巧事，但在當我們複述之中，我們自己都不得不懷疑。那位姑娘也叫做慈珊，自然不見得是這樣寫法，但是在萬千的字音之中，這二個聲音又不是「翠」、「寶」、

「珍」一類常用作女孩子名字的字眼，天涯地角，會有這樣巧合！到現在回想起來，我還是禁不住有奇怪的感覺。我當時並沒有問她們那個女孩子名字的寫法，但在那時候起，一直到現在，甚至將來，我們一想到那個女孩子的名字，一想到那兩個聲音，喚起我們的聯想就是「慈珊」。因此，在這個紀錄上，我以後就叫她慈珊。

我開始與那位老婆婆談話。我們叫她老婆婆，其實她並不老。我藉著她拿來放在板桌上的燭光，看到她紅黑色皮膚，有光的眼睛，微皺的前額，除了她疏薄的頭髮可以使我估計到她是上了五十歲的人外，她還是四十五歲以下的人。

她告訴我她是蘇州河上游一個鄉村裏的人，本來是業漁的，但也兼營為人運點東西，好幾次被日人徵用，為他們服務。丈夫在二月前被日人拉去到浦東去做苦工，現在她們母女靠著這隻船生活；幸虧她丈夫有一個弟弟也有一隻船，可以照應她們一點。

我聽她言下對日人蠻橫頗恨，於是我告訴她我們去探朋友的急病，路上碰見日本醉兵要對那位小姐無禮，我就同他爭吵起來，但是那個日兵拿出手槍，我們扭在一起，誰知手槍被我一奪，不知怎麼，竟打中他的胸部……

「報應，報應！」老婆婆感動地說。

但隨著有點驚慌，她四面看看，忽然她吹滅了蠟燭，叫我們坐到她的鋪上去。她說：

「讓我們把船停開一點。」

於是她到船尾慈珊地方去，說了幾句話，兩個人就開始將船撥動。這是一件很困難的工作，因為所有的出路都已被其他的船隻窒息。她們並不用槳，母親用手攀推別人的船舷，女兒則用篙支撐著，我們的船就在別人的船縫裏進去，擠著擠著，終於停止下來。我聽見老婆婆說：

「就這樣吧。」

這些船隻遠望起來似乎毫無秩序，擠得很緊，但實際上它們每隻船頭或船尾都還有點隙地，可以使人們接觸到水，他們洗臉、洗衣、洗米、洗菜，以及大小便等都在這小小的一點小隙中完成。雖然河底的水在流，但船與船之中浮在水面的許多污穢的東西都積住著，每次用時只將這些污穢打開，而結果這些污穢越來越厚。

我們坐在老婆婆的艙鋪上，可以看到船頭邊小塊的水窟，與隔著許多船的對岸，也可以看到一角青天。這時候慈珊拿茶給我們，她同梅瀛子有初次的交談。天色已經透明，老婆婆吹滅了這盞在船壁的油燈——它就是指點我們迷途的燈，我望著這燈頭的殘火一直等它熄滅，我有許多感觸。而天光使我看到慈珊的臉，是一個豐滿結實少女的面龐，紅黑的臉上少少有點凍塊；前額的劉海下垂，顯得額角稍蹙；頭髮黑而厚，一條辮子很粗；眉目都很清秀，鼻子也很挺直；唯有鼻孔稍露，似嫌美中不足；嘴唇很薄，與梅瀛子談話有靦腆的羞澀。我不知這與我過去寫在信中的慈珊有什麼不同，但我發現梅瀛子對她過分地親切，這的確是這個名字引起她以往的想像。一個人的名字，或者一種態度、一個行動以及一點細微的表情，往往可以給另外一個人特殊的感覺。這感覺聯繫著那個人的聯想，過去想像的回憶、生活經驗中的記憶，以及電影、戲劇或書本上人物的關聯，而造成一種特殊的因緣，使他們一見如故，使他們終身成友，使他們有各種奇怪的結合。梅瀛子與慈珊的情形一瞬間就是這樣肯定。以梅瀛子的裝飾、美貌、談吐、聰敏，與任何人交友都具有特殊的魔力，自然它是更容易使慈珊這樣樸素而天真的孩子傾倒了。

但這些竟都是命運之神的手法，是這樣嚴密，是這樣巧妙，在我們追念之中，竟覺得在一定的組合裏，多少細小的因素，都不能有筆缺少，否則其結果就將完全兩樣了。

五十二

在種種驚險、波折、困難之中，我心神一直未定，我沒有回憶，也沒有企念；沒有思想，也沒有計算；但這時候，當梅瀛子與慈珊對談的時候，我憶及幾點鐘以前我們怎麼樣在白蘋地方爭論，從白蘋地方出發，怎麼樣在汽車裏直駛……手槍——白蘋——車門——白影與黑影——槍聲——叫聲……一瞬間在我的腦中跳躍飛逝，我手在口袋裏摸著槍發抖。我開始想到白蘋，她死了！她死了？這真是一個疑問，我無法相信，但又不得不相信。她是否可以還活在銀色的房內？她是否可以沒有出來？一件事情做定了竟是定了，沒有法子挽回，沒有法子將時間倒退，讓我們從新做過……但白蘋可能不死，也許受傷，也許現在在敵人的手中慘叫。於是我看到史蒂芬，他的深紫的嘴唇、無神的眼光、僵直嶙瘦的身軀……我不覺手足發抖，面頰灼熱，我要痛哭痛號，但我又抑住自己。我心中有說不出的火焰叫我震顫，我終於叫出：

「白蘋！白蘋！」一瞬間我熱淚迸湧，用手掩著臉，禁不住哀慟。

許久，梅瀛子忽然握著我的手臂，她搖動著說：

「堅強一點！」

但是這聲音竟也是在嗚咽之中，我似乎已經稍稍哭出胸中的蘊積，抬起頭來，我看見梅瀛子的眼淚還掛在頰上。慈珊與她母親在我們的兩邊望著我們，似乎想勸慰又不敢勸慰。我開始振作自己，用手帕揩我的眼睛。但不知怎麼，梅瀛子竟靠在船舷上，閉著眼睛，蹙著眉，有眼淚潸然從她茸長睫毛中流下，她沒有一絲表情，也沒有一絲聲音。我無法勸慰，只說：

「梅瀛子，天已經大亮，我們該設想我們的出路了。」

梅瀛子不響，不知怎麼，我忽然看到慈珊也在天真地啜泣，她母親也用手帕在揩淚，人的心靈有時候竟可以有這樣自然的呼應，可是有時候也竟可以麻木不仁。梅瀛子用手帕拭淚，但還是不動，仍舊閉著眼，她說：

「讓我靜一會兒。」

我於是問慈珊的母親，她們的船是否要裝東西或者要開到別處去。她告訴我她們昨天已經將貨物下卸，本定今天隨便找點生意開回去，現在可以完全聽憑我們。我就請她暫時租給我們，一天要多少錢，我們都可以比常例還多一點給她們。這時候我發現桌上的錢還沒有收去，我說：

「這錢為什麼還不收起？」

說著我遞給她，交在她手裏。那位老婆婆收著說：

「就算你租我們的船，也用不著這許多錢。」

「你收著，你收著。」我說：「回頭先為我們買點東西來吃吃。」

「慈珊，」老婆婆說：「你先去燒稀飯，我去買點東西來。」

但梅瀛子這時候忽然振作起來，她說：

「慢一慢。」於是又對慈珊說：「你先為我們燒點稀飯也好，可是暫時不要買什麼。」

慈珊點點頭，但又望望她母親。

梅瀛子站了起來，拉著慈珊的母親坐在一起，她說：

「老婆婆，你待我們這樣好，我們不會忘你的恩；但是如果你是存心救我們的，你必須什麼都聽我的話。」

「自然，自然。」慈珊的母親說。

「真的？」

「我又不是東洋人，你又是那麼好，那麼……」

「謝謝你。」梅瀛子說：「那麼你上岸去第一千萬不要告訴人你有客人在這裏；第二無論誰向你說話，無論同你說什麼你只裝不知；第三你去買菜蔬，還是同平常一樣，不許多買什麼特別的菜，這不是客氣，你要知道，因為，你一多買，也許就有人要查問你；第四，你上去多走走，不要東問西問，最好自己去闖，是否有什麼路沒有封鎖；最後，你去為我們買二套你們平常穿著的布棉襖、藍布褲，一套男的他穿，一套女的我穿，你先看看我們的身材，還要兩雙布鞋。」說著她又打開皮包拿錢給她：「這是買衣裳的錢。」

慈珊的母親接了錢，很豪爽地說：

「你放心，我什麼都照你辦，我已經懂得，你放心。」

於是慈珊的母親提一隻籃從船尾上去，我們目送她踏著鄰船的船舷遠去。梅瀛子開始又頹然了，她不響，一聲不響，默默地坐著。這時四周早已有零亂的聲音，船也不時有一點晃搖。我耽溺在雜亂的感覺、回憶、計畫、設想之中，千萬種的情感絞在一起，悲哀、憂慮、隱恨、憤怒。一直到慈珊拿稀飯放在板桌上，叫我們去吃去，梅瀛子方才又振作起來。慈珊似乎不肯同我們一起吃，但梅瀛子強拉著她。

大碗的稀飯，小碗的蘿蔔乾。我很奇怪梅瀛子，她似乎很習慣地吃了滿滿的一碗。我並不餓，但好像稀飯的熱度，給我溫暖與勇氣，我吃了一碗半，慈珊也吃了一碗半。

飯後，我與梅瀛子開始有點精神。梅瀛子問慈珊要熱水與剪刀，叫我為她剪去頭髮。

慈珊捧出一隻百支裝的大英牌煙盒，因為已經很舊，所以周圍束著一根紅絨繩，我發現這絨繩同她髮辮上所用的絨繩同一個顏色，裏面是她的縫紉與洗梳用具。她打開後為我們拿出一面鏡子與一把剪刀，鏡子的架子是鐵皮製成的，後面嵌著彩色的梅蘭芳《天女散花》的劇照。梅瀛子接在手裏看看，然後放在桌上，把剪刀交給我，於是在鏡子裏指揮我從哪裏下刀。

我與梅瀛子交友以來，工作上、友誼上我們都不算太疏遠，但是像今天那樣的情境則是第一次。我貼在她的身後，從鏡裏望見她美麗的面龐，慈珊的鏡子不夠平，在動搖中，時時有古怪的表情出來，我們意會地都笑了。我有一種奇怪的感覺從我心裏浮起，似乎我與梅瀛子間的距離，在一瞬間縮短了許多。後來回想起來，覺得這原因還是在過去的我們，即使是兩個人的場合中，無論是工作或是遊樂，我們的心情從未有這樣的一致，從未有這樣清澈無埃的吻合。在過去，我們的思慮沒有這樣單純，我們的目的也從未完全相同，我們對世界的反應、對人的關聯，也並不完全在同一個立場；而當時，似乎我們在暫時之間已經與世界完全脫節，我們所經歷的危難，所感受的苦痛、驚懼與悲哀又完全相同，而現在所要求的怎麼樣得到安全地脫險又是一致，是這些使我們有一種我們的生命繫在一起的感覺。這在我與梅瀛子之間就那麼一次，唯一的一次，而以後也是不會有過的事。

我依照梅瀛子的指示，將她後面燙捲的頭髮剪去。她開始洗臉、洗頭，最後她梳理她的頭髮，望望慈珊的劉海，她又用剪刀理自己的前額，於是我看到她垂下整齊的劉海，同她美麗的眉毛有同一韻律。——梅瀛子始終是美麗的，我想。

後來不知怎麼，她在慈珊的梳妝盒子裏發現了一對鍍金已褪的銀耳環，她向慈珊借用，慈珊送贈了她，她就謝了一聲，把穿針弄彎了夾在耳葉上，於是她叫我看，是否已經不是梅瀛子了。但儘管她抹去了脂粉，儘管她留上了劉海，儘管她帶上了耳環，她還是梅瀛子。我發現這銀耳環頭上是兩個「壽」字，有一種預感或是迷信，或甚至是聯想，使我很快地想到「幸福的耳環」這句話。

我馬上記起白蘋耳葉上碧綠的耳墜，與她黑衣上碧綠的鑲邊是多麼調和，但在她一出現的時候，它就有點觸目，使我想到說不出的不安。而現在梅瀛子的耳環與她衣服是多調和，但竟毫不觸目，似乎她所做的正是我覺得應當的，而兩個「壽」字，又滿足我先天的要求，好像它是免災、免殃的象徵；世上有許多並非迷信的人，但一切不願有不吉祥的事因，我想都是有同我一樣的先天要求，這要求沒有理由，只是一種對初次印象直覺的舒適。當時我很想叫出：「幸運的耳環！」但我一想白蘋的語聲，我終於嚥下。我說：

「在我，梅瀛子，哪怕你化成液體，幻作氣體，我憑我感覺就會認出你總是梅瀛子。」

「那麼，」梅瀛子露出她杏仁色的稚齒笑了，她說：「幸虧你不是我的敵人。」

已經過十點鐘了，慈珊的母親還沒有回來，我們坐在她鋪位上，用她的棉被裹住我們的腳與腿。在船篷裏，沒有事情做，更覺得寒冷，而又深怕慈珊的母親出事，衷心有萬種的不安，使我們談話的興致也無法提起，偶爾說一句話，也只是為想打破這可怕的寂寞，並沒有什麼特殊的意義。梅瀛子說到第五遍：「她怎麼還沒有回來」，閉起眼睛在休息了。一夜來，她已經夠疲倦，她應當有點休息才對，但是我相信她不能入睡，正如我自己一樣。我模糊地想到白蘋，在我的信仰中她竟然未死，她似乎仍舊活在銀色的房間裏，活在豪華富麗的交際場中，活在許多醜陋敵人的中心。我想我能夠立刻去看她，我假如可以有一對翅膀，我就可以飛去。我想馬上到她的家裏，那麼她的家是否已遭敵人搜查？阿美呢？擄去？拷問？那麼馬上我就會被他們注意，我在她家裏住過，我又常常同她出入相偕，他們會立刻要我的人。我急於先要知道阿美的下落，我要去，要去……但是慈珊的母親竟還沒有來。

船首的船隻有許多已駛動，我恐怕外面的人注意到我們，我請慈珊將那面船篷拉上一點，但並不擋住我外望的視線。天是那麼陰沉，水是那麼混濁，對岸是零亂參差的草棚，許多垢首污面、衣衫襤褸的人群，在左右垃圾堆上來往。慈珊告訴我那些都是白麵的吸食者，被毒化了的人群，他們已經完全等於廢物，既不能勞力，也不能勞心，沒有任何的欲望，多麼污穢的地方他們不會覺得髒，多麼可口的東西他們也覺得平常，但他們一天必須有八角錢，上午四角，下午四角，等待白麵販子的駕臨。白麵販子每天來兩次，時間總是一定的，偶爾晚到一小時，一大群人就無法自持，他們天天像等待神明一樣等待著白麵販子。白麵販子來的時候，袋裏裝滿了四角一包的白麵，那不過是大拇指那麼大的一包，食毒者一見他來就蜂擁而上，只有這一瞬間他們還表現人的勇氣，還表現人的生存，因為在整個的生命中，這是他唯一的欲望；吸食了這一包毒藥，他們再無他生存的意義，他們不會是強盜，也不會是竊賊，他們最好不過是只有四角錢欲望的小偷，與八角錢欲望的乞丐。他們的生命只有現在，既沒有過去，也沒有將來；既沒有記憶，也沒有希望。他們偶爾在垃圾堆上拾到兩粒骰子，他們也賭，但目的無非為湊足四角錢的數額，四角錢以上的款子他們不知道處理，四角錢以下的款子他們視作廢物，他們就這樣天天活著！

在我的視線之內，現在，他們就在那面蠕動，一堆一簇，縮著手，彎著腰，駝著背，屈著腿；拖著破鞋，戴著小帽；有的躺著，有的坐著，有的站著，有的蹲著，有的在找香煙頭……但沒有戲笑，沒有言語，沒有交接……

而這也算是人生！也算是人生！

十一點多，慈珊的母親在我企念中到來，梅瀛子也馬上振作起來。慈珊的母親見梅瀛子化裝後的樣子，楞了一會，不覺笑了出來。梅瀛子問她封鎖的情形，她告訴我們在通路上完全是鐵絲網，一點辦法沒有，但在店面前則是繩欄，雖然有日兵看守，可是總有疏忽的時候。穿過繩欄，就可以借鋪子的路，由他們的前門進去，從他們的後門走出。這是最妥的辦法，但現在絕對不可能，因為出事不久，敵人戒嚴極嚴。據她的意思最好二三天以後，由她帶道，懇求別人鋪子通融。

「但是我們絕不能等那麼久。」梅瀛子說。

「可是馬路上只有東洋兵、鐵甲車來回地走，一去就會被他們看見查問的。」

「那麼夜裏呢？」

「夜裏，鋪子裏的人都睡了，誰肯為我們開門？」

「那麼，」梅瀛子想了一想說：「能不能相煩你老人家先找個鋪子去接頭，給他們一點錢，叫他們夜裏虛掩著門呢？」

「我也沒有熟的鋪子。」慈珊的母親遲疑了一下說：「而且這樣去接頭，反而被人懷疑，以為你們絕不是普通的過客，而一定是犯人了。那麼他們不用說怕惹事，說不定還要去告發。現在的人心真是不可靠呀！」

於是我們沉默了，我們默認慈珊的母親的話是對的，我們只好慢慢來尋思。

但梅瀛子又開始頹然，我不知道她在想什麼。

「我想還是在船上住幾天。」慈珊的母親說：「你放心，一切放心，我拚一條老命救你們就是。」

她的話很使我感動，但是沒有恰當的話可以表示我的謝意。她又說：

「我可以天天去看，等他們放鬆一點時候我們就可以穿過去。」

這時候，慈珊早已接過了她母親的竹籃與衣包。這衣包只用一張報紙裹著，並沒有完全包住，外面捆著一條麻繩。慈珊正在將它解開，她將女人衣服取出，對梅瀛子說：

「還是把衣服穿穿看吧。」

我看梅瀛子有同意的表情，我就坐到那面竹凳上來。梅瀛子叫慈珊拿棉被擋著，我知道她在那面換衣服了。

我這時很想抽煙，自從昨夜離開白蘋家裏以後，我沒有抽過煙，我不知道身邊是否還帶著煙，還好，袋中竟有四根。於是我吸起煙等著。

一直到我吸完了這支煙，慈珊才把被收起。那面出現了一個黑衣藍褲的姑娘。褲腳稍稍嫌短，我發現她還穿著原來的絲襪。但她自己似亦早已覺得，她說：

「忘買了襪子。」

於是慈珊熱心地從自己衣包裏找襪子給她。我看她坐在床側外面換襪穿鞋——一雙稍稍嫌大的黑布鞋。

終於她已經完全打扮好了。她過來站在我的面前，似乎自己也覺得非常新鮮，一瞬間她精神很煥發。但是她給我的印象是什麼呢？梅瀛子還是梅瀛子，世上的衣裝似乎都是她的點綴。我說：

「太美了，任何的雲彩都是襯托太陽的光亮呢！」

她微笑著，沒有說什麼，坐到竹椅上，拿椅上鏡子來看。但是我看到她手腕上還帶著白金的手錶，我說：

「似乎還多一點，是什麼吧？」

她好像自己也發覺了，微笑一下，趕緊把手錶收起，納入內衣的袋裏。接著她就問我要煙，我遞給她一支，我自己又吸一支，我說：

「現在還有一支，我不到必要時不吸了。」

五十三

我們吃飯已經一點多，飯後梅瀛子斜靠在艙鋪上。我看她很乏，勸她睡一會，她就斜躺下來，不一會就入睡了。我拿出我最後一支煙捲，慈珊看我想吸又不吸者兩三次，她說：

「回頭我替你買去。」

我也覺得自己行動的可笑。我吸起紙煙，開始覺得非常淒涼與落寞。

就在那個時候，有一個垢首污面的人在船梢探頭探腦，我不免有點驚慌。後來慈珊的母親看見了，她對那個人說：

「又來了，幹嘛？」

這個人一點不響，縮回身子，船有點晃動斜側，他是沿著船舷走到船首，果然他在船首露面。他用卑鄙的眼光看看睡著的梅瀛子又看看我，最後偷窺著慈珊的母親，用極其可憐的聲音說：

「二嬸，再給我八角錢吧。」

「沒有，沒有。」慈珊的母親說。

「只這一趟，二嬸，下次再不來擾你了。」

「你為什麼不問你三叔去要去呢？」

「我看不見他。」來人的聲音幾乎像是從窒息裏發出來似的，他說：「就給我四角也好，可憐可憐這一次。」

「沒有，沒有。」慈珊的母親又說。

我一方面覺得這人可憐，又覺得他討厭，想早點打發他走算了，於是從我皮夾裏拿出三四元零票，摺成一小塊拋到船頭空隙說：

「拿去，不要再鬧了。」

「不用給他。」慈珊的母親說。

當她這樣說時，我看見那個人已經伸進腿來拾。他穿了一件油垢滿身的藍棉袍，下面的棉絮吐在外面，沒有穿襪，烏黑的腳拖一隻前後是洞的鞋子，人瘦得像一副骷髏，衣裳在他身上像是已凋的樹葉。在他拾錢的時候，我看到他枯瘦的手上黃黑的指甲，最後，當他拾起錢的一瞬，我看到他臉，他的淚蠟與涕蠟以及浮在臉上的油垢，使我無法辨明他的眼鼻。

我想他一定是一個白麵的吸食者，正想多看他一眼時，他已經拾起錢，頭都不抬，斜著眼睛瞟一下，跨出船欄，踏著船舷就走了。

「用不著給他。」慈珊的母親說：「給他也是去買白麵。」

「這是誰？」我問。

「是大伯的一個兒子，叫做丙福。」慈珊的母親坐下說：「他本來是一個年強力壯的小夥子，家裏也有幾畝田。父親死了，他就賭錢、酗酒、打架，他母親不再要他。後來三叔幫他在這裏找個搬運的事情，他還是不改過，現在做了癟三，吃上白麵，什麼辦法都沒有了。」

「他母親呢？」

「在鄉下，很好，田上不夠一點，我家同三叔有時接濟接濟她，兒子不學好真可憐，但是她決計不要這個兒子了。」

接著我問她一點鄉下的情形，以及她田上、船上的收入，我發現她心地的單純與良善，完全是同她慈愛的面孔一致。最後，她才站起來忙她的雜務。

這時候，我方才發現慈珊在我們談話時已經不在，她到哪裏去了，我不知道。梅瀛子則在床上側臥著，似乎睡得很熟，我看不見她臉，只看見她被我剪過的頭髮與曲著的身子。一瞬間我感到萬種寂寞，我想抽煙，但煙已經沒有。我感到冷，有倦意襲來，我打了一個呵欠。最後梅瀛子翻了一個身，又安詳地睡去。我現在可以看到她臉很美，很美是的，是的；她睡得很甜，像一個天真的孩子。這與她過去在汽車裏、在白蘋家、在立體咖啡館、在檳納飯店、在梅武官邸、在其他一切的地方是多麼不同。這額前的劉海，這耳葉上的銀環，這鄉下式黑色的衣裳、藍色的褲子，就使她有這許多改變嗎？抑或還有其他的因素。忽然我想到白蘋，白蘋在杭州回來的火車上入睡，是多麼美麗，我曾經為她畫幾張素描，有一張很像，我記得是夾在皮夾中的，後來住在她家裏時，似乎拿出來過，是夾到什麼書上去了還是怎麼，總之從此就沒有再看到過。現在白蘋呢？湧泉般的悲哀在我心裏湧出，我不能自禁。我想到昨夜梅瀛子對她的阻止，為什麼我不堅持一點。也許，我真的堅持著，白蘋也許會聽我的話，我怨恚無以自對，我恨我自己。我不知怎麼才好。對於梅瀛子的睡態，我想馬上找到為白蘋畫的那張速寫，明知道它早已不在皮夾裏，但我還是拿了出來檢點。沒有，自然沒有，自從我發現沒有以來，我奇怪，我竟沒有為白蘋重畫一張，也沒有問白蘋要過一張照相。但是照相，我忽然想到我在白蘋的身邊房內，自始至終都未看見過一張。有的，那時在她遇刺後的第二天報上，而那張相也許是她以前的，並不十分像她，如今她的音容在世上似乎完全消滅，活在我心裏的是多麼抽象，我竟沒有她一張照相。而……我忽然又看梅瀛子，我以往也未見過她有過照相，如果她不在，我有什麼可以憑藉呢？我有像替白蘋畫像般地替她畫一張速寫的衝動，但是當初是什麼樣的心境？現在是什麼樣的心境？不要說情境完全不同，就是完全相同，我也找不到這份心緒。幾個月來我已老了許多，以前，凡是過去的事情在回想之中常常覺得就在目前，而現在，當我回想到幾個月以前的事，竟完全如同隔世一樣。這是因為什麼？因為什麼？

就在我胡思亂想中，慈珊回來了。她手上拿著兩包小「大英」，但我正要感謝她對我的厚意時候，我發現她面孔漲紅，眼睛驚慌不停，口鼻喘著氣，似乎想說話又似乎說不出話。

我說：

「怎麼啦，慈珊？」

「什麼事，不要怕，好好講。」她母親推開她望著她說。

於是慈珊囁嚅著，用手背揉揉眼睛，她斷斷續續地說：

「我出去買煙回來，經過，經過那邊，我看見丙福就在那面，他在同人說我們這裏有一個穿西裝的客人給他四塊錢。於是我聽見他們在說我們，我就在蓆篷後聽了一會，當時我聽見有一個人問：

「『穿西裝的人？』

「『別就是同今天封鎖有關的犯人。』一個沙喉嚨的人說。

「『丙福，』又有一個人叫：『你發財的機會來了，通知東洋人，你就有賞。』

「『別他媽啦，』另外一個叫：『通知得不好，自己倒挨打了。』

「『我有啦，』那個沙喉嚨的人又說：『明天白麵販子來的時候，叫他帶著去告發好啦。假如對，你就發財了，也許還有官做。』

「『……』

「我聽見這些話，我就很快地跑回來了。」

慈珊說完了又嗚咽起來，我一時不知所措，慈珊的母親看來也有點驚慌。

我過來叫醒梅瀛子。

「我竟睡糊塗了。」梅瀛子伸直腿，揉揉眼睛說。

我於是就把慈珊的話轉告她，還補充對於丙福這個人的說明。梅瀛子聽了只是緘默著，堅決的眼光望著篷頂，一聲不響。我也就楞在旁邊，腦子很混亂，並沒有冷靜地考慮。但是有不得不說的衝動控制著我，我說：

「總之，我們還是早點預備走吧。」

「這使不得。」慈珊的母親聽見我這樣說就走攏來，她似乎已經比較冷靜了，她說：「我量他們現在也不敢去告，白麵販子明天才來，你們晚上走也來得及。」

「你知道白麵販子下午不會再來了嗎？」我問。

「剛才這傢伙來討錢的時候，就是為趕緊要向白麵販子去買白麵啊。」慈珊的母親說：「他們吃飽了白麵就用壞心思。你們且不要著急，我現叫慈珊去找她三叔商量。」

「她三叔？」我有點不安起來。

「你放心，他是一個好人，一定會幫你們忙的。」她說了叫：「慈珊！」慈珊過來了，她又說：「你去找找三叔，大概在過去石子碼頭上。你找他來也好，如果他船裏沒有別人，你就仔細告訴他也好，叫他趕快想個辦法。」

「……」我還是有點不安，我問梅瀛子：「怎麼樣？」

「我想慈珊的母親一定瞭解她三叔的。」梅瀛子說著用疑問的眼光望望慈珊的母親。

「你放心，你放心。」慈珊的母親說著又叮嚀慈珊：「如果他那面有別人，你替他看船，叫他趕快先來一趟。」

於是慈珊果敢地很快地上去了。我一直看她背影在船篷縫裏消失。

接著又是沉重沉重的寂寞。桌上是慈珊為我買來的煙，我拿來拆開，給梅瀛子也給我自己，我們吸起煙，大家沒有話說，靜候命運的擺布。

「你們放心，放心。」慈珊的母親還是這樣安慰我們。

半支煙以後，梅瀛子忽然看到了她身旁的衣服，她說：

「你為什麼還不換？」

這句話提醒了我，我開始拿來更換。我把西裝褲塞在襪子裏，把藍布褲罩在上面；於是我脫去大衣與西裝，解去我的領帶，穿上棉襖；最後我拿西裝袋裏的鑰匙、手絹、錶，藏到西裝褲袋裏去，把皮夾裝到襯衫袋裏，於是我束好藍布褲；我沒有穿棉褲，因為它沒有袋，而似乎很不便。等我裝束好了以後，我發現我竟無法處置手槍。在慈珊的母親不注意的時候，我偷偷地問梅瀛子。她說：

「看機會讓它做河底的魚吧。」

我把脫下的衣裳放在艙鋪的角落，手槍還是在西裝袋裏。最後我拿出慈珊的鏡子，我讓頭髮對分，斜垂在前面。我兩天未刮的鬍髭自然地給我很好的點綴。

我穿上布鞋，覺得襪子還是不合適，它雖然是黑的，但還太新齊，於是我向慈珊的母親要點爐灰，隨意摸在襪上，撒在鞋上，最後我用手摸我的臉。

一瞬間我已經不認識自己，我覺得這樣很妥當。梅瀛子看著也不禁發笑，她霍然站起，也把剩餘的爐灰弄在自己的身上、頭髮上，也抹在自己的手與臉上，於是坐在桌子邊，開始剪去她的指甲，又刮去她的蔻丹，她說：

「就這樣，我們夜裏一定要混過關去。」

等我們什麼都弄好，心境又沉寂下來。挨著時間過去，但是慈珊竟還不來。我問慈珊的母親：

「會不會找不到她三叔？」

「不會的。」她肯定地回答我。

「她三叔在那面下貨嗎？」我無目地的問。

「他同我們一同裝了貨來，下了貨，有人叫他幫忙做一次野雞生意，渡運一點東西。他叫我們先回去。我想他不會離得很遠的。」

無論她的話是否可信，我們總要等慈珊回來。就是我們要自由行動的話，現在時候也太早，於是我又恢復了沉默。

我看錶，已經五點鐘了。梅瀛子坐得非常不安，我叫她還是靠在艙鋪上面，我用棉被蓋她的腳。我自己也感到冷，重新把大衣蓋在膝上。於是靜候時間悄悄過去。

這一瞬間，我猛然想到我同宮間美子的飯約，要是白蘋聽梅瀛子的話，她不會死，而我這時候正是去找宮間美子的時間，世界也就完全兩樣。現在，不用說我無法去赴約，就是可能的話，我也不能夠去；當白蘋被捕或被殺之時，我自然也就是他們欲得的罪犯。……

我這樣想的時候，慈珊興奮地回來了，她一上船就跑到梅瀛子的前面。大概因為是經過了一陣危難以後，也許還因為現在梅瀛子的裝束在她覺得比較可親，現在她已經毫無拘束，她說：

「三叔回頭就來，他說他可以為你們設法的。」

這時候慈珊的母親也已過來，她問：

「找到他了嗎？」

「自然，」慈珊笑著說：「他再渡運兩趟就完了，完了就來。」
「你什麼都同他談了嗎？」她母親又問。
「我大概告訴了他，」慈珊說：「他說他可以設法。」
「你告訴他的時候，旁邊沒有別人嗎？」我問。
「沒有，自然沒有，你放心。」慈珊笑著對梅瀛子說：「現在你可以放心，三叔一定有路可以帶你出去的。」
「你怎麼去了這麼半天？」梅瀛子笑了：「我們等你好急。」
「我去的時候，找不到三叔。據小黑子說他在對面，我就等了他一會。」
現在我們開始用另外一個心境來等待了，這等待似乎比較光明也比較有望，但似乎也比較興奮與焦急。慈珊買來的那兩包煙，一包已經快被我們抽完。天色已經暗下來，陰沉的灰雲一層一層在飄動，接著就有毛毛雨飄下，天氣似乎比剛才更淒寒了。
天色暗下來，暗下來，對岸的燈火忽然亮了，油黑的水面也反照了點點的光芒，慈珊與她的母親在忙飯。梅瀛子不斷望船外，我則望水底跳動的燈火，它似乎逐漸逐漸在增加，偶一抬頭，看到許多船也已亮了燈火。我在抽煙的當兒，也點起了那放在船邊的殘燭，拿到了桌上。就在這時候，有一隻船，船首掛著燈駛近我們的船頭，慢慢地靠了攏來。我有點著慌，但在靠攏的一剎那，船上的人忽然叫：「慈珊，慈珊。」
慈珊興奮地奔過來，她說：

「三叔來了。」

她說著到船頭去迎來船，不久就跳了過去，不知在裏面說幾句什麼，慈珊就過來叫我們到她三叔的船上去。那時候慈珊的母親也走過去，慈珊對她母親說：

「三叔說他有辦法，現在就可以送他們過去。」

「我已經燒好飯，」慈珊的母親說：「還是吃了飯去吧。」

「不了，」我說：「我們可以早點走還是早點走吧。」

梅瀛子那時已經站起來要過去，她說：

「再會了，老婆婆，你對我們的恩惠，我總有一天要報答你。」於是又對慈珊說：「你真好，希望我還可以見到你。」

慈珊那時正拉著她三叔船上的船纜，對面招呼的則是一個十五六歲的孩子，他三叔還在那面把著舵，梅瀛子拿著手皮包，就跳過去了。我拿著衣裳與大衣，我說：

「再會，老婆婆、慈珊，總有一天我會來看你們。」

「再會。」慈珊含羞帶笑地說：「你一定要同那位小姐來看我們，地名你可以問三叔的。」

我於是也跳了過去，但這時候慈珊的母親忽然追上來說：

「慢慢，慢慢，還有小姐的衣裳。」她說著就拿梅瀛子衣裳提給慈珊。

梅瀛子看見衣裳，她說：

「這些我都不帶了，慈珊，留你做紀念吧。」

那面船梢的三叔一直沒有同我們答話，但這時候忽然嚴肅地說：

「慈珊，還是把這些都拿過來。」

他的老練嚴肅的聲音，使我們不知道他究竟有什麼用意，無法答言。慈珊已經把衣裳交給那位十五六歲的孩子，她母親又把梅瀛子的皮鞋遞過來，她又接過交給對面的孩子。

這樣，我們就匆匆向慈珊母女道謝、道別，慈珊也就放了纜束。

當我們走進船艙的時候，她三叔也已經走到裏面，船有點晃動，慢慢蕩到河心，船壁上有燈在跳動，且很昏暗。我從這昏暗的光亮中，看慈珊三叔的面容，他大概也有四十多歲，體格非常魁梧結實，眉毛很濃，眼睛很大，嘴唇緊閉著，一點沒有笑容。他說：

「現在你們可以說完全平安了。我可以帶你們到那面，過了四條橋就可以上岸，穿過馬路是一家裁縫店的後門，那面有我的朋友。但是開出前門，就有東洋人封鎖的繩纜。我可以陪你們到裁縫店，可以叫他們把二層樓讓給你們，以後我就走了。你們可以在窗口探望，在沒有東洋兵往來的時候，就開出門穿過去。」

「好極了，謝謝你救我們。」我說。

「可是，」對方還是冷靜而堅定地說：「我想我可以直爽地講，你們願意出多少錢呢？」

「錢？」梅瀛子說著望望我。

這意思我很明瞭，她上午曾把幾百元交給慈珊的母親，現在的皮包裏錢已經不多了。

「如果是談價錢的話，」我說：「朋友你說吧。」

「兩萬元。」

「不貴，」我說：「可是我身邊只有六百幾十塊錢。除非，你要我衣服與東西。」

我乘勢把放在右面的西裝拉到身邊。

「這就不是生意經了。」他說。

「那麼你預備打算把我們送給東洋人嗎？」我問時開始想到該用手槍自衛了。

「這你太小看我了。」對方還是冷靜而堅定地說：「我是中國人，為什麼要把你們出賣給敵人。在這裏，老實說，你們的生命都在我的手裏，用不著要敵人來害你們。如果只是為錢，我把你們交給敵人，也不只兩萬塊錢，是不是？」忽然他露出譏刺的輕笑：「我們現在談的只是生意。」

「但趁人危急的時候，一定要別人能力以外的報酬，那就是勒索。」我說。

「那麼，請便，」他說：「你們自己上岸去。」

「這就等於送我們到敵人虎口去。」梅瀛子這時忽然振奮起來，嚴肅地說：「我想這樣你還不如把我們綁起來，送到敵人那面，於我們是一樣的死，於你倒可以發一筆財；在國家立場講，這樣也許比較值得，而我想你拿到錢還不會像你的侄子一樣，把錢去買他們的毒藥。」

梅瀛子聲不高，但很確定。當她說的時候，我的手已經放進我身邊的西裝袋裏，握到了我的手槍。可是梅瀛子的話聲終時，對方似被她詞鋒所挫，良久沒有發言。梅瀛子一直用發光的眼睛注視著他，但這時忽然閃電一般地射到我的身上，她雙眉一豎，霍然站起，用命令的幾乎厲害的口吻對我說：

「不許拿槍，我們讓他綁去。既然這也是中國人民的意志，就讓他去發財好了。」

我稍微有點慌張，但立刻鎮靜下來，不過我還是遲緩地把手槍拿出來，一面遞過去，一面用低微的聲音冷靜地說：

「朋友，她沒有錯，因為在日方，我們的生命至少可以值二十萬。但是你是慈珊的叔父，她救了我們的生命，我們還沒有報答她，所以，如果你發了財，不要忘記這生命是慈珊救出來的，而你至少要分一半給她。」

我終於把手槍放在他的前面，我說：「這就是證據，是我，我是五更時有恆路案件的主犯；是我，我是白蘋的同黨；是我，我殺死了他們的人……」

「你？你？……你？」對方的濃眉微蹙，大眼圓睜，嘴角露著微笑，慢慢地站起來，伸出兩隻粗大的手，沉重地放在我的肩膀上，他說：「是你！那麼我們是自己人了。」忽然他敏捷地回過頭去叫：

「小黑子，快開船吧！」

原來小黑子這時早在船舵上把穩著舵，這時一聲答應，船就慢慢地晃搖起來。

梅瀛子與我一時都楞了，慈珊的三叔又開始坐下說：

「請坐，請坐。」

一瞬間我不知是驚是喜，我被這事變震盪得迷糊不寧。我坐下，半晌才恢復一點理智，我說：

「但我還不知道白蘋是受傷被擄了呢？還是已經身死？」

「死了！確確實實是死了！」慈珊的三叔悲涼地說：「我們已經有人看見她的死屍！」

「你知道她家裏的情形嗎？」

「不知道，」他說：「還沒有消息，而且報上也沒有說起。」

他說著從衣懷拿出一張報紙，我與梅瀛子搶過來看，是《××晚報》，「本埠新聞欄」有七號字的標題：

白蘋死矣！

接著是頭號字副題：

美國間諜名舞女　有恆路拒捕身死

下面有這樣的記載：

百樂門名舞女白蘋，最近由日方探悉為美國海軍雇用間諜，尾蹤已久，今晨五時左右白蘋赴有恆路工作被日方暗探偵悉，正欲拘捕，不料在遠處白蘋之同夥開槍，某探當時倒地殞命。其他暗探當時亦開槍，中白蘋要害，亦即倒地殞命。一時警笛大鳴，白蘋之同夥駕車飛遁，半途逃逸，其車自動爆炸。據說車號亦為偽造，且炸後模糊不清，來源無從查得。聞日方正進行偵查，出事地現已完全封鎖，居民皆無法出入云。

這消息並不完全確實，也毫無提起白蘋寓所的情形，這是敵人絕不會放過的事。當時我與梅瀛子都沒有發言，但是心靈中有同樣的波動。白蘋的死去又一次在我面前提證，說不出的悲哀在我心頭激蕩。我仰開身軀，深深地歎息，不禁輕輕地呼出：

「白蘋真的死了！」

慈珊的三叔愀然望著我，他說：

「他們把白蘋誤作美方間諜也很可笑。」

「這一定是與她傳混了。」我說。

但梅瀛子在對我使眼色，我也就不說下去。

慈珊的三叔站起，似乎他也要去駕船了。我阻止了他，拿出我皮夾說：

「你先收我六百塊錢，將來我再替你送來。」

「笑話！」他說：「我們自己人還談這個嗎？這是我的責任。」

「但這只表示我們私人的謝意。」

他還是不收，最後我說：

「那麼，請你收起我的槍同我大衣與衣服。算是我的紀念。」

「不能夠，」他說：「我絕不能收受。」

「可是事實上我也不能帶，帶著反而累贅。」

「那麼我收著槍，」他說著用手取槍：「衣服，你告訴我地方，我一兩天為你送去。」

「你想我現在還有固定的地方嗎？」我說：「這是不可能的。」

他收起了槍想了一下，忽然說：

「那麼就存在我的地方。我的家在……啊，我寫一個位址給你，將來你可以來找我。」

「我正要知道你地址，」梅瀛子說：「將來我一定要去看慈珊。」

「但千萬不要告訴她我的工作，」慈珊的三叔說：「她們都是不知道的。」

他說著就拿出鉛筆向船邊找紙來寫地址。

「我說將來，恐怕要在敵人打退以後，自然不會同她去說。不過我的衣服、鞋子，原要送給慈珊的，你為什麼一定要我帶著。」

「我替你帶去就是，」慈珊的三叔說：「放在她們的船上很危險。我想如果明天有人告密，敵人一定會去查的。」

這句話很使我驚奇，我想像他在工作上一定是精細而靈敏的人。當時梅瀛子也在驚奇，因為她在誇讚他：

「你委實太好了。以後希望我們永遠是朋友。」說著她拿出皮包裏的不多的錢鈔，把皮包拋在衣服一起又說：「這也請你帶給慈珊。」

於是她接過對方的地址，我爭著來看，他字雖並不純悉，但很清楚。他把地址交給梅瀛子後，就站起到船梢駕船去了。

五十四

經過了四個橋門，船慢慢地靠近別的船隻。慈珊的三叔吩咐小黑子看好船，他自己跳出去，從篷外船舷走到船尾，伸進頭來對我們說：

「跟我上岸吧。」

我於是招呼梅瀛子跟著過去。慈珊的三叔拾起船纜，踏著旁邊的船隻前走，我們就跟在後面。越過三隻船就到碼頭，上了石級就是馬路。

這馬路很闊，但非常黝暗，行人也很稀少。慈珊的三叔就穿馬路過去，靠著對面房屋又往前走。我讓梅瀛子在前面，我自己在後面跟著。我發覺在服裝上我們這樣走著，是絕沒有人會猜疑我們關係是離奇的。

這一排房子很舊，但還是中產家庭的住宅。順著房子，走過一個一個的垃圾桶，走過一家一家的後門與廚房的後窗，有的關著，有的開著。那時正是吃飯的時節，窗裏的電燈亮著，油菜響著，熱飯香著，時時有笑語聲都好像很熟識。這油然引起我對家庭的戀念，與不能壓抑的食欲，一瞬間我感到無限的淒切與陰涼。我加緊了腳步走到梅瀛子的旁邊，但前面慈珊的三叔，已在一個後門口站住，他在敲門。

「啥人？」裏面有上海口音的人問了。

「是我。」慈珊的三叔還是用揚州氣的國語說。

門於是開了，他回頭叫我們進去。裏面是一個小院，旁邊就是廚房，但我們沒有進去，一直從小院到裏面，走進就是樓梯。前面電燈正亮著，那是一個裁縫作坊，他意會地叫我們在樓梯邊暫候，自己到前面去了。接著就同一個人出來。後來我聽到別人是叫他老闆的。他很矮，皮膚皙白，人略胖，好像始終是帶著笑容。他一出來就叫我們上樓。樓梯很黑，他走在前面，梅瀛子與我跟著，慈珊的三叔則在我後面。老闆上去了，就開亭子間的門叫我們進去。我們進去後，他就關上門，他在門外似乎同慈珊的三叔在說話。

亭子間地方很小，一張床則占去一半，此外一張桌子同兩把椅子，桌上有舊式的鐘，那時正指著七點三十二分。我就同梅瀛子坐在旁邊，大家沉默著，聽鐘聲的滴答。大概隔了十分鐘的時候，門忽然開了，老闆招呼我們到前樓去。

前樓比較空曠，但東西堆得非常雜亂，靠窗有一張方桌，三面是椅子。我們就在椅上坐下，但老闆沒有跟進來，慈珊的叔父也站在門口。這時有一個癩頭的學徒拿上兩杯茶來，老闆說：

「要什麼，叫他去買好了。」

接著老闆就下樓了，他始終沒有同我們談話。於是慈珊的三叔進來，他說：

「吃點什麼吧？叫他買去。」

那學徒等在旁邊，我開始問梅瀛子，梅瀛子說：

「隨便好啦。」

我想最簡單還是麵，於是拿出五塊錢交給那個學徒，叫他買兩碗麵來。

那個學徒走後，慈珊的三叔關上門說：

「下面的夥計們飯後就散了，那時候老闆看好機會會來叫你們的。穿過這前面封鎖的繩纜就不是封鎖區了。」他歇一口氣，想想沒有什麼話的時候，他說：「現在我去了，再會。」

「謝謝你，」我說著過去拉他的手：「再會。」

對這隻粗大的手，我現在還可以感覺到他那時喚起的我說不出的情感，我幾乎有淚要奪眶而出，因為在我前面是一個這樣高大壯健的人，濃眉大眼中竟透露著最溫柔的情感，他像慈母一般地對我們戀戀不捨，似乎有話也似乎沒有話。梅瀛子這時候也過來，我看她也已經被感動了，她站在他的面前垂著頭，拉著他垂著的左手的小指低聲地說：

「再會，告訴慈珊，我將來一定要去看她。」

他點點頭，但沒有說話。

「我們一定還會相會。再會！」我說：「我永遠記著你給我們的幫忙恩惠與友情。」

於是他那隻厚重的手在我的手掌中滑出，悄悄地轉身，遲緩地走到門口，遲緩地拉開門，於是回過頭來，從梅瀛子望到我，親切地說：

「再會。」但他可凝視我半天說：「路上當心。」於是很重地關上門。

接著我聽見他沉重的腳步下樓梯的聲音……

這是我第一次經驗到這陌生的感情，這感情除了我們親身經歷以外，無法可以想像，也無法可以說明，如果要用另外一種的經驗來比較的話，我想只有在離鄉很遠，陌生的困難的旅途這裏，遇到一個熱心地給你援助的同鄉，而隨即又要分道的離情一樣。誰知道天涯地角是否還有重逢的時候？誰知道是什麼樣的因緣把人們碰在一起？我有渺茫的感覺使我感傷！

現在，我們又要耐心地等候時間的過去了。我在沉默中開始感到不安，我走到窗口，想開窗外望，但被梅瀛子阻止了，於是我就隔著污黃的玻璃外探。馬路上行人極少，對面只有幾家小店開著門，右首斜對面就有路轉彎，我認不出那條路也想不起路名，但是我心裏估計，我們出去後一定要往那條路轉出去的。忽然我想到我們出去的目的，我退身坐下，我說：

「我們出去，先去白蘋的家裏嗎？」

梅瀛子稀奇地看我，笑了，她說：

「這不是自投羅網嗎？」

我也覺得自己的幼稚可笑，但是我說：

「那麼？……」

梅瀛子沒有回答我，她在想。

「史蒂芬太太地方吧。」

她搖搖頭。

「我想或者海倫地方也好。」

「還是先找一個偏僻一點的旅館吧。」她忽然說：「等明天我去打聽後再定辦法。」

「也是道理。」我說。

「你想哪一個旅館合適呢？」她說：「要絕對不會碰見熟人的地方。」

我想了一會，我說：

「或者法大馬路那面，那面小旅館很多。」

「好的，就這樣。」

這件事情決定後，我們又開始相對無言，下面的笑語聲很清楚地傳來，也聽到桌椅的聲音、碗筷的聲音。就在這個時候，剛才的那個學徒為我們端麵上來。我與梅瀛子就對坐吃麵，這碗麵不但充實我們的肚子，也充實了我們的心靈與生活。吃完了我似乎還不夠飽，很後悔剛才不叫他多買一點，梅瀛子似乎也嫌少，很快地吃完，但並不想再要，所以我也沒有叫人再買。

我拿煙給梅瀛子，她笑了說：

「你連別人買給你的煙都帶來了。」

「因為我想到我會需要它的。」我說：「我在臨走時還留下五百元在慈珊叔父船上，我也想他會需要它的。除了需要以外，我們留什麼都沒有意義了。」

「這是你新近發現的哲學思想嗎？」

「這只是感覺！」我說。

梅瀛子又沉默了。下面開始有凳子移動聲，有哼京戲聲，有倒水聲，有笑罵聲，接著是嘈雜的腳步聲，後門一次一次關門的聲音，最後，聲音微弱下來，我聽到遙遠遙遠的狗叫與車聲。

「是一個多麼蕭殺的夜呢！」我說。

「但很值得我們用一夜的生命來體驗。」梅瀛子說。

我沒有回答，因為我的視線被我前面的兩件東西膠住了。自從我走進這間房間以來，我的意念完全在前面的窗外，我的注意力始終在房間的前部，但這時我視線偶然在後面掠過，那面是一張床，床上堆著二三個雜亂的鋪蓋。床的右首疊著一疊箱子，箱子上面也是兩個鋪蓋。這箱子第一隻小白皮箱，底下兩隻是紅黑色的大箱子，而在二者之間則正是吸住我視線的東西，那是兩隻黃灰色的提箱，裝得飽飽的像是吃得太飽小孩子的肚皮，開始是使我感到似曾相識，後來我猛然想到這就是白蘋存在套間裏的箱子。我住在白蘋家裏時，存在套間裏；當我去竊偷文件時也存在套間裏，而如今，怎麼會在這裏呢？我不覺走過去細認，啊，不錯，箱提上還繫著已變灰色的白布，白布上就是「陶宅寄存」的字眼。梅瀛子看我這樣，不禁問我：

「怎麼回事？」

「這不是白蘋地方的箱子嗎？」

「真的嗎？」梅瀛子走過來問。

「不錯，絕不會錯。」我說：「它怎麼會在這裏呢？」

梅瀛子剛要俯身檢看時，樓梯有人響了，接著就是敲門。

「進來。」我說。

進來的是老闆，他始終安詳地露著白皙的笑容，從容自然地說：

「可以走了吧？」

我很想問箱子的事實，但竟沒有機會，因為他忽然遞給我一疊鈔票，他說：

「這是小黑子送來的，他說你忘在他那邊的。」

「啊，」我說：「但是我是送給他的。現在，那麼請你暫時保留著，有機會請你轉交他，我想他會需要的。」

「好的。」老闆說著對梅瀛子：「走吧。」

梅瀛子第一個下樓，我跟她，燈光很暗，老闆在後面只招呼：

「走好，走好。」

走下樓梯，梅瀛子佇立一會，老闆就轉到前面，我們跟著他走到前面裁縫的工作場，有四個學徒在搭工作板，似預備睡覺的樣子，只是看看我們，沒有說話。前面的排門似一直上著，老闆走上去，一點沒有慌忙憂懼的樣子，但輕輕地拉開門，在門縫裏張望了一下，於是開大一點又張望一下。他從容地笑著說：

「不礙事。」接著就更開大一點，自己站在旁邊讓我們走。

「謝謝你。」梅瀛子說著就出去了。

我跟著出去，一面說：

「再會，謝謝你。」

跨出外面是行人路，很暗，沿著行人路是繩索，我們兩面一望沒有人，就從繩索下鑽過去了。我拉著梅瀛子很快地穿過馬路，於是把腳步放慢。在這些過程中我的心一直跳著，到轉彎的地方我才放鬆一點。

那條馬路比較熱鬧，但沒有車子，我們沉默地走著，又穿過一條馬路，才有洋車可雇，我叫了洋車就一直到法大馬路。

我們假作鄉下來買東西的兄妹，但也許已被看作汽車夫與女傭人的幽會，我們在一家叫做六安旅社的開好房間。

為談話的方便，所以房間只開一個，但有兩隻鋪，可是被鋪很髒，我們只得和衣睡下。人的確已經很疲倦了。

這是一個法大馬路上很普通的小旅館，很亂很鬧，牌桌的叫囂、賣淫女的謔浪、唱歌叫鬧，什麼都有。我看見梅瀛子似乎很快地睡著了，但我則輾轉在床上失眠。我想到白蘋，想到史蒂芬，想到從開始同他們交友時起，怎麼樣從賭窟到教堂，怎麼樣參加史蒂芬太太的生日舞會，怎麼樣到杭州，怎麼樣我住到白蘋家去，怎麼樣白蘋遇刺，怎麼樣我搬出，我參加梅瀛子的工作，我去偷文件，我被白蘋槍傷，我在醫院裏，我在有田的家中，在梅武的舞會中，我會見宮間美子，我……零亂無序的過去碎片像槍彈一樣一塊塊打著我的腦，我的心，我的每一個神經的末梢，我周身發熱，不能自禁。我滅了燈，但廊中、窗外、隔壁的燈光還把我們的房間照得透亮。於是我想到在白蘋杭州回來病倒的那一天，我為她滅了燈，從銀色房間中出來，我怎麼樣感覺到那銀色被鋪中的銀色姑娘的銀色的哀愁，而如今她躺在什麼地方。我又想到高朗醫院裏史蒂芬的僵臥、紫色的嘴唇、無神的目光、嶙瘦的骷髏，如今他生存在哪裏了？而我，我現在躺在陰淒的房中，陌生的床鋪上面，竟無法與他們有一靈相感、一脈相關，那麼當初無日不在一起的日子給我們的聯繫是什麼？

有嗚咽的哭聲，我輕叫：

「梅瀛子！」

「唉！」她歎了一口氣。

「不要苦惱，早點睡吧！」我說著淚已經從我眼角流到我的耳葉了。

這是人生，這都是人生！

五十五

早晨六點半。

梅瀛子先去打了一個電話。回來她告訴我，她先出去探聽，回頭有固定地方再打電話來叫我。她又分我她不多的錢鈔，備我臨走付帳之用，於是她就匆匆地走了。

現在只剩我一個人，房中非常靜寂，房外則嘈雜無比，有賣花的姑娘，與賣報的童子在門外叫過，我叫來買了好些份報。

各報都有關於白蘋的消息，大同小異，大致與昨天晚報相同，不過今天有幾份報上則有關於白蘋寓所被抄查的情形。

……白蘋寓姚主教路，日軍會同捕房當局於昨晨十一時抄查一過，但並無所獲；女僕亦被提審，尚在羈押中云。

雖然並不詳盡，但終算也告訴我阿美的下落。我一面想阿美一定不是同夥，沒有什麼可以供稱，一面又覺得也許阿美稍稍知道些什麼，一被認為同夥，那麼一定也不能生還了。我心裏又浮起更新的不安。

心裏擔著這份不安，我無聊地讀我所買的報紙。這時天氣似已放晴，有陽光從窗口映照進來。我想看看窗外的景色，所以就把小窗推開，原來下面是一個小院，對面是一所高樓，剛才映照進來的陽光則是由於高樓的反射。這小院潮濕陰黑，似乎終生無法獲到日光的普照，有人就在那小院裏小便。隔壁也是小院，但有牆擋著，看不見裏面的底細。此外就是小塊的天，藍白的雲彩閃著金色的光芒一朵一朵在上面駛過。這樣的外景自然不能對我有所振奮，一瞬間我有迫切的欲望到廣大的原野去漫步，那面的天空是多麼廣闊，陽光是多麼慷慨？但是我不能享受，我必須守在這斗室之中。於是我又躺在床上。我再看報，我讀遍每一個電報，每一隻新聞，還讀遍附張與廣告，廣告上有許多結婚啟事，我好像有意想看看是否有熟識的人在最近結婚，一條一條地看，忽然，一條觸目的字眼令我吃驚了：

史蒂芬
白蘋
結婚啟事
我倆謹詹於四月十日上午十時在上海徐家匯天主教堂結婚，親友不另柬約。鴻儀敬謝。

我總以為我自己看錯了，我揉揉眼睛，一連讀了五六次，白紙黑字清清楚楚在我面前。我想今天該就是四月十日，那麼我應該趕快去參觀婚禮，向她們道賀。但忽然想到史蒂芬不是有太太嗎？而她太太是多麼高貴與文雅。史蒂芬怎麼這樣荒謬？白蘋也奇怪，她明明認識史蒂芬太太，也不事先同我商量，就這樣登報結婚了。但是我總要去參觀婚禮才對。我正想起來，忽然一陣笑聲，我吃了一驚，轉過身一看，沙發上坐的是史蒂芬太太，我奇怪了，我跳下床說：

「是你，你什麼時候來的？」

「我剛來。」

我看她穿一件黑色的大衣，領間露著雪白的圍巾，圍巾上一隻別針，中間一個圓的，像……像是慈珊送給梅瀛子的耳環。不錯，也許就是拿它來重鑲過的。但重鑲過的話，褪色的鍍金也該重鍍一鍍，而它還是照舊，上面一個「壽」字倒仍是很清楚，我想問但不敢問。不知怎麼，忽然間我覺得她也許還不知道史蒂芬與白蘋結婚的事情，我不該，至少現在不該讓她知道，而床上的報紙……我怕她看見，我假裝收拾報紙似地把它摺起來，但是——

「是今天的報紙嗎？」她問了。

「我想，我想是的。」

「你有沒有看見他們結婚的消息？」

「他們？誰？」

「史蒂芬與白蘋。」

「真的嗎？」我說：「他們要結婚？」

「不很好嗎？」她笑著說：「那天在我家裏我就看史蒂芬很喜歡白蘋。」

我看她一點沒有妒忌與難過，我覺得很奇怪，我說：

「結婚！唉！這怎麼可能呢？」

「怎麼？」

「他不還是你的丈夫嗎？」

「我們，我們本來就是演戲，」她笑得有點渺茫，似乎覺得很空虛似的：「戰爭時候來扮演扮演就是。」

「可是……」

「現在戰爭結束了，我們自然下臺了。」

「戰爭結束了？」

「敵人無條件投降，你不知道？」

「這些報紙，你看，」我說：「專登結婚啟事，連這樣大的新聞都沒有！」

「你到底睡了幾天？不瞞你說，這已經不是報紙的材料了。也許歷史教科書裏倒已經有了。」

「我不懂！」我說著，心想難道在慈珊的船裏耽一天，世界竟會隔膜到如此嗎？

「你不懂？」她笑了：「戰爭結束，世界太平，大家結婚的結婚，回家的回家。你呢？還是獨身主義嗎？」

「獨身，但無所謂主義，」我說：「啊，你是不是也去參觀他們的婚禮？」

「太晚了，」她說：「我想，新郎、新娘也快回來了。」

「新郎、新娘來了！」忽然外面有人在喊，接著，笙簫鼓笛，一起響起來。

「新郎、新娘來了！」外面有人在喊。

我醒來，外面還是有人在叫：

「新郎、新娘來了！」

門外是音樂聲、腳步聲，人聲……房內，哪裏有史蒂芬太太？哪裏有沙發？報紙，在我的身邊，哪裏有史蒂芬、白蘋的結婚啟事？

「二百零三號電話。」有人在叫。

接著有人敲門：

「二百零三號電話。」

我知道這是梅瀛子打來的電話，我匆忙衝下去，拿起電話，我說：

「誰？」

「我是三妹，」梅瀛子的聲音：「我已經在費利普醫師處掛了號，你馬上來吧。」

音樂很噪，人聲很雜，好在我也不必多說，我掛上電話，那時還有人在叫：

「新郎、新娘來了。」

門口、廳旁都擠滿了人，我也過去，在人叢中，我看見新郎、新娘進來。

新郎是一個很瘦長的青年，背有點駝，穿一套藍袍黑褂，面目不俗。新娘是一個豐滿的少女，臉是圓的，眼睛是圓的，身材中等，可是腰部過肥，一套禮服不美，更顯得她有點臃腫。

「假如那是史蒂芬與白蘋……假如那是史蒂芬與白蘋……」

我這樣想著就離開人叢，叫茶房算帳，自己逕奔到樓上。我坐到夢中史蒂芬太太坐的位置（那裏不是沙發，是一把板椅），我心裏浮起說不出的感傷。我希望靈魂不滅，希望陰間正如陽間，我要迷信，我要知道我夢裏的消息都是真的，讓我的幻覺看到瀟灑、活潑、健康的史蒂芬同苗條、美麗、愛嬌的白蘋在雲端結合，我們為他們祈禱……

茶房進來，我付了帳，像逃難似的，匆匆下樓，擠過下面喜事的場面。我頭也不抬就走出門外。到馬路上，我看到陽光，看到來往的電車、車內的人，看到鋪子、鋪子裏的貨物，熙熙攘攘的世界依舊在進行，而我好像是曾在哪裏脫節過，好像隔世一樣，覺得一切都是新鮮。我跳上洋車，左顧右盼，我不禁自問，白蘋的死亡於這世界竟毫無影響嗎？

我雇洋車到「新世界」，轉坐三等電車到戈登路。於是我走到費利普診所，這是我第三次的過訪。

我走上樓，看到電梯上的鐘正是十一時十分，我知道上午是費利普出診的時間，門診在下午兩點開始，那麼一定是沒有外人的。我在他門口輕輕敲門，門開了，是梅瀛子。

「梅瀛子！」我不覺驚異地叫出，好像我在另外一個世界裏見到她一樣。

這因為她已經完全改了裝，一件灰銀色隱藏著藍紅方格的旗袍，閃出點點的亮光，蟬翼的絲襪配著灰色鹿皮的膠底鞋，頭髮燙成螺式，劉海捲在額前，但耳葉上還戴著慈珊的耳環，這褪金的銀環，也被配襯非常華貴與調和了。一陣舊識的香味襲擊我。她在我進去後就關上門，於是透露著我似乎久已生疏的笑容說：

「又是一段人生！」

她挽著我的臂膊進去，費利普醫師在裏面，他迎著我，莊嚴而誠懇地同我握手。梅瀛子說：

「你也換換衣裳吧，都為你預備在裏面。」

「但是不要刮臉。」費利普說。

我走進去，穿過診病室、手術室，我看到椅子上放著疊得很整齊的幾件中裝。在手術室旁邊有浴室，我自動地在裏面洗面，但不敢刮臉。於是我開始脫去黑襖與藍褲，也脫去襯衫，但還保留我原來的西裝褲子，於是我換上放在椅子上的衣服，我先穿一二件灰色絨質的小衫，又穿上我本來穿著的毛背心，最後我穿那件藏青綢質的夾袍，除袖子稍長以外都很合適。我穿好出來，在診病室裏，費利普指指寫字檯上兩隻還未去束的鞋匣，他說：

「不合適，我再打電話叫他送來。」

我打開匣子，看看號碼，我說：

「這雙就是我的尺寸。」

於是我就在那裏換上黑皮的皮鞋。最後我從脫下的衣服裏拿我零星的用品。

梅瀛子也進來了，我們就在診病室裏坐下，費利普遞了一杯酒給我們，為我們祝福。但是他馬上就走到候診室去了。我急於問梅瀛子：

「一切都沒有問題嗎？」

「你可是有問題。」

「我？」

「你同白蘋關係太深了。」

「你呢？」我問。

「我很好，」她似乎慚愧又似乎勝利地笑：「否則，我就不能再以梅瀛子的姿態在社會出現了，也不能再換這個衣服。」

「我想你也該留心一點。」我說。

「我比以前反而好了。」她笑著說：「因為他們以為……啊，所有對我的疑慮都在白蘋身上解決，白蘋竟替我負擔了罪衣。」

梅瀛子的態度很漂亮而輕鬆，但是我則覺得非常冷酷，她對於白蘋的死竟無我設想的同情。

我沉默了，眼睛看在我自己的手上。

「這就是說，」梅瀛子說：「我反而有更大的自由來工作。」

「很好，」我露著諷刺的笑容說：「最後還是我們的白蘋揹去十字架，而讓皇冠戴在你的頭上。」

「但是，」梅瀛子忽然莊嚴了：「你現在已經無法露面，白蘋的血債將由我一個人來討了。」

「梅瀛子！」我有點驚異。

「不要侮辱我。」她說：「我告訴你，我比你還更愛白蘋！」

她站起來，倒滿我們面前的酒杯，說：

「你現在應當到中國的後方去，但是，相信我！同我乾了這杯。」

她舉起杯子，同我碰著，我帶著虔誠的戰慄乾了杯。我說：

「我不能再同你一同工作了嗎？我想，至少，也要做一件安慰白蘋靈魂的事情。」

「你不可能了，你不可能再露面，也不能回家，你的寓所我也替你結束了，」她指指旁邊的提箱說：「這是你放在那面的東西。你還是到海倫家裏去住幾天，趕緊設法到後方去，這裏已經沒有你的世界。」

「那麼我們就不能見面了。」

「以後，也許……」梅瀛子低下頭，茸長的睫毛掩去了她的視線：「但是，相信我，梅瀛子不會讓她所看得起的朋友失望的。」

「生離！死別！」我自語地微喟。忽然，我覺悟似地說：「相信你，是的，梅瀛子，我應當相信你！」

我站起來，把手交給她。她用非常誠摯的態度同我握手，忽然看看手錶說：

「你該讓費利普替你化裝了。」

於是她悄然走到候診室去，費利普醫師莊嚴地進來了。他坐在他平常診病的位子，叫我坐在病人坐的地方。於是他兩隻手按著我額角，輕輕地左右轉動我的頭部，用他閃爍的眼睛望著我。接著他看我的眼睛，又用對面鏡子裏的驗目表測驗我的目力，於是從抽屜裏拿出驗目器看我的眼球，他又拉出一隻藏鏡片的小箱子，用架子更換著叫我看驗目表上的字，終於他選定了兩片。後來又從抽屜裏拿出鏡架，為我試了好幾個，最後他選定一架黑色的粗腳細邊的於是為我裝好，替我戴上，但他看了看就把它取下了。隨著，他收起這些東西，站起來，到藥櫥裏拿了兩瓶藥水與棉花，還拿一個碟子，裏面裝著好幾把小鉗子。於是他回來，又坐在我的對面。他用棉花在瓶裏沾藥水抹在我的眉毛上，接著用鉗子拔我的眉毛。拔了一會，看一看，又修改一次，看了看又修改一次。末了，他用棉花在另外一個瓶裏沾藥水抹在我的眉上。於是，他給我一面鏡子，我正在注意我眉毛淡了許多的時候，他說：

「現在你去刮臉，可以留這樣的鬍髭。」一面用鉛筆在我的臉上指點我。

我自始至終沒有說一句話，是心裏只在體驗著潛在的憂鬱與淡淡的哀愁以及生離與死別的滋味。我一切聽憑費利普的擺布。這時我站起，到裏面依照他的指點去刮臉，的確發現我已經不是我自己了。出來的時候，梅瀛子也在裏面了，寫字檯上是我的眼鏡同一隻講究的克羅咪的眼鏡匣子。我正想把眼鏡裝進去，梅瀛子說：

「今天起，你該永遠戴著眼鏡了。」

我沒有回答，只是服從著戴起眼鏡。費利普醫師對我望了望說：

「很好，很好。」說著他又出去了。

我收起眼鏡匣子，梅瀛子遞給我二張本票、二張支票，她說：

「這是十萬元，你到海倫地方就去置備行裝，早點到內地去吧。」

我沒有回答。

「家裏的東西什麼都不要去拿了，」她又說：「你可以寫一封信，我會設法替你送去的。」

她為我在中間抽屜裏找無字的白紙與信封，於是我就寫了一封簡單的信給我叔叔，我告訴他我馬上動身到內地去了。

梅瀛子一直坐在房內，等我寫好，封上，寫好封皮，她才過來收起，於是說：

「我們也無法一同吃飯了。」

「你是說我應當走了嗎？」

「是的。」她說：「你到海倫地方去，但不要同她一道出來，也不要同過去的熟人在一起，也不要到舞場、飯館、咖啡館以及以前一切常去的地方。路上見了熟人一個不要招呼，因為這些於你都是危險的。」

「我們就不能常常相見了嗎？」

「也許，在夜裏，我有空會到海倫地方來看你的。」她說：「再會了，朋友，我祝福你。」

我懶洋洋地收起票據，梅瀛子水仙般的手已經伸在我的面前，我拉她的手指，俯身去吻她的手背。但在我抬頭的時候，我眼睛已經模糊地看見梅瀛子美麗的身軀靠在桌邊，左手支在桌角，眼睛閉著。我說：

「再會了，梅瀛子，我永遠要為你祈禱。」

她沒有動，也沒有做聲。我提起旁邊的提箱，悄然到了外面。

費利普醫師送我到候診室，我低著頭同他握別，就匆匆的走出來。在門口，我笨重地關上門。我無法支持自己，把提箱放在地上，我靠在門上，用手帕揩我的眼淚，一時我已經失了知覺。

五十六

她一時竟認不出我了，我說：

「阿美，你怎麼會在這裏呢？」

阿美伏在我臂上哭了。

海倫從裏面出來，她穿一件藍紋綢綢的衣裳，腰間束著漆皮的帶子，修長的頭髮紮著紫結，同我上次看見她時的印象一樣，沒有一點脂粉裝飾。她看見了我楞了一會，於是透露了笑容，飄然過來。我看見她今天穿著一雙軟木高底的鞋子，所以人似乎高了許多。她伸手同我握著，但隨即幫我扶住阿美。我看見她面上的笑容早已收斂，再也不正眼來看我了。

我們扶著阿美到她的客廳，阿美坐在那裏一時竟收不住她的嗚咽。海倫告訴我，阿美是今天早晨來的。

「那麼是他們放你了？」

「是的。」海倫說。

「他們問你什麼沒有？」

「我都說不知道。」阿美囁嚅著說。

「也問起我？」

「是的，但我說你只是到我們那裏來過，而來的男客常常很多，我怎麼會知道你的究竟。」阿美說著揩揩眼淚。

「這樣他們就放你了？」

「他們先帶我到巡捕房，昨夜又提到虹口司令部，他們逼我，恐嚇我，打我，但是我始終沒有話說。今天早晨又送我到巡捕房，放我走了。」

於是她慢慢地告訴我日軍去抄查與她被捕的情形。她說那是上午十一點鐘模樣，但沒有抄出什麼。

「啊，那兩隻放在套間裏的箱子？……」我忽然想到裁縫店樓上的箱子間。

「是的，那是頭幾天就有人來取去了。」阿美說：「難道那裏面？……」

「我也不知道。」我搶著說：「抽屜裏什麼也沒有抄去嗎？」

「只抄去櫃子裏幾件首飾。」

我點點頭，一時沉默無言，海倫也愀然默坐。這時我忽然看見椅子下的貓，是吉迷，牠正睜著眼睛，似乎一時認不清我似地望著我，我叫牠：

「吉迷。」

吉迷就很快地過來。牠叫著，用牠柔軟的身子蛇一般在我腿邊纏繞，接著就跳到我膝上。

阿美忽然又哭出來，她問：

「白蘋小姐真的死了？」

有悲哀阻塞我的胸口，鼻子浮起辛酸，眼眶感到沉重，我說不出一句話，點點頭。我看到海倫的臉已經埋在手裏，阿美又哭得不成聲了。

沉寂，沉寂中只有嗚咽唏噓。等空氣已經柔和一點，我撫著我膝上吉迷，開始想到阿美既是從捕房出來的，那麼牠是怎麼來的呢？於是我問：

「吉迷是什麼時候帶來的呢？」

「那還是，」阿美囁嚅著用手帕揩著眼淚說：「你們走的時候，白蘋小姐就關照我，說如果她六點鐘不回來，就把幾樣東西，馬上送到這裏來。」

「吉迷？……」

「還有那隻鑽戒。」阿美說。

「還有她的日記。」海倫說。

「她說吉迷送給曼斐兒太太，鑽戒給海倫小姐。日記留給梅瀛子小姐……」阿美說。

「還有，」海倫說著站起來，走到桌子邊，從抽屜裏拿出一隻信封，她說：「一張畫像是給你的。」

「畫像？」我推開吉迷過去搶了過來。

不錯，裏面是一張畫像，是我在從杭州回來的車子上，當她倦睡的時候為她畫的。原來這張像她一直保存著。我注視半天，希望反面有幾句話吧，但是沒有。

這時海倫從抽屜裏拿出一隻戒指來，她遞給我說：

「這就是她給我的。」

我的心不覺沸一般跳起來了，這鑽戒就是我當初送她的，不，是同她交換的一隻。難道這裏面白蘋還有用意嗎？我把玩許久，最後我遞還海倫，我看她隨即就戴在指上。但我還在注意我手中的畫像，我想到難道白蘋預知她自己要死嗎？不，這也許就是她在我到梅武官邸去工作時，她叫我寫遺書同樣的意義，而如今，她的確什麼都用到了！我們誰都沒有話，我心頭陣陣作痛，最後，我把畫像放在琴架上。我問：

「那麼日記呢？」

「梅瀛子已經拿去了。」海倫幽淒地說。

「她來過了？」

「八點半的時候，」她說：「她告訴我一切，還告訴我你現在的處境，我們已經把房間為你收拾好了。」

「這是說，我連她日記都不能看了。」

「她是專給梅瀛子的。」海倫說。

我們間已無話可說，沉重的空氣榨著沉重的心！我像是失去了一切的幽靈，我再想不到世界同我還有什麼聯繫！

「去休息一會吧。」海倫說。

接著她把白蘋的畫像裝在鋼琴上自己的相架裏，又說：

「到那面去休息一會吧。」

她帶著相架先走，我就跟她出來，吉迷跟在我後面。原來海倫自己搬到母親一起，而把她的房間讓給我了。她先進去，把相架放在我床邊，為我拉上窗簾。

「好好休息一會吧。」她說著就出去，輕輕地帶上了房門。

房中現在只有吉迷與我了，還有是床邊鏡框裏的白蘋畫像。畫像很小，就夾在海倫自己照相的上面，好像白蘋是睡在海倫的懷裏一樣，海倫的笑容似乎在安慰白蘋的睡眠。

我倒在床上，放情地哭了起來，一直到我所有兩天來的哀怨、緊張、痛苦、悲哀都變成了疲乏，我才幽幽地入睡了。

醒來的時候，曼斐兒太太已經回來，她是早晨會過梅瀛子的，所以對於我的來並不驚奇；她殷勤招待我，安慰我，並且叮嚀我少出門，需要什麼她都可以為我代買。

這樣我就在她們家裏住下。曼斐兒太太早出夜歸，我則整天同海倫、阿美在一起，除談到白蘋互相唏噓，與有時候很期望梅瀛子來看我以外，生活都是平靜甜美的。

我一面已經在置辦行裝，許多東西，我都託曼斐兒太太代買。我自己也偶爾出去，我必須去買點衣料，到裁縫店去做些中裝。以後也叫裁縫到我地方來拿衣料。一面我還在打防疫針，等衣裳做好，針打好後，我就可以辦通行證動身。

但有一天下午，裁縫送衣裳來，我一看是兩套女子小衣與三件旗袍，我很奇怪，但海倫搶著說：

「我已經是中國女孩子了。」

這是一件黃底棕方格的旗袍，同她金黃色頭髮非常調和，樣子也做得很好，阿美在旁邊說：

「好極了。」

我也不斷地稱讚，弄得旁邊的裁縫也非常得意。裁縫走時，海倫又交給他幾塊衣料。

從那天起，海倫每天就穿中國的旗袍了。她母親對這件事也很喜歡。

但是隔了兩三天，是星期六的夜晚，那天曼斐兒太太回來較早，預備了很好的飯菜讓大家享受，飯後大家很高興，連阿美在內。吃了咖啡與水果，閒談著聽無線電裏美麗的音樂，一直到十一點鐘才大家去睡去。我的習慣是睡得很晚，早睡了，總是在床上看書。大概十二點鐘的時候，我忽然聽到幽幽的哭聲。這哭聲來自曼斐兒太太的屋子，起初似乎是海倫的聲音，時而有曼斐兒太太的語聲，接著曼斐兒太太也哭了。我先想起來去叫阿美，阿美是睡在她們客廳裏的；後來又覺得不好去驚動她們，所以只是不安地睡在床上，一直到兩點鐘，我才聽見她們靜下來。

第二天她們母女的神情都有點不自然。平常星期天是她們最快活的日子，一早就去教堂的，但是那天起來很晚，大家沒有多說話。我極力要打破這個空氣，但一點沒有效力，夜裏不到九點鐘，她們就去睡了。

可是十一點鐘的時候，忽然有人來敲我房門。

「誰？」我問。

「是我。」曼斐兒太太的聲音。

「請稍微等一會。」我說著披起那件我被白蘋槍傷時穿的晨衣起來為她開門。

曼斐兒太太進來了，她隨手關上門，輕輕地說：

「對不起！我可以同你談一會嗎？」

「自然。」我說。

於是她就在單人沙發上坐下，用嚴肅的神情看著我和婉地說：

「青年人，我一直是很喜歡你，並且很看重你的。而在我們的往來中，你多次都給我們最高貴的幫忙。」她這些話似乎是準備了許久所以說得像演說一樣：「而且，我也很瞭解年輕人的情感，」她歇了一會，忽然聲音變成非常纖弱：「我也很相信你會同海倫很好，不過，我現在只有一個女兒，且不說我對於她有音樂上期望的話，叫她拋下我到另外一個世界去，這，這……」她忽然不說下去了。

「這是哪裏來的話？」我想她所說的也許就是指海倫到北京去的計畫，於是我勸慰她說：「她去不就是為音樂嗎？那面有好的環境，好的教授，而且兩地往來也很便當，哪一天她為你找好一個職業，你們不又是在一起了嗎？」

「但是你現在不同她去了。」

「這是無法可想的事，」我說：「我在這裏不是連露面都不可能嗎？」

「而你要帶她去內地了。」

「這是從哪裏說起的呢？」

「那麼是她要跟你去。」

「我也沒有聽說。」

「但是她已經做好了中國衣服，又打好了防疫針。」

「我不知道她打針；中國衣服，我總以為她是因為愛好做的。」

「那麼你真不知道她要跟你走嗎？」

「我真不知道。」

「你沒有預備帶她走嗎？」

「我連知道都不知道。」

「但是你現在總知道了。」

「但是，我絕不會帶她走，你放心。」

「假如她真是這樣愛著你呢？」

「你放心，曼斐兒太太，」我說：「你怕我愛她比她愛我還深。」

「你沒有騙我？」她忽然用忍淚的聲音說：「假如你們是相愛的，你將來回來可以同她結婚，我絕不反對。我想勝利也不遠了。」

「我不騙你，自然不會騙你。我也有母親，我怎麼會瞞著你帶走你的女兒。」我說：「而且我還是一個獨身主義者。」

「那麼你願意為我勸她嗎？」

「自然，我一定要勸她，我要勸她一個人先到北平去，再接你去。不單為你，也為她的天賦與音樂。」

「真的？」

「自然。」

「那麼太好了！」她帶著淚過來，輕輕吻我前額，她說：「謝謝你。」

「一切都該是我感謝你。」我說著，有說不出的抑鬱絞著我。

曼斐兒太太已經預備出去，我說：

「晚安。」

「晚安。」她在門口含淚甜笑，輕輕地帶上了門。

一個溫柔的慈母的面孔在門上消失，這一個印象到現在還留在我的心中，而且將永遠留在我的心中。它是代表全世界全人類母親的聖愛。

第二天，當曼斐兒太太出門，阿美不在的時候，我開始對海倫說：

「現在，我已預備差不多了。但是我希望你比我早走。」

「我？」

「北平！那面的天是藍的，空氣是沉靜的，人是質樸的，花是永生的……可惜我是沒有福氣去了。」

「你說我一個人去北平嗎？」

「自然，海倫。那面有你所喜歡的環境，有期望你的教授。你可以學習作曲。你可以啟發許多學生的天賦，你可以在她們身上創造歌喉，這歌喉將是全世界自由和平的號角，將是我們勝利的前奏。」

「但是你不同我去了。」

「自然，海倫，一切事情的變化，都不是你我所能想像的。」我說：「除非等勝利到了，我再沒有這個可能。」

「因此，不瞞你說，」海倫說：「我不去北平，我決定同你去內地了。」

「但是，這怎麼可能呢？」我說：「你的音樂，你的母親，你燦爛的前途。」

「因為，」她垂下頭說：「我，我需要你在我旁邊。」

「不可能的，海倫，」我說：「那只是毀滅你的前途。」

「我的前途？」海倫怒了，她閃動金黃的長髮，用鋒利無比的聲音說：「我的前途是愛，我的生命是愛。我愛音樂，並不以音樂為我的事業，這因為是我在愛。我愛哲學，並不想研究哲學，也因為是我在愛。即使我愛浮華，也只因是我在愛。這『愛』才是我的目的，是我的前途，我的生命。」

「但是，愛情是奉獻，」我說：「等待你奉獻的是音樂。」

「一切我所有的、可有的，我只奉獻給我自己的愛。」

「那麼這是一種多麼自私的哲學呢？」

「也許，但是我只能這樣解釋！」

「但是你本來不是已經決定去北平了嗎？」

「你也是。」

「是的，但是我現在不可能，你是知道的。」

「我的不可能同你沒有兩樣。」

「但這只是因為我不能去嗎？」

「在我，」海倫忽然頹傷了：「沒有你叫我生活，就等於沒有琴叫我學鋼琴。」

「我不值得什麼，」我說：「假如我在你是這樣重要的話，在我是光榮的；但是在內地，我不是能有安安靜靜的環境去研究哲學，你自然沒有環境研究音樂。我們將是奔波冒險，做我一切我能做的工作。」

「這一切都是空話。」她說：「問題只在你是否愛著我。」

「是的！」我肯定地說：「但是一個獨身主義的愛情是你所謂愛情吧？──他永遠是精神的，也永遠是不專一的。」

「這是最坦白的話了。」她說：「但是你可誤會我是想同你結婚了，這是錯的。我現在要生命，要靈魂，要音樂，要世界，所以我需要你這樣的愛。如果我要結婚的話，那就是我要埋葬，不要生命，不要靈魂，不要音樂，不要世界，我只要一個丈夫，住較好的房子，吃較好的菜，過較闊綽的生活。那麼，這不是你。」

好久沒有同海倫做較深談話了，她對於人生與世界的看法完全在我的意料以外，我已經沒有話說。半晌，我說：

「但是最愛你的是你母親。」

「但是生命是我自己的。」

「還有你的天賦。」

「而天賦是屬於我的，不是我屬於它。」

就在我詞窮意盡無話可對的當兒，我看見信箱縫裏送進來早報。我就出去拾取，無意識地翻開報紙，一面看一面走到沙發邊，但是我被震動了！

下面就是當天的新聞：

宮間美子被毒身死

原因無從探悉　兇手在偵查中

【本報特訊】日籍閨秀宮間美子，為軍部報導部長之侄女，因新從東京來此，應酬頻繁；昨夜赴皇宮飯店宴會，回去後毒發身亡，皇宮飯店管事、廚子及侍役皆被傳審。一時傳說紛紜，或謂與有恆路血案有關云。

五十七

我的心怦怦地跳起來，立刻意識到梅瀛子。但是我沒有做聲，翻到第一版，掩去我發熱的面孔，最後我站起，點起一支煙。我想繼續對海倫談論剛才的問題，但是無心再談。我關念梅瀛子，希望她來看我，或者她給我一個約會，再或者有一封信來告訴我她成功的經過與她現在的處境。我為她擔憂，為她焦急，但最重要是我要為她祝福，我要向她致敬。我還慚愧在費利普診所我對於她輕視地諷刺，我要向她傾訴我的內疚，但是冗長的白日裏都沒有她的音訊。我渴念晚報，而晚報上的消息同日報無異，於是我又期望夜晚……。夜裏，我一個人在自己的房內，我不睡，坐在沙發上抽煙靜候。我似乎有一種異樣的感覺，好像梅瀛子今晚不來，就不會再來，而又好像她一定會在今晚來似的，所以心中分外焦急。

果然，十一點半的時候，有人敲門了。我自然直覺地想到梅瀛子，我以為阿美為她開了外門，她一直就進來了。

「請進。」我說。

門輕輕地開了。

「還沒有睡？」

是曼斐兒太太，我立刻知道她是為聽取海倫的答案而來，我說：

「請坐！」

「她已經聽從你的勸告了嗎？」曼斐兒太太張著期望的眼光問我。

「還沒有，」我說：「我想隔天再同她談。」

「你以為可能嗎？」

「這很難說了，」我說：「但是今天我的心緒不好，我沒有說下去。」

我想是因為我態度上，為心頭對於梅瀛子事情的不安，沒有像那天晚上誠懇的緣故，不知怎麼觸動了曼斐兒太太，她一言不發，忽然嗚咽地哭了起來。

這事情真使我手足無措，我安慰她說：

「曼斐兒太太，我一定努力，你放心。」我說：「好在現在時候還早，我有很多的時間可以勸她。」

她還是哭著，一言不發。

「你放心，曼斐兒太太。」我說：「就是要悲傷這也還早，現在你先去睡去，明天我找機會再說。」

「但是，你……」她又哭了。

「我怎麼？我還是同上次同你說的一樣。」我極力想校正我剛才態度的冷淡。

「我不是不相信你，」她凄凄地說：「不過我覺得你多勸她一次，反而多一次被她所勸了。」

這句話似乎把我意識下的隱衷揭出，使我意識到我今天態度上的冷淡，倒不完全為梅瀛子的事情，而是我在無意之中反射了海倫的暗示。我感到慚愧與內疚，但是我說：

「相信我，我絕不做要使你痛苦的事，因為我尊敬你偉大的母愛，而我也是有同樣的母親的。」

她似乎稍稍信我，她用淚眼望著我說：

「那麼你明天勸她，我夜裏再來聽你回音。」

「好，就這樣，」我說：「我明天再好好勸她。」

於是曼斐兒太太悄悄地走了，她面上已不是昨夜含淚的笑容，而是陰沉肅殺的空氣。她讓她胖臉上的皮肉下垂著，對我道聲「晚安」就出去了。

是多麼可憐與苦心的母親，一瞬間我覺得我必須為她克服我自己。

我自己，是的，當曼斐兒太太出門以後，我埋在沙發裏第一就想到曼斐兒太太的話：「……你多勸她一次，反而多一次被她所勸了。」我開始發抖。我覺得今天與海倫談話，一開始，在感情方面我已經被她折服，於是我退到理智的範圍內極力尋找理由，但是也馬上被她擊破，這樣我變成束手待縛的俘虜，再無能力可以反攻了。那麼，明天，明天我的話從哪裏開始呢？

我沒有法子回答，許久許久沒有法子回答；一個人在這樣被自己的問題所困的時候，很自然的解脫就是躲避，不自覺地我又想到梅瀛子。已經十二點多。梅瀛子大概不會來了，不知是什麼力量，也許是種種鬱悶所燃燒的熱力，一瞬間提醒我，我應當去找梅瀛子去。

但是到哪裏去找呢？

我馬上想到了「Standford」。

一時我再無其他的考慮，我拿了圍巾、帽子出門。

我有幾天沒有注意，街上梧桐的綠芽已經變成嫩葉，路燈下更顯得青翠碧綠，微風吹來，它輕輕顛動，地下的影子如舞。街上沒有一個行人，我踏著葉影走著，很清楚地聽到自己的步聲，一瞬間似乎逃出了剛才的困境了。

我走過了三條馬路，才碰到洋車，我以重價請他拉到哥倫比亞路。

在這相當遠的路程中，我感到寒冷，也感到寂寞，最後有顧慮與恐懼在我心頭跳躍，好幾次我想下車，好幾次我想折回，更有好幾次我想在宵夜店停下，但我都沒有說出。

「我難道是這樣懦怯嗎？」我心裏自問。

「不！」我自己回答，而且我馬上想到，無論中途怎麼變更，變更了我一定又要後悔。

到哥倫比亞路，我心怦怦地跳躍，我指揮車夫從竹籬弄裏進去，一瞬間我是緊張興奮與恐懼。但在看到輝煌的燈光與Standford的霓虹燈時，我整個的心靈只有一個緊張了。

冒險就是刺激，而刺激才能忘我。

於是我跳下車，走進鐵門，穿過紅綠燈火的院落，走上階沿，我從為我啟開的門中進去。我聽見音樂，看見色，看見光，還聞到一陣陣的香氣。我存放了帽子與圍巾，從深垂的幔帳中進去。一瞬間，我感到解放，我心頭的緊張已經鬆弛。

這世界還在繼續，暗色的燈光，華麗的布置。人，人，都是人。人的笑聲，人的歌聲，人的談話聲，似乎有史以來未曾厭倦過！

我坐在最幽暗而偏僻的角落。

我沒有下舞，很安詳地坐著，我四周觀望，希望找到米可的影子。

大概隔了三隻舞曲，音樂臺上電燈亮了，有人報告米可小姐第三次的節目，於是掌聲雷動，我看見米可從右面上來。

就在那時候我寫了一張條子叫侍役送去！

「〈黃浦江頭的落日〉嗎？」我這樣寫著：「六十三號臺子上可以敬你一杯酒嗎，美麗的小姐？」

我望著侍役送去，望著米可接在手裏；那時她正在唱一隻日文歌，在歌畢掌聲噪動之時，我看她讀這個字條，忽然間面上浮起驚奇的疑問，用飄浮的眼光向我坐著的方向一瞟，接著她很自然地在播音機裏說：

「有人要求我一隻中國歌〈賣花聲裏的秋綠〉，我現在先唱。」

於是她唱歌，後來又唱一隻英文歌，接著，在燈暗人舞的時候，她悄悄地來到我的面前。

她已經換了衣裳，穿一件很樸素的旗袍，側著頭坐在我的旁邊，她說：

「你怎麼回來？」

「梅……呢？我要見她。」

「她不在了，她不來了。」

「哪裏去了？」

「不知道，」她說：「聽說許多人在注意她，她必須暫時避開。」

「誰知道她的地方麼？——史蒂芬太太？費利普醫師？」

「知道也不會告訴你的，她們也不希望見你了。你不是已經脫離工作了嗎？我還以為你已經離開上海了。啊，你也該早些離開。」

米可說到這裏就走了。我也就馬上付帳。穿過色，穿過香，穿過音樂與笑聲，我挨柔軟的絲絨幔帳出來，拿了帽子，從階沿到紅綠燈光的小院，我看到對面一列發亮的汽車。

這是我最後一次向Standford道別，這是我最後一次向米可道別。

我馬上流落在黑暗的胡同裏了。

我有死一般沉寂的心境坐著緩慢的洋車回到姚主教路。

到曼斐兒家門口，已經四點四十分，阿美為我開門，她非常驚奇地問：

「你哪裏去了？」

「沒有什麼，」我頹傷地說：「她們不知道，請你不要說起。」

阿美用非常同情的眼光望我。我蹣跚地闖進我的臥室。

史蒂芬、白蘋早已死別定了，現在，史蒂芬太太、梅瀛子也生離定了。為工作，為夢，為愛，為各人的立場與使命，悲歡離合，世上無不謝的花與不散的筵席，我為何尚戀戀於人間的法相？

在這種無執的境界我入睡，醒來已是十點鐘。我知道曼斐兒太太早已上班去了，我準備了勇氣與詞令預備在見海倫的時候，就給她最堅強的勸告。

但是我的心在跳，我從盥洗室走到客室，就聽見海倫鋼琴的聲音。

「起晚了。」海倫一聽見我進去，就從鋼琴座位上站起，回過頭來說。

「是的，」我說：「昨夜失眠。」

一瞬間我看見了海倫，她又是穿那件黃色棕格的旗袍，鬆柔的金髮托著精神飽滿的笑容，眼睛的光芒閃爍，像是已經看透我剛才的心思。我低頭，我感到頭暈，所有剛才的勇氣與詞令已完全消失。

「……多一次勸她，反而多一次被她所勸！」我馬上想到這句話，我不但不敢向她提起這個問題，我還時時在怕她向我提起。

這時候，吸引我眼睛的是她的手上的鑽戒，那隻白蘋專門為她送來的鑽戒。我說：

「你願意為我繼續奏琴嗎？」

在琴聲中，我深深地感到，在死別的死別，生離的生離以後，我像一個無依的幽靈、黑夜的迷魂、沙漠的落魄，我像一個被棄的嬰兒、寒冷的哆嗦、饑餓的啼號，我需要依靠，我需要支援，而海倫是我唯一的光芒。

但是，也在這琴聲中，我產生了更堅決的打算。

五十八

夜。

曼斐兒太太坐在我的對面，我說：

「誠如你所說：『多一次勸她，反而多一次被她所勸。』所以今天我沒有勸她，而且也預備不再勸她了。」

「這是說，你要把她帶走了？」

「不，」我說：「下午我已辦好還鄉證，明天我一早送行李去，後天我就走了。我要提早動身，不讓海倫知道。尚未送來的衣服，我也不想帶走了。」

「但是，行期的提早與不讓海倫知道有什麼關係呢？」

「因為多見她一面，也就多一層被她束縛了。」

曼斐兒太太用無限憐憫的眼光望著我，半晌，她說：

「可憐的孩子！我永遠感謝你。」

我沉默著。曼斐兒太太，似想走未走、想說未說地望著我。最後，她又靠倒在沙發背上，誠摯地說：

「青年人，從愛情嘗到苦的，也會嘗到愛情的幸福，勝利不就在面前嗎？這裏的門永遠為你開著。」

於是她站起，走到我的面前，用手撫弄我的頭髮，良久不發一言，最後，她輕輕地微喟一聲，悄悄地走出去了。

「早點睡吧，晚安。」她溫柔地說，輕輕地關上門。我滿心的淚水就在這門聲中泉湧出來。

我不能睡，萬種的哀怨擾亂著我。我開始理我簡單的行裝，把新製的衣裝同從費利普醫師地方帶來的提箱理在一起。那提箱裏只有兩套西裝、幾件內衣、五六本書、幾頁在醫院時摘抄下來的白蘋的日記與以前海倫給我的信，還有就是梅瀛子送我、被白蘋槍彈打穿、染過我許多血漬的那件晨衣，此外就是無關重要信件、紙片。除了五六本書籍及一些不要的信件以外，多數是我生命中最寶貴的紀念物。我把白蘋的畫像從鏡框取出，同那幾頁日記的抄本以及海倫的信箚，我還拿出了鏡框中那張海倫的照相，一同放到秘密的夾層裏。那箱子是我前天定做來的。最後我把新製的衣裝、用品及提箱底的東西都理了過來。這是我唯一的箱子，此外就是一個簡單的行李袋，所有新購的被鋪，一直放在裏面，我蓋用的都是曼斐兒家的東西。

理好行裝，我有無限的話要向海倫傾訴，於是我決計在臨行時留一封信給她，我找出紙筆，開始坐到桌上寫信，但是我的話竟無從說起，我寫了一張扯去，又寫了一張扯去，在七八張以後，我終於勉強寫了下去。

那封信很長，現在想起來大概是這樣寫的：

海倫：

你說：「……我現在要生命，要靈魂，要音樂，要世界。所以我需要你這樣的愛……」需要一個獨身主義者的愛嗎？它屬於精神，而不專一；它抽象，而空虛；它永遠是贈予而不計算收受，它屬於整個的人類與歷史，它與大自然合而為一，與上帝的胸懷相等。

這當然只是我的理想，我的解釋，我自然沒有做到，也許永遠做不到，但是在最近以前我總在努力。

人類的可貴就因為有理想，而理想屬於上帝，向著理想努力，那就是在接近真接近美與接近善。

但是人類從未達到理想，也不能允許達到理想，多少代人類的努力，理想離我們沒有近過。那麼我所謂獨身主義者的愛是多麼空虛而渺茫呢？

這因為我是人，我是母親所生的人，我有人類所有的一切缺點。我無法使我的胸懷與上帝相等。

在我驕傲地不斷贈予之中，我竟忘乎了始終在不斷地收受，當一旦這些收受完全斷絕之後，我才發現我並不能在這絕對贈予之中生存。

當我在鼓勵人、撫慰人的時候，我們都是時時在靠別人的鼓勵與撫慰，而我竟一直不知道這個。不知道這個，就不能算知道人世的溫暖與意義。

當我知道，而且死心塌地做一個凡人的時候，我發覺我是多麼需要人間的愛！……

寫到那裏我就無法再寫，我把信收起，睡在床上，大概只有二小時的迷糊，我就起來。

七點鐘我把已空的鏡框放在抽屜裏，偷偷地拿了行李出去。我把行李送到旅行社，過了磅，付了錢，我一個人到麵館去吃點心。

一時間似乎離情別緒已經堆滿我心頭，所有生離死別的滋味我又重新溫起，我想到史蒂芬，想到白蘋，想到梅瀛子，想到海倫。最後我想到史蒂芬太太，忽然我覺得我有看她一次的必要，一切其他的親友？我們將來一定可以會面，而她，則很可能就此永別，誰知道她的結果不是同史蒂芬、白蘋或梅瀛子一樣呢？

這樣想的時候，我從麵館出來，就搭上電車到辣斐德路去看史蒂芬太太。

史蒂芬太太的家園還是很平靜，迎春花與美人蕉都開著。我按鈴。

開門的是一個我不認識的傭人，我問：

「史蒂芬太太在家嗎？」

「你貴姓？」

我給她一張片子，她拿去了，回來時她說：

「她剛起來，請你到客廳裏等一會。」

我走進客廳，坐在沙發上，一種光亮與舒適，使我浮起過去的感覺。

是這裏，我第一次會到光芒萬丈的梅瀛子；是這裏，我第一次會見曼斐兒的母親；是這裏，我聽海倫兩次完全不同的歌唱；是這裏，我闖進了最陌生的社會，擔任了最神秘的工作；是這裏……

門開了，兩隻英國種紅毛狗進來，牠們過來吻我的衣履，於是修長文雅、嫻靜高貴的史蒂芬太太進來了，露出歡迎的笑容說：

「早。」

「早。」我說。

「還沒有動身嗎？」她坐在我對面說。

「明天早晨。」

「海倫呢？」她問：「什麼時候去北平？」

「她說不去了。」

「不去了？」這在她是意外的事情，但稍一凝神隨即露出俏皮的笑容說：「是不是因為你不去了呢？」

「她也想同我去內地。」

「這不是同獨身主義挑戰嗎？」她笑。

「當我感到獨身主義者也必須以朋友、社會、人間的情感來維持他情感的均衡時，我覺得這獨身主義也就非常渺茫而空虛了。」

「那麼你已經投降了，很好。」她說：「那麼你是預備帶她去內地了。」

「可是不，」我說：「當我被生離死別所棄，成了孑然一身的時候，一切愛護我的女性都像是母親。」

「所有的女子本來就都是母性。」

「假如應當尊重的是這母性，我更應當重視曼斐兒太太的感情了。」我說：「而且，你知道我內行的生命同她應發展的生命是多麼不同呢？」

「你是對的，」史蒂芬太太說：「她還年輕，我們應珍貴她的天賦。」

「因此，我明天將偷偷地對她不告而別了。」我說：「我還希望你肯給她幫忙鼓勵與安慰。」

「這樣也好，」她說：「我希望等我們的工作完成時，你們就可以完成了配偶。我將一直為你們的祈禱。」

「我沒有想到這層。」我說：「對於將來，我現在再不敢想。史蒂芬死了，白蘋死了，都是我意想以外的事情。」

「但都活在我們的心中。」

「比方說梅瀛子、你，我們都還有重會的時候嗎？」

「世界是整個的，人類只有一個脈搏，我們只有一個心靈，多遠的距離我們還是在一起。」

「你以為這就可以安慰自己了嗎？」

「但除了這，」她說：「我們還有什麼可以自慰呢？」

我傷感地沉默了。

電話鈴響，我起身告辭。史蒂芬太太交給我手，她說：

「我們的友誼將永遠溫暖我最為淒苦寂寞的心境。」

傭人在接電話，她同我握手，說：

「你叫海倫來看我。」

「再會了。」我說。

「再會，我們永遠在一起。」她說著去接電話，用戀別的眼光望我。

我忽然想到梅瀛子，我說：

「我不能再看一次梅瀛子嗎？」

她剛拿起電話，又用手捫住了電話筒，輕輕地說：

「還沒有人知道她的地方呢。你應當堅強一點。」

我沒有話說，匆匆道別出來，回到姚主教路。我告訴海倫我去拜訪史蒂芬太太，並且告訴她，史蒂芬太太很希望她去。

那天從那時起，我就一直在海倫的旁邊，我心裏有許多話都無從說起，也不能說起。我盡力勉強地找許多抽象與空泛的話來談，每當她要接近現實的問題的時候，我總是支吾開去。但最後，她抓住了一個機會，直截了當地說：

「我們似乎還應當談談那天沒有結果的話。」

「這不是已經解決了嗎？」

「這是說……？」

「我們什麼都一致，問題只是你母親，我不願意傷她的心。」我說：「我希望你能夠得她同意。」

「假如她不同意呢？」

「我們後天找個機會勸她。」

「那我們什麼時候去呢？」

「我想後天，我還有幾件衣裳可以送來，」我說：「接著就可以預備動身了。」

她沉默了，於是我又把話語支開去了。

夜裏，我推說要寫幾封信，就到我自己的房裏，我繼續寫預備留給海倫的信：

當我覺得自己不配談獨身主義的愛時候，我覺得你對我的愛倒是獨身者（雖然不是獨身主義）的愛了，為你要生命、要靈魂、要音樂、要世界，所以你愛我，這句話是多麼離奇呢？

假如我們的愛是屬於精神的，屬於理想的，屬於我所說的獨身主義的，那麼（我當時就用史蒂芬太太的話說）世界是整個的，人類只有一個脈搏，我們只有一個心靈，多遠的距離我們還是在一起。

假如說我們必須在一起的話，那麼似乎人類除了所謂結婚的意義與方式以外，也沒有別種意義，也沒有別種方式了，但是，這是最人間，也是最本能的愛。

假如我們意識到我們只是這樣本能地相愛，我們不是很早就應有這樣的感覺了嗎？而你現在的感覺似乎也不是如此。至於我，我也還不能夠相信我的愛就是這個。現在無法來辨別，但是我在你身邊所感到的異樣的慰藉與溫暖，則完全是在白蘋死後，梅瀛子散後，緊張的鬆懈、團結的渙散、熱鬧的冷落、凝固的崩潰之下的一種疲乏孤單與淒涼之故，這等於被棄的嬰孩在人人懷中都會覺得是母親一樣。

寫到這裏，忽然有人敲門了。

「誰？」我說著把信收了起來。

「裁縫送衣裳來了。」阿美的聲音。

我出去，看見一個捧著一個白包的人，立在客室的門外，在裏面的燈光側面照射之中，我的心，突然狂跳起來。

怎麼會是他呢？我想。

但再看的時候，竟是他。

他不是最近為我做衣裳的裁縫，而是慈珊的三叔帶我們去的那個裁縫店老闆——矮矮的身材，皙白的皮膚，胖胖的臉孔帶著笑容。

「到這邊來。」我鎮靜地說。

他從容地過來，很自然地走進我的房間，露著笑容，沒有說一句話，他打開白包。

啊，原來是我留在慈珊三叔船上的大衣與上身。

他把衣裳放在床上。於是從他極內的衣懷裏拿出一封信來，信封外面沒有字，裏面似還裝著東西。於是他說：

「就這樣了。」

「沒有別的話嗎？」我輕輕地問。

「再會。」他笑容加濃了說。

我送他到外門口，同他致謝道別。我回來急急拆信。原來裏面是一隻紅鑽方框白鑽十字架的戒指。信沒有署名，但當然是梅瀛子寫的。她這樣寫著：

我的電話同你的腳步前後在我們初會的客廳裏錯過，人生一切都像註定似的，是不？其實碰到了也無話可說，所以我也不叫他們來追你了。好在，一切未說的我們心裏都明白，一切要說的也已都說完了。

現在，美麗、高貴、忠實、虔誠……任何的冠冕加在我們友誼上，我都不覺得慚愧了。

一切生離死別都未分開也永不會分開我們一同的笑、一同的哭與一同的歎息與戰慄。

別後，每天都想來看你，但一點沒有空，你很容易想像得到的。現在，一時恐怕沒有會面的機緣了。

大家求歸宿吧，我將以慈珊三孀的資格在世上出面了。

我總覺得人所製造的東西，再不會比我這隻戒指美麗了，所以我送給你，你一定會喜歡它的，你將永不會忘我了，我想。

我讀了兩遍，默然在沙發上楞了許久。

後來我想到該是曼斐兒母女睡覺時候了，我想過去同她們見最後一面。

我悄悄地走進客室，海倫在看書，她母親在理東西。海倫說：

「信寫好了？」

「是的，」我說：「你們還不預備睡？」

「正等你來一同喝點茶。」曼斐兒太太說著，就出去拿茶了。

海倫放下書，看著我，她說：

「今天你的面色很特別。」

「大概是累了。」我說。

忽然她露著笑說：

「剛才母親好像不那麼堅持了。」

「關於……」

「關於我同你去內地的事情。」

我表示著欣慰的意思點點頭，我心裏想：「其實那只是你母親知道我明天就走不需要同你堅持罷了。」忽然我對於海倫之被騙感到非常同情，我覺得慚愧，也感到難過，但是我不能有什麼表示。我想到史蒂芬太太的話，覺得她一定會對她解釋與給她鼓勵的，於是我說：

「明後天你也該去看看史蒂芬太太，她很想你。」

阿美同曼斐兒太太拿茶進來，打斷了海倫的答詞。在茶座上，我發現海倫幾次三番要提到內地的事。我覺得提起來總是要我多說幾句欺騙的話，這在我是一種痛苦，在好幾次被我支開以後，我請求她為我奏一曲鋼琴，她沒有拒絕，是一隻義大利的seranade吧，幽怨淒切，使我感到那正是離別的哀音。曲終的時候，我已經抑不住悲哀，勉強支持著說：

「不早了，很乏。」說著我就起身。

「晚安。」曼斐兒太太說。

「晚安。」我說：「晚安，海倫。」

我回到房間裏，我歇了一會，又繼續寫那封留給海倫的信：

如果是這樣的話，那麼我的愛，還有什麼價值？鑑於你母親對你的愛，我是多麼自形慚愧？為我這種的需要，就使母親失去更高貴而神聖的需要嗎？

所以說可以一同去北平的話，那只是我們同樣有換那面環境的需要，或者說是同路，現在，我在事實上必須去內地，暫時我也不想做我研究的工作，那麼我們已經是分途了。

現在，我如果跟你去北平，我犧牲的是肉體的生命，而你如果是跟我去內地，你犧牲的將是精神的生命。

……

現在，當你看到這封信的時候，我已經走了。

以後，大家好好體驗我們的究竟是哪一種愛吧。

我不懂你所說的獨身者的愛，我覺得世上的愛只有兩種：

屬於理想的、精神的，那麼我們無所不在、無處不存，世界是整個的，我們的心靈只有一個，我始終會存在你的歌唱與琴音之中，正如白蘋存在我的任何談話之中一樣。

如果是屬於人間的、本能的，那麼在我們之間，既不是母子兄妹，似乎是只有一個方式，那就是夫婦。

現在我去內地的工作是屬於戰爭的、民族的，而你的工作是屬於和平的、人世的。但我的是暫時，而你的是永久的，當我暫時的工作完成以後，如果我們大家覺得我們的愛是屬於後者，那麼我們才可以在一起了。

而現在，我們還應當體驗反省。常常在我們工作之中，會發現我們愛情的昇華，有時候會覺得有上帝同一胸懷，在藝術裏，我們也可以有同樣的感到，但這與我們本能的、人間的愛情，在矛盾之中還是和諧的。

總之，我同你意見恰恰相反，如果是不結婚的話，我們沒有理由在一起，那麼這封信反而是在向你求婚了。

我帶走你的照相，無論聚散離合，總是一個紀念，想你可以允許我的。

決定到北平去吧。史蒂芬太太會給你任何的援助。

這封信大概就是這樣詞不達意。語無倫次，但是當時我的確再也不能寫得更好，反正這零亂與無序，也算是表示我臨別的心境，我封好，寫了海倫的名字。我將梅瀛子送來的戒指戴在手上，我開始預備就寢。

忽然，又有人敲門了。

「誰？」

「我。」

「請進來。」

進來的是曼斐兒太太，我滿以為她來做最後的道別，但是她關上了門，輕輕地到我面前，用興奮而真摯的語氣說：

「我現在決定讓海倫同你一同到內地去。你明天不用走了。」

「這是什麼意思呢？」我吃驚了。

「為你與海倫的幸福。」

「但是你呢？」

「只要她幸福，我不會痛苦的。」

「不，曼斐兒太太，你請坐。」我等她坐下後又說：「幸福不是在假定之下可以得到，幸福需要創造，需要努力，多一份創造與努力，我們幸福也多一種基礎與保障。」

「這是說你還是要一個人走的。」

「是的，」我說：「我已經決定了。」

出我意外地，曼斐兒太太忽然又啜泣起來。

於是我勸她，我形容她一個人住在這樣的上海而沒有海倫的苦處，又形容內行旅途上的危險、我說她將來一定要後悔，又說海倫也許在旅途中會病倒，那時候想挽回就來不及了。誠如她所說，我說，戰爭總是暫時的，勝利和平就在面前，那時候如果海倫愛我的話，我自然馬上會回來。

這才把她說動，她臨走時露出非常感激與戀戀不捨的表情，含著淚頻頻為我祝福，我的心完全被她融化了。

她走後，我一個人呆坐許久，我感到她今天的變化與對我的挽留，絕不是因海倫的要求，而完全是對我惜別的情感。於是我在留給海倫信的信封上面寫：

我永遠在為你最高貴、最純潔的母親祈禱。

最後我想到阿美，我留了兩千塊錢在桌上，又在信封寫：

兩千元給阿美，為我對她致謝。

我有三個鐘頭的休息。

五點鐘的時候，我穿著袍子，夾著那件永遠帶著笑容的老闆為我送來的西裝大衣（我留下了那件上身）在蒼茫的天色下，踏上了征途。

有風，我看見白雲與灰雲在東方飛揚。

一九四三年三月一日開始於重慶《掃蕩報》連載
一九四六年由上海懷正出版社出版

初版後記

徐訏

《風蕭蕭》是一九四四年初春脫稿的小說，當時就同出版家簽訂合同預備很快就出版的，我於一九四四年三月十一日下午在重慶新開寺曾經寫了一篇後記，後記的副題有「給雨兒」的字樣，後記裡寫著這樣的話：「你說：『你總要在行前把《風蕭蕭》寫好。』我說：『我也這樣想，但現在似乎不可能了，你知道我過著多麼零亂與不安的生活？』

「後來，我說：『我只好把它帶到旅途中來趕完它了。』你說：『為你的健康也好。但是我很難相信在栗碌不安的旅途中，可有使你趕寫《風蕭蕭》的情境？』

「於是我終於在三月六日的早晨來到新開寺，十日夜半十二時把久擱的最後六萬字一氣寫好，我不知道在風格與意念上是否與以前完全和諧。

「這書第一個字是去年三月一日在渝市內一個小旅館寫的，到現在最末一個字，足足寫了一年還多，其中有無數次的剪斷與擱淺，在這些剪斷與擱淺的時日中，我不知道忙的是什麼，想的是什麼，我現在再也記憶不起。

「大概寫到二十幾萬字的時候，我開始應重慶掃蕩報之約，在那面發表，此後就有許多親疏的朋友，在口頭在信札上同我談起，他們都曾經給我莫大的鼓勵。這好像使我想更努力更謹慎來寫我未寫的部分，有這個存心，反而使我臨筆躊躇，一遇到精神稍差，或稍稍有點困難的地方，我就擱起，最後我甚至怕拿起來了。一直到我決心要將它在我遠行前趕完為止。

「你說：『為什麼不到我所住的鄉下來寫呢？』我說：『這因為除了我將最純粹最虔誠最專一的心情獻給創作的時候，我就跨不進創作的境界。』所以我終於到了一個不必同任何人來往的鄉下。

「在許多談到這書的人物中，似乎都喜歡問我這故事是否事實，或者是部分的事實，再或者是事實的影子，我想這恐怕是人類共有的理智的欲求，而我對此並不能予人滿足。長夜獨自搜索我經驗中生活中的事實，幾乎沒有一件可以與這裡的故事調和，更不用說是吻合。還有許多朋友愛在我現在生活的周圍尋找這書裡人物的模特兒，這也是很使我奇怪的事情。我想我或許可能將生活經驗中的一些思想與情感在書中人物裡出現，但實際上，在我寫作過程裡，似乎只有完全不想見到過或聽到過的實在人物，我書中的人物方才可以在我腦中出現。如果我一想到一個我所認得的或認識的人，書中的人物就馬上隱去，那就必須用很多時間與努力排除我記憶或回憶中的人物，才能喚出我想像中的人物的。覺得許多先人的理論沒有錯，文學不是記憶或回憶而是想像。但最可愛的與可怕的還是人們愛從這書裡第一人稱的思想見解與情感，來批評我的思想見解與情感，這雖不是把我當作這書裡的第一人稱自己，但至少以為我在第一人稱裡表現了自己的思想見解與情感。我想，在這裡，我用Robert Stevenson的話來回答最好，他大意是說：『作者似乎毫無權力來支配人物的思想與行動，人物在某一階段，他自己走自己的路，想自己所想，再不聽作者的意思了。』這等於我們親生的孩子一樣，雖是我們所生，但他有自己的人格思想與情感，一切不是我們可以預定的。但既然是我們的孩子，他一定也會可以有我們的成分在裡面的。因此，我想一個作者如果要完全不讓自己在所創造的人物中存在，這是不可能的，除非是最客觀的紀實，但那裡就談不到有人物了。同時，一個作者如果完全讓自己在他所創造的人物中生存，這也是不可能的，即使是最老實的自傳，要是自傳裡的自己真是完完全全是他的自己，那麼他一定不會是我們藝術上所說的『人物』，他所傳的只是自己經歷到與遇到的『事件』而已。

「倘要真正在作品裡尋到作者的東西的話，那麼自然是作品的主題，但主題裡也並不一定就有作者的思想與見解，很可能只是一種體驗或一種感覺。

「而作者很可能以多種的思想與見解來襯托一種思想與見解，自然也更可能以多種的思想與見解來襯托一種主要的思想與見解，或以多種的體驗與感覺來襯托一種主要的體驗與感覺。

「在這些場合中，一切作為陪襯烘托點綴的副題，時時可能被讀者當作主題來理解猜度與批評。也竟還有人就站在你作品裡主題的立場上，來攻擊你作為陪襯的副題。這是多麼可笑呢？

「你說：『《風蕭蕭》有你其他作品所不及的地方，那是隨處都留有你特殊敏銳的感覺。』我曾經把你這句話作多次思索，覺得假如你的話是對的，而結果這些副題上靈敏的感覺所陪襯的主題只是一種平凡的體驗或浮淺的見解，那也只是很平常的表現。那麼，似乎用一種主流的感覺來做主題，在這本書裡，比較容易有較高的收穫了。但因為這不是一個短篇，單純的感覺並不能全部貫通，所以不得不在主流裡融和了許多複雜的內容。

「自然，故事與人物的健全與活躍，還是小說藝術裡最基本的條件，我是不敢有疏忽的。但是在我習慣上，總是等全稿完全寫好了，再重新修改一次的，而許多小節常常在那時增刪，但現在一面在發表，一面在抄寫，稿子都不在我的手頭，而我又就要離開重慶。在出版的當兒，我怕已經在遙遙遠遠白雲下的土地上了。那麼在你讀到了這書時，我恐怕連封面都還沒有看到呢。

「可是，『世界是整個的，人類只有一個脈搏，我們只有一個心靈』，而『勝利與和平就在目前』，我就會同你相會，我也就會看到這書。那時，也許是再版，也許是三版，我要重新細細地來把它校閱。」

但是如今是兩年半以後了，這本書竟始終沒有出版。我離開了重慶，到了「遙遙遠遠白雲下的土地」，又回到「遙遙遠遠的家園」。這後記竟比我先到上海來迎我，我還是「連封面都沒有看到」。

沒有一本書，我不想重新增刪，也沒有一段人生，我不想重新生活。這本書之所以遲遲不出版，一半的原因是我想好好地增刪與改寫，而現在，當我可以增刪與改寫時，我竟因相隔太久而無法找過去的心情來做這件工作。這無法改寫，我現在相信，竟如我無法增刪我已逝的兩年的人生一樣，是一個時間的悲劇。

我是一個企慕於美，企慕於真，企慕於善的人。在藝術與人生上，我有同樣的企慕。但是在工作與生活上，我能有的並不能如我所想有，我想有的並不能如我所能有。限於時，限於地，限於環境與對象，我寂寞，我孤獨，在黑暗裡摸索，把蛇睛當作星光，把瘴霧當作雲彩，把地下霜當作天上月，我勇敢過，大膽過，暗彈痛苦的淚，用帶鏽的小刀，割去我身上的瘡毒與腐肉。於是我露著傲慢的笑，走過通衢大道，我憫憐萬千以臃腫為肥胖的人，踏進黯淡的墓地，致祭於因我同樣的瘡毒而傷生的青年。我想到他們流於顛沛，呻吟於黑暗中，頹廢消沉，為人人所不齒，而無人知道其心中與腦中的烙印。這烙印，可以來自一個諂媚的妓女，一場激烈的戰役，一個微小的失望。

每個人有他理想與夢，這夢可以加於事，可以加於人，也可以加於一個世界。我們視作可笑的幼稚的夢幻，在別人往往等於是他的生命。沒有一個自殺的理由，可以成為自殺的理由，但儘管人人看輕一個無能的自殺者，而我可尊敬他的行為與心理。

從後記到後記的兩年半中，我沒有寫過什麼，我閱歷著各種的人生，看到許多人與事，與各式各樣不同的面孔。

我從許多在赴內地路上盤問我檢查我的日本憲兵的臉孔，到聯合國安全理事會席上的各國代表的面孔，中間我看到了無數無數達官富商，販夫走卒的面孔。有陰毒的蛇舌上包著諂媚的笑容；有存心出賣夥伴而掛著宗教招牌的媚臉；有陰藏著貪婪的偽善者面孔；有存金如山，假作貧窮，到處說漂亮話的自鳴得意的面孔；有心懷毒計口掛正義嘴角上仍掛著媚笑的面孔；當然，最多的還是無奇的疲乏的痛苦的悲哀的乾瘦無血的面孔。

對那些面孔我心中永遠有話、有夢、有感覺，但始終沒有一個環境與心境合適於我的寫作。是不是因為這本書尚未出版而使我心境不宜於寫其他的計劃呢？我不能回答。但這樣的假定，也許可以使我在這本書出版後，我再拿起筆來。可是預期預約的話，其實都還是自己的夢，讀讀兩年半前的後記，覺得我並無力量來預定任何理想的。

「給雨兒」的雨兒已不存在，它在擁擠的人群中消失，也許在遙遙遠遠的角落裡。當初以為它看到後記時，我連封面還不能看到，如今我於出版後讀到這裡，它竟無法看到封面。而我以為要看到再版本的日子，竟還是出版家要我寫後記的日子。那麼時間的移動似乎還是我自己的幻影，這好像我們不覺得船動而只覺得岸景移動一樣。

但岸景給我的是更多更深的哀怨憤恨與惆悵，美麗的憧憬都成醜惡，偽作的真誠不過是虛偽，毒心的良善增加其罪惡。可是我是一個不進步的孩子，多少的風塵未滅我熱情，蒼老未加我世故。我還是有愛有夢有幻想，世界與人類還是不斷地演進，死的已經死了，但生的還在不斷地生長，基督教的信條是信是望是愛，我不信基督教，但我愛這個信條。

這本書的故事是虛構的，人物更是想像的，歷史的事件與地理的事實的吻合只是每部小說上普通的要求。如果有人把他所知道的事或認識的人，附會於這書裡的故事與人物，那完全是神經過敏。書中所表現的其實只是幾個你我一樣靈魂在不同環境掙扎奮鬥——為理想、為夢、為信仰、為愛，以及為大我與小我的自由與生存而已。

這本書出版匆匆，校對上難免有疏忽之處。主要原因是排印這本書，所根據的是上海和平日報的剪報，上海和平日報是根據南京和平日報的剪報而來，南京和平日報是根據重慶掃蕩報的剪報而來。我遠在國外，轉載時，我沒有知道，也無法校對，所以校對時很費氣力，而印刷所又不將你所校對的好好改正，同時書店方面急於要出書，所以不允許我多校一二次。因此我要向讀者致歉，並希望再版時可以校淨一切的錯誤。

在出版業這樣困難的年代，這本書得於我回國後即可付印，我不得不感謝萬梅子先生與劉同縝先生，但出版後如可以使我有更好的作品的產生，則似有待於讀者給我不斷的批評與指教了。

徐訏文集・小說卷02　PG1138

風蕭蕭（下）

作　　者　徐　訏
主　　編　蔡登山
責任編輯　鄭伊庭
圖文排版　王思敏
封面設計　王嵩賀

出版策劃　釀出版
製作發行　秀威資訊科技股份有限公司
114 台北市內湖區瑞光路76巷65號1樓
電話：+886-2-2796-3638　傳真：+886-2-2796-1377
服務信箱：service@showwe.com.tw
http://www.showwe.com.tw
郵政劃撥　19563868　戶名：秀威資訊科技股份有限公司
展售門市　國家書店【松江門市】
104 台北市中山區松江路209號1樓
電話：+886-2-2518-0207　傳真：+886-2-2518-0778
網路訂購　秀威網路書店：http://www.bodbooks.com.tw
國家網路書店：http://www.govbooks.com.tw
法律顧問　毛國樑　律師
總 經 銷　聯合發行股份有限公司
231新北市新店區寶橋路235巷6弄6號4F
電話：+886-2-2917-8022　傳真：+886-2-2915-6275

出版日期　2015年5月　BOD一版
定　　價　350元

Printed in Taiwan

國家圖書館出版品預行編目

風蕭蕭 / 徐訏著. -- 一版. -- 臺北市 : 醸出版,
2015.05
冊 ; 公分. -- (徐訏文集) (語言文學類 ;
PG1132-PG1138)
BOD版
ISBN 978-986-326-225-1 (上冊 : 平裝). --
ISBN 978-986-326-226-8 (下冊 : 平裝). --
ISBN 978-986-326-227-5 (全套 : 平裝)

857.7 103001384

讀者回函卡

感謝您購買本書，為提升服務品質，請填妥以下資料，將讀者回函卡直接寄回或傳真本公司，收到您的寶貴意見後，我們會收藏記錄及檢討，謝謝！

如您需要了解本公司最新出版書目、購書優惠或企劃活動，歡迎您上網查詢或下載相關資料：http:// www.showwe.com.tw

您購買的書名：________________________________

出生日期：________年________月________日

學歷：□高中（含）以下　□大專　□研究所（含）以上

職業：□製造業　□金融業　□資訊業　□軍警　□傳播業　□自由業
□服務業　□公務員　□教職　□學生　□家管　□其它____

購書地點：□網路書店　□實體書店　□書展　□郵購　□贈閱　□其他

您從何得知本書的消息？

□網路書店　□實體書店　□網路搜尋　□電子報　□書訊　□雜誌
□傳播媒體　□親友推薦　□網站推薦　□部落格　□其他________

您對本書的評價：（請填代號　1.非常滿意　2.滿意　3.尚可　4.再改進）

封面設計____　版面編排____　內容____　文／譯筆____　價格____

讀完書後您覺得：

□很有收穫　□有收穫　□收穫不多　□沒收穫

對我們的建議：________________________________

____

____

____

請貼
郵票

11466
台北市內湖區瑞光路 76 巷 65 號 1 樓

秀威資訊科技股份有限公司 收

BOD 數位出版事業部

....

（請沿線對折寄回，謝謝！）

姓　　名：＿＿＿＿＿＿＿＿　年齡：＿＿＿＿　性別：□女　□男

郵遞區號：□□□□□

地　　址：＿＿＿＿＿＿＿＿＿＿＿＿＿＿＿＿＿＿＿＿

聯絡電話：(日)＿＿＿＿＿＿＿＿＿＿ (夜)＿＿＿＿＿＿＿＿＿＿

E-mail：＿＿＿＿＿＿＿＿＿＿＿＿＿＿＿＿＿＿＿＿